O Dämon, Trugbild, – all mein Tun und Ringen
Vergebens war's – durch dich verführt, verlockt,
Verflucht mein Dasein, Dichten, Träumen, Singen; –
Ich hab' umsunst gelebt – der Atem stockt. –

Oskar Panizza

Oskar Panizza, mit bürgerlichem Namen Leopold Hermann, 1853 in Kissingen geboren, studierte nach einer kaufmännischen Ausbildung Medizin in München. 1882 wurde er Assistenzarzt an der Oberbayerischen Kreis-Irrenanstalt in München, widmete sich jedoch ab 1884 ganz seiner literarischen Tätigkeit. Er schrieb vorwiegend Dramen und zeitkritische Pamphlete mit heftigen Provokationen gegen Staat und Kirche. Für »Das Liebeskonzil« (1884) erhielt der im konfessionellen Konflikt seiner Eltern aufgewachsene Panizza eine einjährige Zuchthausstrafe wegen Gotteslästerung. 1896 übersiedelte er nach Zürich, wurde aber 1898 als unerwünschter Ausländer ausgewiesen. Nach seiner letzten Veröffentlichung »Parisiana. Deutsche Verse aus Paris«, einer grundlegenden Abrechnung mit der deutschen Obrigkeit und Wilhelm II., wurde Panizza zu einer weiteren Haftstrafe verurteilt und 1905 in eine psychiatrische Anstalt überführt. Panizza starb 1921 in Bayreuth. In der *edition monacensia* ist von Oskar Panizza »Der teutsche Michel und der römische Papst« als Faksimiledruck erschienen.

edition monacensia
Herausgeber: Monacensia
Literaturarchiv und Bibliothek
Dr. Elisabeth Tworek

Die *edition monacensia* präsentiert ausgewählte Werke renommierter Münchner AutorInnen des 19. und 20. Jahrhunderts, deren literarische Arbeiten von der Monacensia – Literaturarchiv und Bibliothek betreut werden. Neben Neuausgaben vielgesuchter Bücher erscheinen Ersteditionen aus den Beständen der Monacensia, die von kompetenten Herausgebern eingeleitet werden.

OSKAR PANIZZA

Das Rothe Haus

Ein Lesebuch zu Religion, Sexus und Wahn

Herausgegeben
von
Michael Bauer

edition monacensia
im
Allitera Verlag

Der Allitera Verlag ist ein Books on Demand-Verlag der Buch&media GmbH, München. Dieser Verlag publiziert ausschließlich Books on Demand in Zusammenarbeit mit der Books on Demand GmbH, Norderstedt, und dem Hamburger Buchgrossisten Libri. Die Bücher werden elektronisch gespeichert und auf Bestellung gedruckt, deshalb sind sie nie vergriffen. Die Bücher des Allitera Verlages sind über jede Buchhandlung und Internet-Buchhandlungen zu beziehen.

Weitere Informationen über den Verlag und sein Programm unter:
www.allitera.de

Bibliographische Information der Deutschen Bibliothek
Die Deutsche Bibliothek verzeichnet diese Publikation in der Deutschen Nationalbibliographie; detaillierte bibliographische Daten sind im Internet über <http://dnb.ddb.de> abrufbar.

November 2003
Allitera Verlag
Ein Books on Demand-Verlag der Buch&media GmbH, München
© 2003 Für diese Ausgabe: Landeshauptstadt München/Kulturreferat
Münchner Stadtbibliothek Monacensia Literaturarchiv und Bibliothek
Leitung: Dr. Elisabeth Tworek
und Buch&media GmbH, München
Umschlaggestaltung: Kay Fretwurst, Spreeau
Herstellung: Books on Demand GmbH, Norderstedt
Printed in Germany – ISBN 3-86520-022-2

Der Dichter gestaltet die Welt nach seinem Wahne.

Max Herrmann-Neisse

Handle, wie Dir Dein Dämon vorschreibt. Schrekst Du vor den Konsequenzen in der Welt der Erscheinungen zurük, dann ist sie stärker wie Du. Sezt Du Dich durch, dann bis Du Obsiegender. Du gehst vielleicht zu Grund. Aber zu Grunde zu gehn in der Welt der Erscheinungen, ist ja das Loos von uns Allen.

Oskar Panizza

Diese verrükten Konstrukzionen sind, ich fühle das, das Beste, was ich machen kann. Aber Eingang beim Publikum damit zu finden, ist aussichtslos.

Oskar Panizza

Inhalt

DER FALL OSKAR PANIZZA
in Bekenntnissen, Memoiren, Tagebuchaufzeichnungen
und Briefen 11

VERSE

Das Rothe Haus 23
Gesunde Leute 31
Avancement 32
Der Firmling 33
Abend-Gedanken einer Prostituirten 38

PROSA

Der Corsetten-Fritz 43
Die gelbe Kröte 62
Vreneli's Gärtli 72
Die Heilsarmee 92
Das Wachsfigurenkabinet 97
Die Wallfahrt nach Andechs 119

SZENISCHES

Dialoge mit Geisteskranken 149

ESSAY

La Danse du Ventre 161

BRIEFE AN FRAUEN

Brief an Anna Croissant-Rust (30. Mai 1894) 173
Brief an Anna Croissant-Rust (29. Januar 1897) 175
Brief an Franziska Gräfin zu Reventlow (4. September 1901) .. 181
Brief an Franziska Gräfin zu Reventlow (17. Dezember 1901) . 185

ZU DEN TEXTEN

Textnachweise 191
Nachwort: With God on Our Side
oder Der Weg ins Rothe Haus 195

DER FALL OSKAR PANIZZA

in Bekenntnissen, Memoiren, Tagebuchaufzeichnungen
und Briefen

Oskar Panizza wurde am 12. November 1853 im fränkischen Bad Kissingen geboren. Wenig später nahm ihn die katholische Kirche als »Leopold Hermann Oskar« in die Gemeinschaft der Gläubigen auf. Vergeblich. Seine Mutter war eine militante Protestantin, die nach dem frühen Tod ihres Mannes Oskar und seinen Geschwistern mit unerbittlicher Härte ihren Glauben aufzwang. Vergeblich, zumindest was ihren Sohn Oskar betraf. Als schwarzes Schaf beschäftigte er seine Mutter, eine ebenso gefürchtete wie gottesfürchtige Geschäftsfrau, in ihren Memoiren. Sinn dieser Aufzeichnungen war es, Lebensprinzipien und religiöse Gefühle – andere ließ sie nicht zu – ihren Nachkommen ans Herz zu legen:

Wir müssen ruhig abwarten, wie GOtt der HErr sich zu Oskar stellt.*

* Zu den Texthinweisen vgl. S. 191.

Die beiden ältesten Kinder waren in Pens[i]on, so hatte ich nur die drei Kleinsten. Wenn meine Zeit es erlaubte, widmete ich mich ihnen immer. Ich suchte sie nützlich zu beschäftigen, sie durften auch von den Spielsachen nichts verderben, sich nicht beschmutzen. In den Dämmrungsstunden erzählte ich ihnen allerlei Geschichten: Mährlein, welche ich noch möglichst ausschmückte, aber immer das Edle u. Gottvertrauen in denselben ins hellste Licht stellte. Als ich merkte, wie die Kleinen lauschten u. ihr Verständnis geschärft wurde, erzählte ich ihnen biblische Geschichten.

Oskar liebte besonders seinen Baukasten; er baute ganz überraschend schön, aber oben endete jede Spitze mit einem Kreuz.

Er entwickelte sich sehr langsam, aber sein kindlich ruhiges Wesen war wohlthuend; er spielte gerne mit einer Schachtel Häuser u. stellte die Häuschen samt Kirche u. Bäumchen so hübsch nah zusammen, daß in einiger Entfernung diese Aufstellung immer den Eindruck eines Städtchens machte.

Oskar erhielt von seinem Onkel Ferdinand täglich vormittags Unterricht im Lateinischen, denn der Knabe sollte Geistlicher werden u. Ferdinand wollte bei seinem Hiersein ihm den Anfangsunterricht im Lateinischen geben.

Zwar hielt Mathilde Panizza den Kaufmannsberuf für weitaus einträglicher als jede noch so göttliche Berufung zum Pfarrer, doch sollte einer ihrer Söhne Theologie studieren. Das Schicksal in Gestalt seiner Mutter wollte es, daß Oskar dieses Los traf, ihn, den Träumer mit den schlechten Lateinnoten, bei dem die geschäftstüchtige Mutter früh schon ein gewisses Weltbefremden ausgemacht hatte. Am 10. April 1863 kam er in eine pietistische Erziehungsanstalt, wo ihn fünf Jahre später der Segen Gottes ereilte:

In das Jahr 1868 fiel auch die Konfirmation Oskar's. Er wurde in Kornthal zum Eintritt in's Gymnasium vorbereitet. Das Studium machte ihm Mühe. Einestheils sind ja nach dem Ausdruck von Fachgelehrten »Bretter zu bohren« und anderntheils war er eben noch ziemlich lange ein träumender Knabe – der Ernst des fleißigen Lernens lag ihm ferne, er dachte an dessen Tragweite nicht.

Oskar sollte noch bis zum Herbst [1868] in Kornthal bleiben und dann nach Schweinfurt auf's Gymnasium kommen.

Dann suchte ich für Oskar [in Schweinfurt] Logis. Ein Kom[m]issionär nannte mir einige Häuser, aber sie gefielen mir nicht; da wurde mir auch Buchhändler Giegler genannt. Sie waren gerade auf ihrem Weinberg, aber auf mein Ersuchen wurde Frau Giegler gerufen. [...] Ich war ihr durchaus nicht fremd. [...] Dabei betrachtete sie das gute, unschuldige Gesicht Oskar's und sagte: sie würde ihn nehmen. [...] Auch dem Rektor war es recht, daß Oskar zu Giegler's kam und [Pfarrer] Kraushold versprach, öfter nach ihm zu sehen. Nach überstandenem Examen kam er in die III. Classe und rückte im Herbst 1868 zu oberen Lateinklasse auf. Herr Giegler mußte ihn von da an immer antreiben, auch sein Klavierunterricht bedurfte eines besseren Lehrers. Oskar bat mich, er möchte gerne nach München auf's Gymnasium, wenn er im Jahr 70 die Lateinklasse hinter sich habe. Ich sprach darüber mit Giegler's: Beide meinten: Oskar gehöre unter eine strenge Zucht und wenn er zu Herrn Pfarrer Feez [einem entfernten Verwandten und Komplicen der Mutter] käme, wäre das sicher das Beste.

Unter dem Druck religiöser Erziehung avancierte der Zögling zum konsequenten Leistungsverweigerer. Psychosomatische Leiden kamen hinzu, seine Nausea-Anfälle häuften sich, die »Gelbe Kröte« gewann bedrohlich an Konturen:

Ja einmal als ihn Ida unter vier Augen über sein im höchsten Grad unartiges Benehmen fragte, sagte er ihr ganz ungenirt heraus: »Ja, ich hasse meine Mutter, sie ist mir zuwider!« [...] Als ich das hörte, traf es mich doch wie ein Schlag: als zeige man mir den Tod eines Kindes an – –

Ich habe schon manchmal nachgedacht: warum mir meine Kinder so wenig Vertrauen schenken? – [...] Es muß ein Mißtrauensdämon in ihnen leben, damit sie die Ermahnungen ihrer Mutter – den Weg des Lebens zu wandeln im gläubigen Festhalten ihres Erlösers – nicht annehmen [...]! Das liegt durch die Erbsünde im Menschen: sie glauben dem Teufel mehr als ihrem Schöpfer.

Im Herbst 1873 trat er als Infanterist seine Militärzeit an; diese Unterordnung war ihm ganz erschrecklich und einmal schrieb er mir (nachdem unser Verhältniß durch einen bereuenden Brief wieder hergestellt war) er wolle desertiren.

Im Oktober [1884] war Oskar nach England gereist; er wollte sich ein Jahr dort aufhalten.

Soviel ist sicher, zu Hause gehe ich zu Grunde, draußen wache ich auf u. bereichere mich; – zu Hause in Deutschland gehe ich sicher zu Grund, es sind zu viel Irrenanstalten dort, – die Verführung ist zu Groß; – draußen in der Welt u. in England sehe ich diese Etablißements nicht, sie liegen abseits der großen Reiserouten; – die Welt erscheint gesund, voll grüner Bäume, Narren scheinen nicht zu existieren, und wie ein aus der Anstalt versuchsweise Entlaßener laufe ich prahlend mit meiner Gesundheit durchs Land, amüsire mich, küße die Menschen u. bin glücklich [...].

Er schrieb mir fleißig u. ich schickte ihm auf seinen Wunsch täglich die Zeitung. An meinem Geburtstag [1885] empfing ich von Leipzig ein kleines Heftchen: »Düstre Lieder« von Oskar Panizza. Ich wußte schon davon. Universitäts-Professor Sepp, ein bedeutender Schriftsteller, [...] hatte mir eines Tages davon gesprochen u. meinte: ein junger Mann, der solche Gedichte schreibe sei krank, er mache mich deshalb aufmerksam. Oskar hatte ihm nämlich die Gedichte bevor er sie in den Druck gab, geschickt u. um seine Kritik gebeten. – Aber was konnte ich thun? Oskar ist eine eigene Natur: als Knabe still u. friedlich, für wilde Spiele gar kein Interesse zeigend, war sein liebster Zeitvertreib, Bauhölzer aufzustellen – später Musik. Jetzt, statt seinem Beruf nachzugehen, da er wirklich ein bedeutender Mensch ist u. mehrmals auffallend richtige Diagnosen stellte, vernachlässigte er denselben ganz u. gab sich der Schriftstellerei hin. Als ich die Gedichte las mußte ich weinen: »Der Firmling« erschien mir wie sein eigenes Bild als Knabe bei seiner Konfirmation – fast alle zeugten von Erlebnissen u. eigenen Seeleneindrücken.

[In] dieser Dichtung [»Der Firmling«] beschreibt Oskar seinen eigenen Seelenzustand: – – es ist ergreifend wie er sich fürchtet diese feierliche Gnadlesung an sich vollziehen zu laßen. Er zog damals, wie in Kornthal gebräuchlich, am Altar seinen Spruch und der lautete: »Laß dir an Meiner Gnade genügen denn Meine Kraft ist in den schwachen mächtig«.

Oskar gab auch in diesem Jahr eine Gedichtsammlung: »Legendäres u. Fabelhaftes« (Leipzig Unflad 1889) heraus. [...] Sie sind besonders deshalb so ergreifend, weil man fühlt, diese schöpferische Kraft ist nicht etwas Gesuchtes, Gemachtes, sondern der Seelenstimmung des Dichters entströmt. Es ist als suche die Seele GOtt – aber weil der Suchende den Schild des Glaubens nicht ergreift, stellen sich die Teufel dazwischen.

Ich will mit meinen ausgesprochenen Ansichten über Oskar nicht sagen, daß ich ihn nicht für krank (geisteskrank) halte, nein – im Gegenteil: ich habe mir sein Benehmen seit seinem Kindesalter bis zuletzt zurückgerufen, und wurde mir [über] vieles klar: 2 Naturen sind in ihm: ein Engel und ein Teufel. Wenn GOtt der HErr dem letzteren auszufahren gebietet – wird Oskar ein frommer Mann sein.

Daß GOtt der HErr meinen Sohn in seinem tollen Treiben »festlegte« war ja eine große Gnade; – denn was der Mensch eben säet, das muß er ernten – darum ist nunmehr die allerwichtigste Aufgabe ihn zur Erkenntnis des Evangeliums zu führen: (Ap. 4,12. 10,43.) Und sie, Herr Dekan, hat der HErr dazu ersehen – deshalb wird es Ihnen auch durch Gottes Gnade u. Christi heiligem Geist gelingen.

Ich dachte heute Nacht darüber nach: daß in Oskars Schriften viel Unreines – wohl auch Gotteslästerliches enthalten sei; u. ich möchte Sie bitten mit Herrn R.A. Popp die Sache [»Visionen der Dämmerung«] ganz genau zu besprechen u. nichts zuzulaßen was anstößig sei.

Besser diese Schriftstellerei kommt in's Feuer als, daß Unheil für eine Seele gestiftet werde.

Dieser Brief ist nur für Sie Herr Dekan – möge Gott der Herr mit Seinem Hl-Geiste Sie erleuchten, daß Sie Ihm das Wohlgefällig tun.

Nur bin ich fast beschämt und gedrückt durch das Uebermaß Ihrer Güte und frage mich immer: kannst du das auch an dem kranken Oskar alles wieder gut machen und vergelten? Meine Liebe, mein Gebet und meine Sorgfalt sollen ihm ja immer gehören, das verspreche ich Ihnen feierlich, aber wie oft wünschen wir dem oder jenem Menschen mehr sein zu können und vermögen es nicht. [...] Freilich ist etwas Erschütterndes darin gelegen, daß Gott ihn mitten in seiner Laufbahn so stark heimsuchte, aber wie Sie sagen: es ist doch besser so, als wenn ich denk wie die arme Nisle [Charlotte Nisle-Klein, eine Freundin Oskar Panizzas] endete und so mancher von den Modernen oder der Moderne, wie Sie sagen, die an Gott und der Welt verzweifelten. Die Luft wird jetzt wieder reiner von diesem Monismus und Modernismus, der Alles auf die Kraft des Menschen stellte und der Mensch ist doch nur wie ein Maikäfer, welchen ein böser Bube am Bein mit einem Faden anband und dann fliegen ließ.

Oskar Panizza am Faden zu halten, ließ sich dessen Vormund Friedrich Lippert natürlich bezahlen – ohne »Uebermaß Ihrer Güte« weder Seelsorge noch Maikäferflug:

Ich hatte, den Zeitpunkt kann ich nicht mehr angeben, um die angegebene Zeit herum, gesprächsweise einem Schalterbeamten erklärt, dass die Herrn Dekan Lippert von der Erblasserin [Mathilde Panizza] ausgesetzte Rente von monatlich 60 M an diesen gezahlt werden könnte, soweit sie bis zum Tode der Frau Panizza fällig geworden wäre.

Auf Drängen seiner Mutter und gegen seinen Willen war Oskar Panizza 1905 gerichtlich entmündigt worden. Dekan Lippert, der bezahlte Seelsorger und Vormund Oskar Panizzas, für den 1914 die Luft von »Monismus und Modernismus« fast wieder rein war, entschied über Auswahl und Publikation von Manuskripten des Mündels, die ihm Gegenvormund Rechtsanwalt Popp zusandte – eine unheilige Allianz von Kirche und Justiz:

Sehr geehrter Herr Dekan!
Anliegend sende ich Ihnen ein Convolut ungedruckter Novellen des Herrn Dr. Panizza im Manuscript. Ich habe dieselben aus der Bibliothek in Kißingen erhalten. Vielleicht können Sie von Herrn Dr. [Hanns Heinz] Ewers verwendet werden.

Gelesen habe ich die Manuscripte nicht und muß es deshalb Ihrer Beurteilung überlassen, ob sie publiciert werden können.

Den Verlagsvertrag mit der Firma [Georg] Müller hier habe ich abgeschlossen.

In der angenehmen Hoffnung, daß Sie diese Zeilen bei bestem Wohlsein antreffen grüßt Sie herzlich
Ihr ergebener
Popp
Rechtsanwalt.

Der Verlagsvertrag mit Georg Müller in München war abgeschlossen. Vergeblich setzte sich Kurt Tucholsky für eine Ausgabe der Schriften Oskar Panizzas ein:

Sehr geehrter Herr [Croissant]!
[...] Gibt es denn gar keine Möglichkeit, diese genialen Dinge vor der Makulatur zu retten? Jetzt verdienen die Antiquare daran, aber Panizza wird dabei vergessen. [...] Darf ich, der ich alles tun möchte, um diese Herausgabe zu erzielen, Sie um Ihre Meinung bitten, ob und wie man, vielleicht mit Zuhülfenahme der von ihnen genannten Freunde Panizzas, noch einmal alles zusammenfasst, was dieser Grosse geschaffen hat. Noch sind [...] Briefe zu haben

(ich besitze drei), noch treibt sich hier in Berlin ein Original-Manuskript von ihm umher ... aber wie erreicht man es, die Erlaubnis seinen Rechtsnachfolgern abzugewinnen?

Resigniert schrieb Tucholsky einige Wochen später:

Sehr geehrter Herr Croissant,
ich glaube, wir sind beide in gewisser Hinsicht zu spät gekommen. Es geht hier das bestimmte Gerücht, dass Hanns Heinz Ewers bei Georg Müller die Schriften Panizzas edieren wolle. Es ist [...] ausserordentlich schade, dass Panizza gerade an diesen geraten ist, der ihn sicher durch eine Vorrede etwas verhunzen wird [...].

Verhunzt hatte Herausgeber Hanns Heinz Ewers in »Visionen der Dämmerung« vor allem Oskar Panizzas eigenwillige Orthographie; doch verhunzt fand Panizza Verbreitung, wurde der »Fall Panizza« zur Legende. Klaus Mann notierte in seinem Tagebuch:

Gelesen: Panizza »Wirtshaus zur Dreifaltigkeit« zu Ende – merkwürdig hübsch, trotz leichter Staubschicht –, Vorwort [von Hanns Heinz Ewers] u.s.w.

Für Mathilde Panizza lag alles in Gottes Hand:

Wenn Oskar von seinem eingeschlagenen Wege abkommen soll und, ein andrer, ein Mann GOttes werden darf, muß der HErr, der Erlöser, zu DEm Alles hingeschaffen ist – und zu IHm Alles wieder versöhnt wird, damit kraft Seines Versöhner-Amtes, Alles wiedergebracht werde [folgt: Beleg des geistlichen Fundorts in Klammer], ein Wunder der Wiedergeburt an dem Armen thun! Auf dieses Wunder hoffe ich im Glauben an meinen hochgelobten, allmächtigen Heiland.

Anders sah dies ihr Sohn:

– nur soviel weiß ich, daß ich weggetrieben von der mir in meiner Erziehung vorgeschriebenen u. von den meisten Menschen betretenen Bahn, in der Ungewißheit schweifend, die mich überwältigenden Gefühle mit dem zu den letzteren als nichts erscheinenden Verstande – zurechtzulegen suche, was auch hier geschehen. –

Bereits in seiner 1896 veröffentlichten Erzählung »Die gelbe Kröte« ließ er den Protagonisten resümieren:

Das ganze Elend meiner Jugend kam mir jetzt plötzlich wie eine gelbe, schmutzige Flut in's Gemüt gestürzt. – Die ganze Drehorgelei der ewigen sittlichen Ermahnungen, Bibelsprüche, pietistischen Selbstprüfungen und Katechismus-Ängsteleien, mit denen ich Tag für Tag gequält und gemartert wurde, rührte sich jetzt.

Die Zerrissenheit zwischen Ablehnung und Prägung blieb ihm. Immer arbeitete in Panizza die »dritte Bewegung«, das, was ihn halluzinieren ließ:

Ich war heute beim Abendmahl. – Nun, ich muß sagen, ich glaube jezt auch, daß der Mensch aus Zwei Drittel Magen, Ein Drittel Imaginazion und Ein Sechzehntel Geist besteht. Obwohl ich nicht ein Gleichgiltiger, sondern ein ausgesprochener Feind des Christentums bin, hat mich der Vorgang mächtig erschüttert.

Bei allem rechnerisch vorgeführten Zweifel am Geist war der erklärte »Feind des Christentums« durch religiöse Riten zu erschüttern – noch hoffte er sogar auf jene Bande, denen/der er schließlich zum Opfer fiel – die »Familie-Bande«:

Schließlich erlaube ich mir noch, die K. Staatsanwaltschaft auf die deletären Folgen aufmerksam zu machen, die in Folge der erlaßenen Verfügung über mich hereingebrochen sind. Nicht nur werde ich in verhältnismäßig kurzer Zeit gegenüber dem Nichts stehen [Konfiskation seines im Deutschen Reich befindlichen Vermögens, über das seine Mutter später frei verfügen konnte] , sondern jede Unterstüzung von Seite meiner Familie ist auch gänzlich ausgeschloßen. Mutter und Geschwister haben, seit langem in ihrem behaglichen Dasein durch die kritisch-scharfe Besprechung meiner Schriften unangenehm berührt, sich mit vollem Haß auf mich geworfen, und mir in mehr weniger deutlichen Anspielungen zu verstehen gegeben, daß, wenn es mir nicht gelänge, hier in dieser fremden Weltstadt mein Brod selbst zu verdienen, es für mich, und für sie, am besten wäre, wenn ich irgendwohin, zu den Buren nach Afrika, oder sonstwo, für immer verschwände. Die moralischen Voraussezungen für die Beurteilung meines schriftstellerischen Wirkens, soweit dasselbe von keinen eigennüzigen oder gemeinen Beweggründen geleitet ist, fehlen in meiner Familie gänzlich. Man sieht in mir nur den Behelliger eines gewissen gesellschaftlichen Ansehens und den vom Strafgesez Infamirten, deßen verächtlich gewordener Name auf die Familienmitglieder abfärben könnte. Während aber bis zu der Bekantwerdung der Vermögensbeschlagnahme Alles sich noch in gewißen Grenzen hielt, und selbst das Urteil über die »Parisjana« nicht bis zu wegwerfenden Äußerungen ging, ist seit dem Bekantwerden der genanten Verfügung jede Hemmung weggefallen. Die einzelnen Geschwister sehen sich nun, sei es aus Furcht vor neuen Maasregeln, sei es aus Besorgnis, die Behörde könte sich nun auch gegen sie, durch Haussuchungen u. dgl., wenden, sehen sich unwillkürlich und wol unabsichlich in die Rolle von Polizeispizeln gedrängt und gehen gegen mich in einer Weise vor, daß ich, weit entfernt von dieser Seite auf irgendwelche Unterstüzung rechnen zu können, eher die Staatsbehörde um Schuz gegen meine Familie anflehen möchte. Eine solche Zerstörung jeder Familienbande ist wol kaum in der Absicht der K. Staatsanwaltschaft gelegen gewesen.

Ich darf unter keinen Umständen jezt mit meiner Mutter in Beziehungen treten, denn meine Mutter ist die Polizei, oder die Staatsgewalt, oder wie Sie's nennen wollen.

Meine Gleichgültigkeit gegen Kritik entspricht dem Empfinden, daß ich selbst beim besten Willen an mir und meinen Produkten nichts ändern kann. Gehe es wie es gehe. Ich selbst bin grinsender Zuschauer und betrachte meinen seelischen Zustand wie eine Eiterbeule, die mir ruhig fließen soll. Die Welt braucht gelegentlich auch Eiter. Sie soll ihn haben.

Ich bin kein Künstler, ich bin Psichopate, und benuze nur hie und da die künstlerische Form, um mich zum Ausdruk zu bringen. Mir ist es durchaus nicht um ein Spiel von Form und Farbe zu tun, oder, daß sich das Publikum amüsirt, oder, daß es es gruselt – ich will nur meine Seele offenbaren, dieses jammernde Tier, welches nach Hilfe schreit. –

VERSE

Das Rothe Haus.

Es war um Mitternacht, ich ging
Nach Hause zu eilen alleine,
Es war eine sanfte Sommernacht
Mit weissem Vollmondscheine.

Mein Weg war lang, und ausser der Stadt
Lief er gekrümmt und ferne,
Ich wählt' einen kürzer'n, denn ich war müd,
Doch wählt ich ihn nicht gerne;

Denn an dem Weg da lag ein Haus
In rothem, flammenden Schimmer,
Baroken Stils, – vor diesem Haus
Laut warnen hörte ich immer;

Zimmer an Zimmer sei besetzt
Mit sonderbaren Tröpfen,
So hört' ich, – gefüllt bis unter das Dach
Mit geistesverwirrten Köpfen;

Und Köpfe voller Gedanken, sogar
Gedanken die schwere Menge,
Die Körper kämen nicht in Betracht,
Die Köpfe oft in's Gedränge.

Die seltensten Gedanken spännen sie aus,
Und liessen davon sich umgarnen, –
Doch vor den Gedanken und vor dem Haus
Nicht laut genug hörte ich warnen.

Es sei die Geschichte von jenem Baum,
Von dem verboten zu essen,
Die Frucht sei wunderbar und süss,
Doch die Folgen nicht zu bemessen.

Es sei die Geschichte vom Bäumchen, das
Nie aufhörte sich zu beklagen,
Und gläserne, blinkende Blätter bekam,
Doch die gläsernen Blätter zerbrachen.

Von Prometheus die stolze Sage sei's,
Vom Trotze, der nie entmuthet,
Licht haben musste um all's in der Welt,
Und hat er's, dann lachend verblutet.

(Es erinn're an jenen sanften Mann,
Der gequält von den schwärzesten Fragen,
Und endlich bekannte, was ihn gequält,
Und dann bat, ihn an's Kreuz zu schlagen.)

Dies überlegend kam ich hinaus,
Der Vollmond strahlte hernieden,
Da lag das prächtige, rothe Haus,
Es lag im tiefsten Frieden.

Und all die grübelnden Häupter jetzt,
Die unergründlich tiefen,
Die ruhten nun von der Tageslast,
Vom Denken aus, und schliefen.

Getäuschte Lippen, einst geküsst,
Und tiefgekränkte Herzen,
Die ruhten nun eine glückliche Nacht
Von ihren Wahnsinnsschmerzen.

Und Träume vielleicht aus goldner Zeit,
Aus Sonnentagen, aus hellen,
Als sie noch gedankenarm und froh,
Die matten Seelen schwellen.

Mir ward bei diesem Anblick so weh',
Ich dacht' an die Qualen, die meinen,
An das böse Gezänk' in der eigenen Brust,
Ich musste bitterlich weinen.

Ich dacht' an den goldenen Jugendtraum,
Ich dacht an die Mutter, die gute,
An eingestürztes Lebensglück.
Mir ward so schmerzlich zu Muthe. –

Doch sieh', da regt's an den Fenstern sich,
Und die Gardinen rückten,
Und weisse Gestalten in Röckchen und Hemd
Die schauten heraus und nickten;

Männer und Frauen, sie schienen sich
Für mich zu interessieren,
Oft guckten weissnackend die Glieder heraus,
Doch that sie's nicht genieren.

Die ersten holten and're herbei.
Es regt sich in jedem Geschosse,
Es war, als wich ein Zauberbann
Von diesem rothen Schlosse;

Als wär' ein tausendjähr'ger Schlaf
Auf diesen Leuten gelegen,
Nun kommt der Prinz und spricht das Wort,
Und nun beginnt sich's zu regen.

Sie krochen selbst auf die Dächer hinauf
Wie flinke behende Affen,
Und deuten mit mageren Armen her
Auf mich herab und gaffen.

Es gab ein wildes, tolles Gedräng
Mit ihren Busen und Kröpfen,
Und ganze Fenster waren oft
Bepflanzt mit lauter Köpfen.

Sie blickten müd und kummervoll,
Und scheuten sich zu sprechen,
Es wollte nach so langer Zeit
Keiner das Schweigen brechen.

Die Augen rissen sie auf, – doch ach,
Sie hatten wohl viel vergessen,
Ich aber kannte manchen Mann,
Mit dem ich am Tisch einst gesessen.

Auch viel Familienähnlichkeit
War hier, – der Vater nebst Sohne,
Bruder und Schwester, der Stammbaum ganz
Von manchem Graf und Barone.

Auch mancher Freund, der einst, ich weiss,
Am besten den Horaz übersetzte,
Sah bleich und müd zum Fenster'raus
Und gesticulirte und schwätzte.

Ich sah noch manches bekannte Gesicht,
Doch will ich nicht länger verweilen,
Man schont die Allernächsten gern,
Drum lasst uns weiter eilen.

Zuletzt kam auch der Director herbei,
Er war im schwarzen Fracke,
Sein riesiger Schädel glänzend und feist,
Einen Orden am fetten Genacke.

Der Director sei der geschickteste Mann,
So hört' ich, in Schmeicheln, Verführen;
Die Nüchternsten und Gesunden sogar
Vermöchte er zu rühren.

(Es erinn're an Scharfrichter dies
Voll so zuversichtlicher Miene,
Dass es manche gelüstet zu legen sich
Unter seine Guillotine.)

So behaglich er! Was die andern hier
So verzehrte, schien ihm zu passen;
Es schlug ihm an; – vom ersten Stock
Fing er an mit mir zu spassen:

»Aha mein Freund!« (voll Bonhomie),
»Sind wir nicht alte Bekannte?
Bitte, treten sie näher nur,
Sie sind doch der – wiegenannte?

Ich vergass, – gleichviel, Sie sind mein Gast,
Und soll'n wie zu Hause sich fühlen,
Was Sie auch herführt, –« weiter unten rief's:
»Es wird ihm im Kopfe wühlen!«

»Eine geist'ge Freistatt suchen Sie hier
Für Ihre Ideen und Sparren,
Die sollen Sie haben, –« die andern schrei'n:
»Wir haben die feinsten Narren!«

»Sie erhalten ein Zimmerchen nett und klein
Mit Riegeln erster Classe,
Die Kost wird allgemein gelobt,
Der Staat füllt uns're Casse.

Gelegenheit zum Denken ist hier,
Zum trüben und zum heitern;
Die Hirne schiessen hier in's Kraut,
Die Köpfe sich erweitern,

Die Köpfe wachsen riesengross
Mit Augen stier und hässlich,
Arme und Beinchen werden klein,
Die Gedanken unermesslich.

Dort hinten ruht eine Collection
Der prächtigsten Exemplare,
Wir freuen uns schon auf ihr Hirn,
Sie wuchsen viele Jahre.«

Er deutete hier abseits, – voll Grau'n
Folgt' ich ohne Athem zu schöpfen
Und in der That, ich sah einen Saal
Voll lauter schwitzenden Köpfen.

Von unten bis oben mit Köpfen gepfropft,
die Besinnung kam mir in's Schwanken, –
Ein Zimmer mit lauter Köpfen voll,
Die Köpfe voller Gedanken.

Köpfe bedeutend, kugelrund,
Mit griechischen Nasen und Stirnen;
Man sah es gährte und blitzte stark
In diesen mächtigen Hirnen.

Mit vorgetriebenen Augen oft
Der Eine den Andern ansah,
Eifersucht glast aus den Augen heraus,
Sie kamen sich oft zu nah.

Zum Kampfe käm's hier sicherlich
Doch fehlt es an Muskeln und Waffen:
Die Spinnengliederchen sind zu fein
Um den Kopf nur fortzuschaffen.

Der Kampf, den sie führen, ist stumm und leis,
Es brüllen im Kopf die Haubitzen,
Gedankenschlünde brechen los
Und geist'ge Lanzen blitzen. –

Einen Augenblick ging der Director zurück
Einen Orden noch umzuhängen:
Da fingen die Andern mit Ungestüm
Gleich an mich zu bedrängen:

»Komm doch zu uns herein und schau,
Wir liegen in herrlichen Betten,
Wir wandeln auf Parquet, und kaum,
Höchst selten findest Du Ketten.

Komm her zu uns, Du passt zu uns,
Auch Deine Gedanken stürmen;
Hier bist Du völlig gedankenfrei,
Wir werden Dich schützen und schirmen.

Du brauchst keinen Pass und keinen Schein,
Wenn Du nur Ideen im Hirne,
Doch die hast Du, – man sieht sie brennen Dir ja
Fast durch die verwegene Stirne.

Du lebst wie ein Fürst hier, in Saus und Braus,
Wein giebt es täglich zu schöpfen;
Die besten Gerichte speist Du dazu, –
Wir wollen Dich dann köpfen.

Entflieh der Welt und ihrem Zwang,
Dem geistigen Chikaniren,
Hier bade Dich im Ideenrausch, –
Wir wollen Dich dann seçiren.

Hier bist du jeglicher Fessel frei,
Darfst toben, rasen und fluchen,
Und leisten, was Dein Gehirn nur kann, –
Wir wollens dann genau untersuchen.

Die armen Menschen da draussen bei Euch
Unter Zwang und Gesetzesverhängniss
Sind übel daran, sie dauern uns sehr,
Sie leben in lauter Bedrängniss.

Was sie zum täglichen Lebenskampf
An geistigem Quantum spenden
Lohnt nicht der Mühe, verglichen mit dem,
Was wir nur stündlich verwenden.

Komm' zu uns; – ein glänzendes Avancement!
Du wirst Kaiser, Obergott, Rector
Totius mundi, – und bist Du gescheid,
So machen wir Dich zum Director!« –

Sie lockten mich mit vieler Lust,
Mit sanftem ehrlichen Girren;
Wie Zigeuner mit bäckigen Aepfeln oft
Die blonden Kinder kirren.

Mich ergreifen durften beileibe sie nicht,
Selbst musst' ich hinein mich wagen,
Im Märchen hat Alles sein Aber und Wenn,
Doch dann nähmen sie mich beim Kragen.

Im Märchen wird Alles bequem gemacht,
Man lockt mit Braten und Schüsseln, –
Schon stunden zwei lachende Portiers da
Und rasselten mit den Schlüsseln.

Uns lockt oft eine geheime Lust,
Das Märchen muss sich erfüllen, –
Wir kämpfen, doch wir vermögen nichts
Mit unser'm stolzen Willen.

Doch dacht' ich mir, noch bist Du gesund,
Die wollen Dich nur betrügen, –
Noch bist Du gesund, noch bist Du gescheid,
Und lässt das Haus links liegen!

Noch hast Du unendlich lieb die Welt
Mit all' ihren Schmerzen und Jammer,
Und lieber verbluten, als leben hier
In dieser rothen Kammer!

Noch hast du die Liebe, – sie ist gewiss
Das mächtigste der Gefühle,
Sie rettet Dich vor dem rothen Haus
Und vor dem schmutz'gen Gewühle.

Gesunde Leute.

Wenn die Mädchen gross geworden,
Wenn sie achtzehn, zwanzig Jahre,
Nähen sie sich weisse Kleider,
Myrtenkränze in die Haare.

Solch' ein Bräutchen sucht der Jüngling
Wenn noch schmeichelnd seine Locken,
Wenn noch muthig seine Wangen,
Und sein Herz pocht vor Frohlocken.

In der Kirche spricht der Pfarrer:
Dass ein Band Euch stets umschlinge!
Auf die weissen zarten Hände
Gleiten dann die goldnen Ringe.

Ja, – das thun gesunde Leute
Ohne irgend welche Mahnung –
O, glaub' mir, wie sie gesund sind
Keiner hat davon die Ahnung!

Ja, das thun gesunde Menschen
Zwischen zwanzig, dreissig Jahren,
O, wie schrecklich sie gesund sind
Keiner hat es je erfahren!

Avancement.

Sie werden Alle grosse Leute
Die jüngst noch neben mir gelebt,
Erschreckend ist es anzusehen,
Wie alles in die Höhe strebt.

Sie füllen Weisheit in die Köpfe,
Und speculiren früh und spat;
Dann kommen Uniform und Orden,
Und Fräcke, Degen und Ornat.

Sie warten Alle auf den Thaler
Gehaltszulage, – eine Braut
Sitzt längst in einem deutschen Stübchen,
Und horcht auf Nachtigallenlaut.

Dies ewig hast'ge Avanciren
Es schreckt und störet meinen Schlaf;
All' Augenblicke hör' ich schellen:
Schon wieder Einer, den es traf.

Worin allein ich avancire,
Es ist zu wild, zu schmerzensbleich,
Mich zogen weisse Lichtgestalten
In ihr umklammernd Nebelreich.

Der Firmling.

»Komm' Gustav, reib die Augen aus,
Am Himmel steht die Sonne,
Dein Firmeltag ist, schau hinaus,
Der Tag der heil'gen Wonne!«

»Ach Mutter, mir ist Angst und Bang,
Ich hab' so schwer geschlafen;
Der Traum, er war so schwer und lang,
Es wird mich heut' noch strafen.«

Und Bim! und Bam! vom Thurme her,
Da zieht's am Glockenstrange,
Und Bam und Bum! die Glocke schwer,
Sie ruft mit hellem Klange.

»Ei Gustav, frisch zum Bett heraus,
Die Frühlingsblüthen schimmern;
Es ist schon auf das ganze Haus,
Die Palmenkätzchen flimmern!«

»Ach Mutter, mir ist Angst und Bang,
Ich darf und kann nicht beten,
Mich lässt nicht des Gewissens Drang
Zu Gottes Tisch hintreten.«

Und Ging! und Gang! vom Thurme her
Tönt's lauter jetzt und dringend,
Und Gang! und Gong! die Glocke schwer,
Den Eisenschlägel schwingend.

»Süss' Gustav, jetzt ist's höchste Zeit,
Und reiss' Dich aus dem Schlummer,
Gott wendet Dir Dein Herzeleid;
Mein Sohn, Du machst mir Kummer!«

»Ach Mutter, mir ist Angst und Bang,
Erdrückt werd' ich von Sünden,
Mir fährt in's Herz der Glocke Klang,
Kann keine Gnade finden.«

Und Bing! und Bäng! vom Thurme her
Schreckt's heiser jetzt und bellend,
Und Bäng! und Bung! die Glocke schwer,
Sie drohet schrill und gellend.

Da eilt die Mutter selbst herbei
Mit sorgenvollem Grusse
Und kleid't ihr zartes Söhnchen neu
Vom Kopf' an bis zum Fusse.

Der Vater kommt, und ärgerlich:
»Dass ich noch warten werde!
Frisch auf mein Sohn und rüste Dich,
Kaum halten noch die Pferde.«

Schnell noch das Buch, den Blüthenstrauss,
Die Goldfrucht d'ran zu riechen,
Es klappt der Schlag, – ein Ruck, – hinaus,
Huida! die Pferde fliegen.

»Ach Mutter, mir ist Angst und Bang,
Ich kann es nicht ertragen,
Es stürmt in mir der Sünde Drang,
Ich weiss, ich werd' verzagen.«

»Mein Sohn, Gott ist ja überreich,
Er schützt und stärkt die Frommen,
Und Christus sprach ja: Lasset gleich
Die Kleinen zu mir kommen.«

Der Wagen hält, es steiget aus
Der blonde, schöne Knabe,
Es flunkert hell im Gotteshaus,
Ihm banget wie vor'm Grabe.

Er schleichet durch die schwarzen Reih'n,
Da flüstert man sich leise,
Im weissen Kleid die Mädchen fein,
Die Knaben steh'n im Kreise

Sein Plätzchen ist noch frei allein,
Er kniet und duckt sich bebend;
Der Hochaltar erglänzt im Schein
Der Marmorsäulen strebend.

Da steigen Englein auf und ab,
Sie deuten und sie staunen;
Das flirrt hinauf und wogt herab,
Sie blasen in Posaunen.

Erzengel strahlend, schildbewehrt
Auf hohen Wolken sitzen,
Sie führ'n das goldne Flammenschwert,
Sie droh'n herab und blitzen.

Und hoch der liebe Gott, er schaut
Auf seine Kinder nieder,
Da rauscht's und klingt's wie süsser Laut,
Wie sel'ge Himmelslieder.

Der Gustav hört's, er kniet so dicht
In Gottes heil'ger Nähe;
Sein Athem lauscht: Wer ruft, wer spricht? –
Ihm wird es Angst und Wehe,

Am Chor da drängt ein Pathenhauf',
Geheimnisse sie haben,
Sie blicken all' und deuten auf
Den blonden, schönen Knaben.

Es rutscht und rückt ohn' Unterlass,
Sie hecheln wie die Raben,
Und jede weiss im Herzen 'was
Vom blonden, schönen Knaben.

Das Amt beginnt, die Menge schweigt,
Ornate strahl'n gebauschet,
Es blinkt der Kelch, die Hostie steigt,
Und alles kniet und lauschet.

Da löst sich aus der Orgel drinn'
Ein Stimmchen fein mit Winden:
»Tim tim, mein Kind, was willst herin,
Erstickt Dein Sinn in Sünden!«

Und aus den Bässen schnarrt's im Nu,
Rumoret dumpf mit Fluchen:
»Rum brum, gib Ruh', Du Bub', und thu',
Von Sünden Busse suchen!«

Der Gustav hört's, die Angst sich regt,
Es klingt wie Hohn und keifend; –
Die Menge ist so sanft bewegt,
Der Pfarrer spricht ergreifend.

Mach's kurz, o Pfarrer, mach ein End',
Dein Firmling der erbleichte!
Der Pfarrer macht noch lang kein End',
Er fühlt sich heut so leichte.

Da rauscht's aus den Posaunen schwer,
Der Englein Backen blähen:
»Träh räh, Du Wicht, was kniest Du her
So dicht in Gottes Nähen!«

Der Gustav schluchzt und weinet leis,
Das Herz möcht ihm zerspringen; –
Die Knaben rings und Mädchen weiss,
Die blicken fromm und singen.

Und auch der liebe Gott spricht reich,
So reich an Huld und Gaben,
»Es sind in meinem Himmelreich
Viel blonde, schöne Knaben.«

Dem Gustav flimmert's vor dem Blick,
Er schwindelt jäh' und grässlich; –
Die Menge schwelgt im höchsten Glück,
Der Text ist unermesslich.

Hör' auf o Pfarrer, mach' den Schluss,
Sonst stürzt der Knab' am Orte!
Der Pfarrer ist im besten Schuss,
Heut' fluthen so die Worte.

Und ach da Gustav stürzt mit Schrei,
Der blonde, schöne Knabe,
Im Firmelkleide funkelneu,
Im Sterbekleid zum Grabe.

Die Mutter eilt in Hast und Noth
Zum blonden, schönen Knaben;
Es ist zu spät, er ist schon todt,
Ihr könnt ihn gleich begraben.

Die Menge schrickt und schluchzet weich,
Sie wollen ihn noch laben.
O lasst, schon ruft's zum Himmelreich
Den blonden, schönen Knaben.

Abend-Gedanken einer Prostituirten.
[Auszug]

III.

Zur Kirche geht Ihr,
Und liegt dort vor der Maria,
Und hört das Glokengeläute und Orgelgetön,
Und laßt die Weihrauchschwaden Euch umziehn,
Und schaut auf die glizernde Monstranz,
Und hört die flennende Stimme auf dem Chor,
Und werdet betrunken und berauscht,
Und glozt und starrt noch immer die Maria an ...
Und plözlich pakt Euch der Teufel beim Genik,
Und führt Euch zu uns.
Und dann kommt Ihr bei mir an
Mit brennenden Lefzen und glühenden Bliken,
Und könnt Euch nimmer halten,
Und windet und dreht Euch – Schusterbuben,
Aktuars, Komie, Doktores und Geheimrät'...
Und dann meint Ihr, daß Ihr reinen Herzens seid!

IV.
Ihr klebt nur an der Hülle! –
Ein Fezen Parchent dünn, karrirt und blau,
Und um die Rüken-Mitte so geschnitten,
daß sich poßirlich dort die Linien kreuzen;
'Ne rosa Schleife, ein Corallen-Band,
Noch einen Streifen weißen Unterroks;
Ein Pluderwerk, das da und dort hinausfährt,
Und dem Ihr folgt mit affenmäß'ger Gier;
Aus Rattenleder Füßchen-Überzüge,
Und Wischi-Waschi, Risch und Rasch ein Gang
Von schleifender, scharwenzender Manier, –
Dann hat's Euch, dann steigt Euch das Blut zu Kopfe,
Ihr werdet ernst und glasig, Eure Miene
Wird maskenartig, gipsig und gefroren,
Ihr lallt und tappt, und Eure Lippen pappen
Wie Kleister, Ihr vergeßt der Deutschen Sprache,
Und Euer Gikel steigt, Ihr kommt Euch größer,
Bedeutender jezt vor; fängt Euer Herz
zu pochen an noch – nennt Ihr's ›wahre Liebe‹.

V.
Den Kern erkennt Ihr nicht!
Das, was wir sind oh'n Schneider und Frisör,
Das Menschenweibchen blieb Euch fremd und [stumm?];
Ihr liebt die Kunst von Schneider und Frisör,
Durchwärmte, farbige Menschen-Überzüge.
Doch, was wir denken, was wir über Euch
Uns für Gedanken machen und empfinden,
Das, Gott sei Dank, ist Euch, und wird es bleiben,
Ein unenträtselt Buch mit sieben Siegeln. –

Prosa

Der Corsetten-Fritz.

Aus alten Märchen winkt es
Hervor mit weißer Hand,
Da singt es und da klingt es
Von einem Zauberland.

Heine

Ich bin der Sohn eines protestantischen Pfarrers. Ich wuchs in einem ganz kleinen Städtchen auf. Wir waren vielleicht achthundert Seelen. Jedes kannte das Andere; fast bis auf die Gedanken. Von früh auf leitete mein Vater selbst meine Erziehung; ich mußte Lateinisch lernen, wogegen sich mein Kopf, wie gegen ein exotisches Gift, sträubte.

Die sicherste und intensivste Erinnerung aus dieser Zeit ist ein gewisser Zustand, eine Disposition meines Kopfes, eine Art psychischer Anfall, der mich jedesmal in der Kirche überraschte. Mein Vater predigte ganz anders, als er zu Hause sprach. Auf der Kanzel hatte er eine plärrende, heulende Redeweise. Zu Hause war er knapp, bestimmt, coramisirend. So befand ich mich in der Kirche einer ganz anderen Persönlichkeit gegenüber. Und die Wirkung war eine ganz neue. Kaum hatte die Gemeinde mit ihrem Rock-Geräusch sich auf die Bänke niedergelassen, das geistliche Geheul meines Vaters erfüllte widerprallend mit doppeltem und dreifachem Echo das kleine Gotteshaus, so war meine Seele entflohen. Und auf mir nur zu bekanntem Weg, und immer auf demselben, lief sie fort, und trieb sich umher, und suchte etwas, und lief auf die Dörfer in der Umgebung und wollte überall eindringen, in die Häuser, durch die Fenster der Menschen, in die Schränke, ja sogar in die Menschenleiber, und wollte überall horchen, und suchen, und spähen, ohne zu wissen, was; das Schluß-»A-män!« – und meine Seele kehrte wie der Geier zurück, ich erwachte; vor mir lag das Gesangbuch mit seinen schwarzen Lettern; am Altar waren die Kerzen tief herabgebrannt; mein Vater wischte sich den Schweiß von der rothen Stirn, die Leute rutschten feierlich und ergriffen und auf dem Chor begann die Orgel ein leises Smorzandospiel. – Dieß ist die intensivste Erinnerung aus meinen Kinderjahren: dieses Davonlaufen der Seele bei jeder günstigen Gelegenheit; dieses Herumsuchen nach etwas Unbekanntem, nach etwas Aufzustöberndem und dieses Nichts-Nach-Hause-Bringen.

Später, als es Zeit war, in die Lateinschule einzutreten, kam ich in ein kleines Provinzstädtchen; zu Leuten, die mich ebenso streng vor allem, was man Welt nennt, abschlossen, wie mein Vater; und die mir ebenso unermüdlich wie meine Eltern eintrichterten: Zweck meines Daseins sei, Doctor der Theologie zu werden, und Sonntags Leute in Seidenkleidern und schwarzen Tuchröcken mit frappirendem geistlichen Inhalt zu füllen, plärrend und pfauchend, wie mein Vater. Dieses Programm war mir vollkommen geläufig; ich hatte mich auch vollständig mit ihm ausgesöhnt; aber was meine Seele dazu sagen werde, jenes Wanderthier, welches auf eigene Faust auf Eroberungen ausging, und jeder Clausur, jedem Stubenarrest spottete, das wußte ich natürlich nicht. –

Ich heiße F r i t z. Und als die Lateinschule mit vierzehn Jahren absolvirt war, mußte man mich wohin bringen, wo ein Gymnasium war. Dies that mein Vater nur schweren Herzens. Denn das nächste Gymnasium war die Residenz. Eine Residenz, in der damals Künste und aller mögliche Luxus in reichster Blüthe stand. Und vor dieser irdischen Blüthe der Welt wollte mich mein Vater um jeden Preis bewahren. In der Residenz wohnte ein Onkel von mir, von nicht minder rigorosen Grundsätzen wie mein Vater. Zu diesem wurde ich, nach Vorausgang eines intensiven Briefwechsels, endlich gebracht, und hatte von hier aus, unter strengster Überwachung, sozusagen unter Clausur, das nahgelegene Gymnasium zu besuchen.

Die Häuser, die Eisenbahnen, das Schreien einer fieberhaften Menge, die geheimnisvollen Telegrafen-Drähte hoch quer in der Luft, die Schaufenster, die prunkenden Kirchen, die erstaunlichen Lettern mit ihren Behauptungen an den Straßen-Ecken, und was ich sonst auf der Reise und bei der Ankunft an großstädtischem Leben erwischte, machte auf mich einen fast lähmenden Eindruck. Ich schluckte alles hinunter, und wartete, wie es wirkte; und sagte gar nichts. Ich sah, man beobachtete mich, wie eine Taube, der man Cigarrenrauch in die Nasenlöcher geblasen. Ich wußte aber auch, ich ahnte, daß in dieser Stadt ein kolossales Geheimniß für mich verborgen lag.

Soweit ging alles gut. Meine Leistungen in der Schule waren zwar wenig zufriedenstellend. Man schob es auf den plötzlichen Wechsel von Lehrer und System. Täglich wurde ich zur Schule gebracht und abgeholt; unter den höhnischen Bemerkungen meiner Kameraden. Mit Niemandem durfte ich verkehren. Nur meine Tante, eine

Frau, die wohl damals schon mein Inneres durchschaute, mit jener instinctiven Sicherheit, die den Männern abgeht, nahm mich auf ihren Ausgängen und Commissionen mit. – Ich war etwa vierzehn Tage in der Residenz, und ziemlich exact fünfzehn Jahre alt, als mich eines Abends meine Tante im Flüsterton fortschickte, ihr ein Packet zu holen, welches sie in einem Hause hatte liegen lassen, und das sie noch für den gleichen Abend zu einer Einladung benöthigte. Es war sechs Uhr. Ich flog wie ein Reh. Diesmal zum erstenmal befand ich mich und jenes Ding in mir, welches quasi ohne jeden Zusammenhang mit der Welt, als Seele, sozusagen auf eigene Verantwortung, in mir fungirte, beide miteinander im Einklang. Wir eilten auf Windesfüßen. Der Auftrag war bald vollbracht. Einmal im Besitz des Packets, merkte ich erst, daß ich unbewußt so geeilt war, um zeitlich einen Vorsprung zu gewinnen. Ich beschloß, ihn so gut wie möglich auszunutzen. Ich wollte etwas von der fürchterlich tosenden Welt sehen. In der Ferne lag ein großer, dampfender, hellerleuchteter, mit Menschenlärm und Wagen-Gemurmel erfüllter Platz. Dort beschloß ich hinzugehn. Zum erstenmal war ich mit meinem Instinct ganz allein und souverän in der Welt. Ich konnte hin und zurück, ohne mich in der Zeit auffällig zu verspäten. Ich hatte ja noch Zeit gut. Bereits war ich auf dem Wege, und eben im Begriff, auf einer der Straßen den großen Platz zu gewinnen, als ich plötzlich, gerade knapp vor der Ecke, vor einem großen Glasfenster, wie vom Blitz getroffen, stehen blieb, und fassungs- und willenlos, wie ein angeschossenes Thier, dort hineinstarrte, und mich, mein Packet, meine Umgebung, meinen Auftrag vollständig vergaß.

Ich will jetzt Obacht geben, ganz genau alles so zu beschreiben, wie ich es sah, und wie ich es empfand. Hinter dem riesengroßen, spiegelblanken, aus einem Stück bestehenden Glasfenster saßen, oder schwebten, oder stacken ein bis zwei Dutzend Menschenleiber, das heißt Ausschnitte von Menschenleibern, ohne Kopf, ohne Beine, aber nicht gerade geschlachtet, sondern mehr abgehackt, ausgeschälte Rümpfe mit d'rangelassener Hüfte, aber blutlos, sogar höchst säuberlich, glänzend, seidig, furchtbar graziös und elegant, und wie zum Umarmen und Küssen eingerichtet; also keine Menschenschlächterei, sondern – wie soll ich sagen! – leichenartig conservirte Hüften mit vorgequellter Brust, Menschen-Mumien, aber unter Berücksichtigung und Conservirung des kostbarsten Mittelstücks; alle in verschiedenen Farben, vom schneeigsten Weiß bis zum tiefsten Beinschwarz; die Farben nicht angestrichen, sondern das natürliche Product ihres Inhalts; also herausgeschwitzt, und erhärtet; die Ränder prachtvoll wieder mit anderen Farben eingefaßt; besonders ein orangegelber Leib nahm meine ganzen Sinne gefangen; er war schwarz gerändert; die Hüftenschwingung zart; die dünnste Stelle zum mit Knabenhänden umspannend; ergötzlich; die Ausladung der Brust kühn und gewaltig; das Ganze eine hoheitsvolle Figur, ein Ideal-Wesen. »Magst Du herkommen, wo Du willst, – rief ich innerlich mit einem überquellenden Impuls, – und wenn Du auch nur ein Stück bist, so bist Du doch prachtvoll, du gleisendes Orange-Wesen, und Dich wenn ich besäße, dann wäre wohl mein Glück gemacht!« – So sprechend beugte ich mich ganz über die quer laufende Eisenstange, welche vor der Riesenscheibe zum Anhalten diente, hinüber, um mein süßes Orange-Wesen mit den Augen ganz zu verschlingen. Aber jetzt kam mir doch ein Stück Besonnenheit, und ich begann nachzudenken, wieso diese Bruchstücke von Individuen hierherkämen. Sollte irgendwo eine so kostbare Menschenrasse leben, begann ich zu grübeln, – von der ich noch nichts weiß, und die man mir verborgen gehalten hat? Also eine farbige, glitzernde Menschenrasse, ähnlich dem, was den Vögeln Kakadus und Kolibris sind! Aber warum hat man Kopf und Hals weggehackt? Und die Beine ausgeschnitten? Offenbar weil eben die Leiber das Schönste sind. Es sind eben Menschenbälge! Aber nicht federartig, wie die Vögel: sondern seidenartig glänzend; Menschen-Hülsen von einem prachtvollen Geschlecht! Könnte man da nicht hinkommen, wo Die leben? Und glücklich sein? – Ich schaute jetzt genauer hin. In der That, der Inhalt dieser Leiber, obwohl blühend weiß und flockig wie frische Schlagsahne, war doch künstlich; war angefüllt, – oh, ich lasse mich nicht so leicht täuschen! – und es sind also veritable Menschen-Hülsen – natürlich! Man kann doch das Blut und die Eingeweide nicht drinnen lassen! Und man füllt es mit Weiß aus, um die Kostbarkeit der Rasse anzudeuten. Ob wohl solche Exemplare noch lebend anzutreffen sind – fuhr ich weiter für mich zu fragen fort. – Und wo Die sich aufhalten mögen? In einem fernen Land, wo ewiger Sonnenschein herrscht, mögen sie wohl in der Luft schweben, diese federleichte, graziöse Sippe! Und werden dort von Schurkenhand eingefangen und abgehäutet! – Einerlei – fuhr ich nach einigem Bedenken fort, – jetzt sind sie da; und jetzt gilt es, sie zu erwerben. Denn offenbar, – darüber war ich orientirt – ist das, was hinter diesen Riesenscheiben aufgestellt ist, zu verkaufen. Aber wer kann so kostbare Menschen kaufen? Wohl nur ein König! Mein

Gott, rief ich, was wird dieser orangene Menschen-Vogel kosten? Gewiß einige Zehntausend Gulden. Die werde ich nie besitzen. Und so werde ich im Leben nie glücklich sein …!

In diesem Augenblick geschah etwas Entsetzliches. Zwischen meinem Orange-Menschen und seinem dunkelblauen Kameraden nebenan erschien plötzlich ein schwarzbärtiger, gelockter Judenkopf, der mich mit einem ausgestopft-süßlichen Lächeln angrinzte, und unversehens von Hinten mit zwei Armen mein Orange-Bild umfaßte und es liebkosend nach hinten trug. Ich war außer mir vor Wuth. Und eben wollte ich mit geballter Faust die Glasscheibe zerschmettern, um das Ideal meines Lebens zu retten, als ein brauner, eiserner Vorhang zwischen mir und der Glasscheibe mit schrillem Geräusch niederging, und mich mit einem Ruck wie vor die Felsenwand »Sesam öffne dich!« brachte. –

Ich schaute um mich. Es war stockfinster. Nur wenige Menschen eilten schnellen Schritts vorüber. Der große Platz war leer, wie ausgestorben. Mein Paquet? Ich hatte es noch in der Hand. Ich lief zitternd vor Erregung nach Hause. Es ging auf zehn Uhr. Natürlich kam ich zu spät. Aber dieses Zuspätkommen, welches unter anderen Umständen mich tief beunruhigt hätte, ließ mich fast theilnahmslos. So hatte das vorausgehende Ereignis auf mich gewirkt. Man forschte mich aus, wo ich gewesen. Man inquirirte mich. Onkel und Tante waren außer sich, daß ich die erste Gelegenheit des Vertrauens so schmählich mißbraucht hatte. Ich erklärte mit großen Augen, ich hätte eine seltsame Begegnung gehabt, die mich festgehalten hätte. Man schüttelte den Kopf und wollte Näheres wissen. Ich konnte und wollte nichts Näheres sagen. Ich bat nur, zu Bett gehen zu dürfen. Ich hätte keinen Appetit. Dies wurde endlich zugestanden. Im Nu war ich in meiner kleinen Schlafkammer, und hatte mich gleich darauf tief in die Bettdecken gewickelt.

In der Nacht träumte mir, und es erschien jener Rumpf-Körper, in golden-orangenes Licht getaucht, am Fußende meines Bettes. Wie ein strahlendes Wesen aus dem Jenseits. Wie eine odische Erscheinung. Ich weiß nicht, träumend oder wachend, erhob ich mich von der Lagerstatt und starrte das entzückende Bild mit offenen Augen an. Ich rutschte vor und streckte die Hände mit fibrirendem Verlangen dem Bilde entgegen. In diesem Augenblick aber erschien der Judenkopf, mit einem höhnischen, wie ein Taschenmesser zugeklappten Mund, und zog von rückwärts leis und lautlos das prachtvolle Bild an sich. Mit einem Schrei erwachte ich. –

Von diesem Morgen an war ich ein ganz anderer Mensch. Ich hatte jetzt plötzlich einen Inhalt gewonnen. Meine Seele vagirte nun nicht mehr herum. Wenn sie sich überlassen war, wußte sie, an wen sich zu halten. Sie entfloh in jene dämmerige Gasse, vor das glänzende Schaufenster, und conversirte mit jenem Orange-Wesen, dem fabelhaften Menschenrumpf, dem entzückenden Überbleibsel aus einem fernen, vielleicht indischen Geschlecht. Leider war meine Seele mit dieser phantastischen Arbeit so übermächtig, so exclusiv thätig, daß meine Aufmerksamkeit, die Fähigkeit, meine Geisteskräfte anders zu concentriren, immer schwächer wurde und zuletzt unterlag. Nicht nur in der Classe, beim Übersetzen des Cicero oder Ovid, in der Kirche, zu Hause, wenn mein Onkel ernste Aufsätze vorlas, sondern sogar beim Mittagessen war ich schweigsam, die Äußerlichkeiten mechanisch verrichtend, meinem Inneren zugekehrt. So kam ich in den Geruch, – zumal auch meine Noten in der Classe immer ungenügender wurden, eines talentlosen, faulen, dummen Menschen.

Darüber verging etwa ein Viertel-Jahr. Mein Orange-Ideal hatte ich in der Wirklichkeit nicht wieder seit jenem Abend gesehen. Noch auch ein ähnliches seines Geschlechts. – Eines Nachmittags waren Onkel und Tante ausgegangen. Es war Sonntag. Die Köchin war allein noch zu Hause und schickte sich, wie ich vermuthete, an, ebenfalls auszugehen, da es ihr freier Nachmittag war. Ich sollte zu Hause bleiben und lernen. Mißmuthig ging ich im Zimmer auf und ab. Plötzlich kam mir der Gedanke, wenn ich den ganzen Sonntagnachmittag allein zu Hause bleiben sollte, mir noch ein Glas Himbeer-Wasser von der Köchin zurecht richten zu lassen. Es war Sommer, und ein heißer Tag. Die Köchin hatte den Schlüssel zu diesen Süßigkeiten. Eben hatte ich die Thürklinke in der Hand und war im Begriff über den Korridor zu gehen, als mich ein weiterer Gedanke auf einmal leise auftreten ließ. Die Köchin war eine hübsche Person. Sie hatte große, dunkle, vielsagende Augen. Ich war über die Unterschiede zwischen Knaben und Mädchen sehr wohl orientirt. Ich hatte durch Zufall sogar diese Abweichung in der Bildung der Scham bei kleinen Mädchen schon beobachtet. Was mich, nebenbei gesagt, hier einzig verdroß, war, daß die Urin-Bereitung mit jenen differenzierten Organen vergesellschaftet war. Das heißt, ich konnte mir nicht klar machen, warum zur Entleerung des Urins bei Knaben und Mädchen verschiedene Organe nothwendig seien. – Ich wollte also durch's Schlüsselloch der Köchin ins Zimmer schauen, um zu sehen, wie sie aussehe, was sie treibe. Nahe bei der Tür angelangt, hörte ich schon nesteln und rutschen und herumwirtschaften. Aber kaum hatte ich das Auge an's Schlüsselloch gebracht, als ich, starr vor Entsetzen, und unfähig, mich auf den Füßen zu halten, beinahe mit dem Kopfe gegen die Thür gefallen wäre. Ich lief eilig ins Wohnzimmer zurück, wo ich keuchend mich an einem Möbel anhielt, um das Gesehene zu verdauen, zu überlegen, mir klar zu machen: die Köchin stand mit nackten Armen in ihrem Zimmer; an ihrem Bett, der Hals war ebenfalls nackt; das Hemd tief ausgeschnitten; zwei weiße, helle, lebende Kugeln sprangen dort, wo das Hemd aufhörte, hervor, und von diesem Rand an abwärts hatte die Köchin, sowohl gegen die Arme sich verbreiternd, als nach unten den ganzen Leib verhüllend, eine jener farbigen, eingefaßten, starren, getrockneten Menschenhülsen, wie ich sie damals hinter der Glasscheibe gesehen; wobei ich nur das Eine nicht begreifen konnte, wie die Köchin diesen fremden Menschen-Überzug über sich hinübergebracht hatte; denn die Köchin war doch ein starkes Frauenzimmer; der Überzug hingegen knapp und eng; auch war mir nicht entgangen, daß dieser hohle Balg an Farbenpracht bei weitem hinter jenen zurückstand, die, wie mein orangenes Ideal, damals in der Abend-Beleuchtung in jener Straße geglänzt hatten. Und nicht übersehen hatte ich das ernste, strenge, fast pathetische Gesicht, welches die Köchin bei ihren Manipulationen gemacht hatte. – Ich setzte mich jetzt auf den bequemen Lehnstuhl im Zimmer und überließ mich ganz meinen Empfindungen und Erwägungen.

Eine der wichtigsten Entdeckungen, das war mir klar, hatte ich jetzt gemacht. Also die Köchin hatte sich in den Besitz eines solchen abgebalgten Menschen-Überzuges zu setzen gewußt. Er war nicht so schön wie die andern; stammte vielleicht von einem im Norden wohnenden, schwerfällig im Nebel sich bewegenden, mythologischen Geschlecht, während mein Orange-Liebling, darüber konnte kein Zweifel bestehen, sich vor Zeiten in einem sonnigen Klima, wie ein Kolibri in der Luft geschaukelt hatte. Also Menschen-Bälge werden vom Norden wie vom Süden her zu uns gebracht, importirt; und bis zur Köchin herab kauft sich jede so einen Überzug und zwängt ihn sich über den Leib. Warum? Ja, das weiß der Himmel! Und die nordischen Bälge sind mehr grau, dickfaserig, schwartenähnlich, derb, wahrscheinlich billiger, für den Köchinnen-Geldbeutel berechnet; die südlichen mehr kolibriartig, farbig, heller, aufgelockerter, goldiger und geschmeidiger, für Fürstinnen und Baronessen berechnet, und natürlich unbezahlbar. Und Juden sind es, die diese entfernten Menschenrassen abschießen lassen, die Bälge importiren und verkaufen und daran ihr Geld verdienen. Aber wie müssen diese Menschen aussehen? Oder sind es gar keine Menschen, sondern Vögel? Oder eine Misch-Race? Sie haben also, fing ich jetzt an zu construiren, einen höchst zarten, gracilen Leib, das heißt, Hüfte, Taille, Brust und die zwei höchst interessanten, an ihr hervorspringenden, schäumenden Kugeln; rechts und links von der Brust fliegen zwei weiße, nackte, schlanke Arme heraus, zum Rudern, zum Fliegen; farbige fledermausartige Flughäute verbinden diese ihrer ganzen Länge nach mit dem Körper, wie aufgebauschte Regenschirme; und zwischen den zarten Perlmutter-Fingern, noch weiche, durchsichtige Schwimm-Häute. Oben an die Brust setzt sich ein blendend-weißer, vielleicht schon befiederter Hals an; dann folgt ein Mäulchen von Corallenfarbe, ein spitzes schlankes Näschen, hinter blau-grünen Wimpern versteckte schwarze Augen-Punkte, citronengelbe Augenbrauen; und dieß Alles umspült, umflattert, umwogt, je nachdem der Wind geht, von einem Wald, von Wellen-Strähnen blauschwarzer Haare, die die Perlmutter-Öhrlein, die Wangen, Kinn, Gesicht, die Brustballons, ja stellenweise die ganze Gestalt in ein Netz von dunklem Wirrwarr einhüllen. Eine Stimme von einem süßen »Pi-pi-pi-pi-pi!« wird dieses Flatter-Geschöpf vielleicht von sich geben. Unten, unterhalb der Hüfte, folgen natürlich keine Beine, die ja überflüssig wären, sondern ein Ruder- oder Luft-Schwanz, der zweispaltig in eine Flosse endet, silbern beschuppt ist und mit bläulichen und grünen Reflexen um sich schlägt und die Direction angiebt. Unter Canarienvögeln und geschwänzten Affen treibt sich dieses kostbare Geschöpf auf einer Insel in einem Urwald herum, schaukelt und gaukelt, schnalzt und zwitschert, und erfüllt die Luft mit Farben und Tönen. Das war die Rasse, aus der ich mein Orange-Ideal abstammen ließ, und alle die anderen farbigen Bälge, die bei uns von den Frauenzimmern aus weiß der Himmel welch neidischen Gründen auf dem bloßen Leib getragen werden. – Weit weniger gern vertiefte ich mich in die nebelhafte, nordische Species, die seehundähnlich, mit grämlichem, naßglattm Gesicht in der aufgelockerten, mit Schnee- und Cristall-Nadeln erfüllten Luft umherschoß, und von deren fettigem, thranigem Leib jener Panzer abpräparirt war, den ich an unserer Köchin durch's Schlüsselloch hindurch gesehen hatte.

Das war mein System, auf das ich nicht weniger stolz war, als jene großen Philosophen, von deren Denk-Systemen ich knapp hatte reden hören. Mit mißtrauischen Augen betrachtete ich jetzt jedes weibliche Wesen, welches in unser Haus auf Besuch kam; um zu eruiren, ob sie sich, und aus welcher Gattung, mit einem farbigen Menschenleib umgebe. Ich war auch fest überzeugt, daß ich das einzige männliche Wesen sei, welches durch eine glückliche Combination von äußeren und innerlichen Ereignissen zu der Kenntnis dieser infamen Menschen-Schlächterei gekommen sei. Trotzdem hütete ich mich, irgend jemand etwas von meiner Entdeckung zu verrathen. Aber ein ungemessener Stolz erfüllte mich, und mit Verachtung blickte ich auf alle die Männer, die lateinisch- und griechisch-geübten Professoren meiner Umgebung, die mit dünkelhaften Blicken in die Welt hinausschauten, und keine Ahnung hatten von dem, was in ihrer nächsten Nähe vorging. Umgekehrt schienen nur die Augen der Frauen, die oft mit eigenthümlichem Einverständnis auf mir ruhten, anzudeuten, als wüßten sie wohl, daß ich hinter ihre Schliche gekommen sei. –

Worin mir jedoch dieses ganze innere Leben, dieses Nachgrübeln, dieses Entdecken meiner Seele auf eigene Verantwortung hin, von verschiedenem Nachteil war, das war mein Studium. Meine Fähigkeit zum Aufmerken war fast erloschen. Sah ich doch, daß weder die großen Schriftsteller, noch die großen Mathematiker und Geographen, eine Spur jener Kenntniß hatten, die mir weitaus die wichtigste meines Lebens schien. Nur die abenteuerlichen Erzählungen eines O d y s s e u s, die Begebenheiten bei der C i r c e, sein Besuch bei den abgeschiedenen Seelen oder die Metamorphosen bei O v i d konnten mich festhalten. Kam so eine Schlacht, bei der ich außer der Jahreszahl auch die Gefangenen und Gefallenen merken mußte, oder die Berechnung eines sphärischen Dreiecks, dessen Werth ich für mich mit dem besten Willen nicht einsehen konnte, so holte ich rasch die sämtlichen weiblichen Individuen meiner Bekanntschaft herbei, entkleidete sie, und examinirte die Farbe, Einfassungen und Abnähungen ihrer exotischen Bälge. Oder ich ließ mir von dem Judenkopf meine Orange-Freundin bringen, die ich längst mit einem Wachskopf versehen hatte, und deren blauen Fischschuppen-Schwanz und meergrüne Arme ich vergnüglich zwischen mir und dem Classen-Professor hin- und hertanzen sah.

So wurde ich achtzehn Jahre alt. Noch hatte ich keinem Menschen eine Mitteilung meiner Entdeckungen und verborgenen Erwägungen gemacht. Ich war jetzt in der obersten Classe des Gymnasiums. Bis dahin war das Aufrücken sozusagen von selbst erfolgt. Man kam in die vierte Classe, weil man ein Jahr lang in der dritten gewesen war, und in die dritte, weil man so lang in der zweiten war. Jetzt aber, zum Verlassen des Gymnasiums, hatte man ein schweres, eingehendes Examen aus allen Fächern zu bestehen. Wie das mit mir werden sollte, das wußte ich nicht. – Eines Tages kamen wir in die Religionsstunde, und hörten zu unserer freudigen Überraschung, daß der Religionslehrer krank sei, und wir also nach Hause gehen könnten. Dies war eine gefundene freie Stunde, die ich wieder einmal zu meiner Verfügung hatte und so viel wie möglich auszunutzen gedachte. Mein erster Gedanke war: Du machst Deinem Orange-Idol einen Besuch. Aber wie dahin gelangen? Seit meinem ersten damaligen Besuch in der Abendstunde waren zwei oder mehr Jahre dahingegangen. Unter so strenger Clausur war ich die ganze Zeit über gestanden. Der Weg war mir in Vergessenheit gerathen. Wie ihn finden und wie irgend Jemandem den Begriff von dem beibringen, was ich wollte. Einem Mitschüler, der mir am vertrautesten war, und mit dem ich ein Stück des Nachhausewegs gemeinsam hatte, theilte ich soviel mit, als zur unumgänglichen Orientierung notwendig war. Er hörte mich stumm und starr vor Erstaunen an. Etwas von meinem geheimen System muß doch mit hindurchfiltrirt sein. Dann sagte er ruhig und mit einer gewissen Gelassenheit, ich solle nur mitgehen; wenn er mir auch nicht dieselbe Menschen-Leiber-Ausstellung zeigen werde, jedenfalls werde es eine ähnliche sein. Ich folgte. Und nach etwa einviertelstündiger Wanderung kamen wir durch eine Menge enger und finsterer Gassen zu einem großen, spiegelglatten Glasfenster, in dem wahrhaftig eine große Collektion der von mir sehnlichst begehrten ausgestopften farbigen Menschenbälge zu sehen waren. Aber es war weder dieselbe Collektion, noch so elegant, farbig und kostbar wie die von mir in Erinnerung gehaltene. Mein Orange-Wesen war nicht darunter. Trotzdem glotzte ich wie faszinirt diese stummen Wesen an. Ich hatte meine Schulbücher unter'm Arm. Mein Freund stand hinter mir, mich beobachtend. Allmählich, merkte ich, blieben hinter uns mehrere Leute stehen. Es war ein Samstag. Aus dem Trubel und dem Geschrei, der in der ganzen Straße herrschte, entnahm ich, daß die Leute vom Markte kamen. Dicke Köchinnen, Bürgerfrauen u. dergl. schwankten schwerfällig vorbei: Ein Geschimpfe entstand, weil die Passage nicht frei war. Ich hatte mich ganz dicht an die Glasscheibe gelehnt, um das mir besonders convenirende Stück herauszusuchen. Meine Nase blies einen großen Hof auf die Glasfläche.

Allmählich hörte ich hinten kichern und flüstern. Dazwischen vernahm ich die Stimme meines Freundes, der mit großer Ruhe und gedämpfter Stimme mit den stehengebliebenen Leuten conversirte. Einige Seufzer, die meiner Brust entstiegen, mögen von den Hinterstehenden gehört worden sein. Das Gedränge und Geschimpfe wurde nun immer ärger. Nun wurde mir doch unheimlich. Ich merkte, daß mein Freund nicht mehr neben mir stand. Auch hatte ich mich an dieser mehr starkkalibrigen, farbenarmen und schwerfälligen Collektion gemästeter Menschen-Bälge genügend satt gesehen. Meinem Ideal entsprachen sie nicht. Ich wandte mich um, und wollte gehen. In diesem Augenblick empfing mich ein höllisches Gelächter, in dem Hohn, Spott, Mitleid, Verachtung, Schadenfreude Alles durcheinander klang. Ich blickte in lauter geöffnete Mäuler mit faulen Zähnen und dampfenden Schleimhäuten. Die ganze Straße war vollgekeilt mit Weibern, die keuchend ihre Armkörbe emporhielten und mich mit eng zugekniffenen Augenspalten ankiekten. Eine Menge von Stimmen und unartikulirten Lauten drang auf mich ein, aus der ich zuletzt eine breiig vorgebrachte Rede vernahm: »Gelten S', junger Herr, de san schön; a soichtene müssen S'Ihnen aussuchen!« – Ich wurde blutrot im Gesicht. Und kaum hatte ich mich durch das Gedränge durchgearbeitet, so lief ich, so schnell ich konnte, davon, Denkmaterial wieder für zwei Tage im Kopf. Mein Freund war verschwunden. Durch fleißiges Erfragen der Straße fand ich mich nach Hause. Als ich mit gerötheten Wangen und fliegendem Atem ankam und man mich fragte, wo ich herkomme, antwortete ich: Aus der Religionsstunde. –

Am nächsten Morgen, als ich zur gewohnten Zeit in die Classe trat, empfing mich ein vierzig- bis fünfzigstimmiger Ruf: »Corsetten-Fritz! Corsetten-Fritz!« – Die ganze Geschichte war ausgeplaudert worden. Ich hatte jetzt einen schweren Standpunkt. Und unangenehmer, als die Hänseleien, die nun begannen, berührte mich, daß mein so sorgfältig gehütetes System, das Pflegekind meiner Phantasie, in diese rohen Hände und Münder gekommen war. Und als ein Glück empfand ich es jetzt, daß durch die strenge Überwachung, das Abgeholtwerden vom Gymnasium, mein Verkehr mit meinen Mitschülern auf ein Minimum reducirt wurde. So blieb ich für sie ein Räthsel, ein barocker, sonderbarer Mensch; und in dieser Isolirung war mir am wohlsten.

So kam das Schluß-Examen herbei. In allen Fächern hatte ich begründete Aussicht, glänzend durchzufallen, mit Ausnahme des deutschen Aufsatzes; da ich von früh an mich daran gewöhnt hatte, meine Gedanken und Empfindungen schriftlich niederzulegen, hoffte ich hier durchzukommen. Als deutsches Thema erhielten wir »Die Bestimmung des Menschen«. Ich weiß noch, ich starrte diese Worte wohl eine Viertelstunde an, aber es fiel mir nichts ein. Ich wußte nun, daß auch der Aufsatz verlorene Arbeit sei. Aber ich grübelte ruhig weiter, um zu sehen, ob sich gar keine Gedanken angesichts dieses weltbewegenden Themas einstellen würden. Und es kam nichts. Ich merkte jetzt, von Minute zu Minute deutlicher, daß nicht nur der Aufsatz eine schlechte Arbeit werden würde, sondern daß auch gar keine Aussicht für eine regelrechte, tüchtige, ehrliche Behandlung des Themas da sei: »Die Bestimmung des Menschen«? – Ich wußte sie nicht! Hinter mir zupften mich meine Mitschüler, die gewohnt waren, im deutschen Aufsatz von mir Hilfe zu bekommen, und flüsterten: »Du, was ist die Bestimmung des Menschen?« – Ich wußte es nicht; und sie wußten es auch nicht. – Die Antwort, die ich in der Christenlehre vor zehn Jahren gegeben hätte: gottesfürchtig zu leben und selig zu sterben – die war mir wohl geläufig; aber das war ja nur eine schöne Rede, eine Phrase, die Jeder im Nothfall im Mund führt und Keiner glaubt. – Trotzdem mußte mein Aufsatz in zwei Stunden fertig sein! In meiner Verzweiflung begann ich zu schreiben: »Die Bestimmung des Menschen ist, die Räthsel, mit denen ihn diese Welt umgibt, zu lösen und sich zur ruhigen Geistesklarheit durchzuringen«; so auf meine persönlichen Erlebnisse und den Gegenstand meiner Zweifelsqualen anspielend. Und nun begann ich, rückhaltlos die Erlebnisse meiner letzten Jahre, innerer und äußerer Natur, meine Annahme eines zweiten Menschengeschlechts, meine Visionen und Peinigungen, bei Tag und bei Nacht, mein Occupirt-Sein durch jenes Orange-Wesen, darzulegen, und schloß die hingeworfene Studie mit der Emphase: »Das ist unsere Bestimmung, das ist unser Fluch, zu grübeln und zu spintisiren, die Schliche und Verhüllungen unserer Nebenmenschen aufzudecken, den Kern aus der Schale zu brechen, die Panzer abzureißen: ein Geschlecht läuft neben uns her, seltsam gebildet, mit ausladenden, outrierten Formen; die Blicke dunkel und verzehrend, die Haut schneeweiß, fuchtelnde Arme, auf der Brust zwei ungeberdige Ballen, die seltsam in der Kleidung versteckt werden; über Hüfte und Leib schillernde, seidene, farbige Überzüge von unbekannter, geheimnisvoller Herkunft; weiterhin sonderlich gebildet, alles glatt und weich, zart und behext; das einmal gesehen, die Phantasie nicht mehr losläßt, die Gymnasiasten verwirrt, ihnen das Gedächtnis auslöscht, sie dem Verderben zuführen will. Löse die Räthel, zerreiße die Schleier, decke Alles auf – das ist die Bestimmung des Menschen, um zu Ruhe und Frieden zu gelangen; im Übrigen, selbstverständlich, gottesfürchtig zu leben und selig zu sterben, wie wir es auswendig gelernt haben.« –

Den folgenden Tag und bevor noch das mündliche Examen begonnen hatte, wurde ich auf das Rectorat gerufen, wo man mir bedeutete, daß ich wegen »unziemlicher Ausdrücke und unsittlicher Anspielungen im deutschen Aufsatz« zwei Stunden Arrest zudictirt erhalten hätte. Gleichzeitig wurde mir eröffnet, daß die Prüfungs-Commission durch außerordentliche Rücksichtnahme die begangenen Unziemlichkeiten durch den Arrest für getilgt erachte, ich aber für den deutschen Aufsatz selbst wegen der darin gezeigten »Selbständigkeit in Behandlung schwieriger und abgelegener Thematas« die e r s t e Note erhielte. – – Die erste Note wog so schwer, zumal der deutsche Aufsatz doppelt gerechnet wurde, daß alle übrigen »Vierer« oder letzten Noten von ihrem »Ungenügend« etwas ablassen mußten. Und da ich, durch den Vorgang kuraschirt geworden, im mündlichen Examen frisch und vorweg antwortete, so gelang es mir, gerade noch mit der letzten zulässigen Gesamtnota das Absolutorium zu erhalten, und damit das Reifezeugnis für die Universität. –

Ein Vierteljahr später befand ich mich auf der Hochschule einer mitteldeutschen Residenzstadt, die wegen ihres jovialen ungebundenen Charakters besonders berühmt war. Ich war jetzt bald 19 Jahre alt; und von der väterlichen Censur und verwandtschaftlichen Überwachung endlich befreit, hoffte ich, jetzt hinter alle die Räthsel und Geheimnisse zu kommen, mit denen meine Phantasie sich bis dahin so abgemüht und gemartert hatte. Ich hatte mich an einen jungen, süddeutschen Studenten angeschlossen, der nicht, wie ich, Theologie studirte, sondern sich dem medizinischen Fach zugewandt hatte, und der weit besser als ich im großen Leben versirt war. Nach etwa vierwöchentlichem Verkehr nahm mich mein Freund eines Abends spät beim Nachhausegehen unter'm Arm und flüsterte mir merkwürdige, unerhörte Dinge ins Ohr: von dem Besuch eines versteckt gelegenen Hauses, wo auf eine bestimmte Klingel hin ein Haufen prachtvoller, schillernder, verführerischer Geschöpfe mit weißer Haut und goldenen Haaren hervorbreche, um dem Gast seine Dienste anzubieten. Man gebe ein Geschenk – ein Gastgeschenk – das sei so üblich. Man wähle sich eines der Geschöpfe aus. Mit der verschwinde man dann auf eine Stunde. Alles übrige ergebe sich von selbst. Ich solle nur unverzagt sein, u.s.w. – Wie ein Blitz fuhr es mir durch den Kopf: Sollte ich hier einen Eingang in jenes Reich der Kolibri-Geschöpfe finden, nach deren Existenz ich seit fast sechs oder sieben Jahren im Geheimen fahndete? – Mit pochendem Herzen folgte ich meinem Freund, der sich über meine Unkenntnis und mein Verzagtsein nicht wenig erlustirte. Wir gingen abseits von der Hauptstraße durch schwarze Gassen, dann durch schwarze Gäßchen; es wurde immer stiller; durch das Sträßchen, durch das wir zuletzt gingen, lief in der Mitte eine Gosse; wir mußten rechts und links weit ausschreiten, wie der Koloß von Rhodos, um uns nicht zu beschmutzen; keine Menschenseele begegnete uns. Endlich hielten wir an einem himmelhohen, schwarzen, nur drei Fenster breiten Haus, zu dem eine steinerne, wacklige, geländerlose Stiege emporführte. Mein Freund schellte. Gleich darauf öffnete sich die Thür leise; ein Flüsteraustausch und wir gingen einen steinernen, nur mattbeleuchteten Gang entlang; dann eine holprige, steile Treppe empor. Ein Griff auf eine Thürklinke: und mein Freund schob mich in einen hell und blinkend erleuchteten Raum, in dessen Wandspiegeln sich ein tausendfach-facettirtes Licht brach, und in dem uns ein helles, nie vernommenes Kichern und Lachen umschwirrte. Auf den Sophas und weichen Lederstühlen saßen und lagen prächtige, kostbargeartete, helle, phantastische Wesen mit purpurrothen Lippen, blitzend-weißen Zähnen, langen Haarsträhnen, kalkweißen Halskrausen und nackten figelirenen Armen, und schauten uns mit hellen, bachklaren Augen an, als sähen sie heute zum ersten Mal Menschen in runden Beinrohren und eingezwängten Tuchröcken. Mein Freund sprach längere Zeit leise mit einer vornehmen Dame in Schwarz, die in jeder Hinsicht dem gewöhnlichen Menschengeschlecht anzugehören schien; dann, auf einen Wink, sprang eines der schlankesten, aalglatten Geschöpfe mit einer gilfenden Lache auf, schlang ihren weichen, langen Arm um meinen Hals, und schleppte mich fort aus dem Zimmer, eine Stiege höher, in ein kleines, ebenfalls prachtvoll erleuchtetes Gemach, in dem alles aus Cristall zu sein schien, eine Menge Fläschchen, Näpfchen und Väschen mit irisierender Oberfläche umherstanden, und die Luft, wie mit tausend schweren Gedanken beladen Einem in die Nase drang. Ehe ich mich's versehen, hatte das schlüpfrige Geschöpf eine Hülle nach der andern abgeworfen, und plötzlich stand vor mir, strahlend in Gold mit schwarzer Einfassung, jenes Orange-Bild aus dem Schaufenster, meine zierliche Ideal-Göttin mit jener afranenen Hülse um Leib, Taille und Brust, die ich seitdem so oft als respondirendes Hirn-Gespinst vor mir gesehen hatte, in der Nacht, bei Tag, im lateinischen Classenzimmer; aber nicht todt, ausgestopft, mit abgehacktem Hals, herausgezogenen Armen und Beinen; sondern lebend, vibrirend, als Ganzgeschöpf, mit schneeweißem Hals, goldbesträhntem Kopf, blühenden Beinen, herumfegenden Armen, gellenden Trillern; und um die Mitte des Körpers zog sich jener prachtvolle orangene Menschenbalg mit schwarzer Einfassung, an dessen oberem Rand zwei bläulichweiße Ballen mit Karminspitzen quellend hervordrangen. »Du unvergleichliches Wesen!« – rief ich und stürzte mit einem Schlag auf die Knie, – »Dich kenn' ich, seit zehn Jahren such' ich Dich, Du erscheinst mir im Traum und bei Tag in einsamen Stunden. Du warst im Besitz eines ekelhaften, schwarzgeschniegelten Juden! Wie bist Du aus jenem Schaufenster herausgekommen? Wo hast Du diese wunderschöne, orangene Hülse her? Du bist ganz Duft, Kolibri und Goldhaar! Kann man Dich kaufen? Du bist der Inbegriff all meines Glücks auf dieser Erde. Ich würf' die ganze Theologie zum Teufel, wenn ich dich besitzen könnte; einerlei, kommst Du aus dem Himmel oder aus der Hölle. Du bist köstlicher als der Feuersalamander. Deine Haut ist ganz Opal und Onyx. Du duftest nach Sandelholz. Deine Bewegungen sind wie Seidenkirschen. Was thust Du mit jenen quellenden Kugeln, die wie flüssiger Granit oben aus Deiner Brust hervorzubrechen drohen, um uns zu zermalmen? Lebst Du in besonderer Luft? Nimmst Du Speise zu dir? Werdet Ihr in Wagen gefahren, weil man Euch nie auf der Straße sieht? Hast Du damals das Schaufenster zerschmettert, und bist dem Aquarium-Besitzer, dem Juden, davongelaufen? Lebst Du hier glücklich? Bist Du aus Glas? oder Seidenstoff? oder Orange-Farbe? oder Muschelmasse? Kann man in Dich hineinbeißen…?« – Ich weiß nicht, wie lange ich so gesprochen, noch was ich getan habe, noch, was mit mir geschehen ist. Das köstliche Wesen schaute mich lange starr mit ihren tiefen Forellen-Augen an, sie entblößte die obere, weiße Zahnreihe, und die Hände waren nach mir ausgestreckt; dann weiß ich Nichts mehr. Ich muß bewußtlos geworden sein. Und kam erst wieder zu mir, als ich die wacklige, steinerne Treppe in dem schwarzen Gäßchen hinunterstieg und die frische Luft mich wieder zu mir selbst brachte. Mein Freund hatte mich bei der Hand. Er machte mir bittere Vorwürfe, ich hätte nicht das richtige Benehmen an den Tag gelegt; gab mir eine schwulstige, geschraubte, ekelhafte Erklärung über die Bedeutung dieses Hauses und seiner Insassen, die ich zum größten Theil nicht verstand, zum anderen Theil überhörte über der Fülle inneren Glücks über das Geschehene und Genossene. Die ganze Nacht war mein Kopf voll jener Sandelholz-Gerüche und Ausdampfungen aus den Cristall-Schalen und -Fläschchen der Orange-Fee. –

Ich zog mich jetzt ganz zurück aus dem Studentenleben. Der offene Verkehr mit Meinesgleichen und das harmlose Plaudern und Lachen über Dinge, die mein Innerstes brutal berührten, war mir ein Gräuel. Ich lebte ganz meinem Innenleben, und baute dort aus den wenigen farbigen Bausteinen, die ich der Außenwelt und meinen paar Erlebnissen, im Hinblick auf jenes Feen-Geschlecht, entnommen, eine phantastische, gelbe, corsettirte Welt auf, an der ich mich fabelhaft ersättigte.

Um hier nicht unterzugehen, stürzte ich mich mit fürchterlicher Energie auf mein theologisches Studium. Und nicht ohne Erfolg. Ich fühlte jetzt ganz genau jene Zweiteilung in mir vorgehen, die schon in frühester Jugend bei mir begonnen: jene spontane, von der Phantasie eingenommene Sphäre, in der ich uncontrollirbar schuf, creirte, produzirte, und aus der ich meist jenes kostbare, meinen Farben- und Formen-Durst stillende, gelbe Geschlecht hervorholte; und die zweite, die Verstandes-Sphäre, wo ich, unter Zusammennehmen aller fünf Sinne, keuchend wie ein Roß, meine Daten und Geschichtsquellen memorirte, und die trübe, fade Außenwelt mit ihren Erscheinungen auswendig lernte. –

So kam mein Examen herbei. Ich bestand es glänzend. Durch meinen eisernen Fleiß hatte ich die erste Note errungen, und erhielt vom Regierungs-Vertreter die Aussicht im Laufe des nächsten Vierteljahres angestellt zu werden. Ich war glücklich zum Emporjauchzen. Und dabei traurig zum Hinsinken. Mein alter ego war unzufrieden. Und ich fühlte in meinem Innern eine höhnische Stimme, die sich über meinen äußeren Erfolg lustig machte.

Ich eilte nach Hause zu meinen Eltern, wo ich mit großer Freude empfangen wurde. Jetzt, wo meine Aussicht auf Versorgung so gut wie gewiß war, und ich inzwischen neunundzwanzig Jahre alt geworden, sprach mein Vater zum erstenmal mit mir über Verheirathung, über die Süßigkeit der Liebe und schmatzte dabei mit dem Munde. Ob ich noch kein Gefallen an dem andern Geschlecht gefunden? Ich glotzte ihn groß an und sagte, ich wisse nicht, was er wolle. Hätte nie davon gehört. Der Gegenstand sei mir zuwider. Ich wüßte Besseres. – Aber eine andere Befriedigung wurde mir zu Theil. Mein Vater hatte für mich die Erlaubnis erwirkt, am folgenden Sonntag an seiner Stelle die Kanzel besteigen zu dürfen, und damit meine Antritts-Predigt zu halten. Dies war ein mächtiger Sporn für meinen Ehrgeiz. Ich nahm einen Prachttext aus dem Corinther-Brief und komponirte eine fulminante Predigt. Sie war am Donnerstag fertig. Ich hatte jetzt noch zwei Tage zum Memoriren. Die Sache ging mit Spaß. Ich war nie so frisch und munter bei der Arbeit gewesen.

Am Sonntag früh in der Sakristei, nachdem ich den Chorrock angelegt hatte, ging ich, während die Gemeinde den Zwischenchoral sang – ich vergesse, welchen – langsam und überlegend auf den Steinfließen auf und ab. Plötzlich wurde mir merkwürdig zu Muthe. In meinem Innern schien etwas vorzugehen. Mich überfiel die Angst, es könne in meinem Innern sich etwas ereignen, über das ich nicht mehr die Controlle hätte. Ich hatte die Empfindung, auseinanderzugehen wie eine Maschine. Und als ob ich bei diesem Auseinandergehen ruhig zuschauen müßte, ohne etwas thun zu können. Diese Angst vor dem Kommenden, war die Quelle meiner Beunruhigung. Nicht die erste Sensation selbst, die nur überraschend und merkwürdig war. – Doch war ich nach einigen Minuten wieder frei und bestieg die Kanzel. Ich begann meine Predigt äußerlich ruhig und ohne Befangenheit. Die Worte flossen wie von selbst. Aber schon nach wenigen Sätzen merkte ich, kam jenes Sakristei-Gefühl wieder. Und nun konnte und mußte ich zusehen, was geschah: Während meine Predigt ruhig und sicher wie eine Spule abrollte, begleitet von guten Gesten und sicherem Tonfall, merkte ich, wie sich in meinem Innern etwas ablöste; wie ein Maschinentheil davonrannte. Und nun erinnerte ich mich, wie ich schon als Knabe immer pensiv war, und wie meine Seele während der Predigt davonlief. Unwillkürlich schaute ich hinunter auf die Kirchenbänke: da saß ich, als Junge, mit gläsernem, starrem Blick: und gleichzeitig hörte ich die breite, wiederhallende Predigerstimme meines Vaters. – In diesem Augenblick wurde ich durch eine plötzliche Stille unterbrochen. Ich muß wohl zu predigen aufgehört haben. Ich erkannte jetzt die Situation; ermannte mich, räusperte und begann von Neuem fest entschlossen, keiner Verführung mehr nachzugeben. – Aber meine Seele hatte ihre Tour schon begonnen. Und nun mußte ich mit. Mit auf die Lateinschule. Mit in das Haus meines Onkels. Mit durch die schwarzen Straßen der Residenzstadt. – Krampfhaft klammerte ich mich an meinen memorirten Predigttext an, und suchte mein Inneres zu überschreien. Als ich an die Stelle kam – in meiner Seelengeschichte – wo ich im Auftrag meiner Tante jenen abendlichen Gang zu machen hatte, sah ich mit einemmale, wie ein langgestreckter Jude, etwa in der Höhe der Kanzel, quer durch die Luft zu mir kam. Ich erschrak und wunderte mich, wieso derselbe in der Luft schweben könne; entdeckte aber bald, daß der Kerl, wie ein Kronleuchter, hinten am Rücken durch ein starkes Seil befestigt war, welches oben an der Kirchendecke mündete. Und vor sich her schob der Jude, mit einem freundlichen Grinsen zwischen seinem schwarzen Bart, jenes orangegelbe Wesen, welches mich durch so viele Jahre begleitet hatte. Ich war außer mir, über die Störung, und betrachtete meinen Chorrock, der mit gelben, fetten Lichtern wie übergossen war. Ich winkte den Juden fort, und ließ deutlich erkennen, wie unangenehm mir der Besuch sei; und wie sonderbar sein Benehmen, sich mit Hülfe des Kirchendieners mittels eines Strickes so hoch herabzulassen. Er blieb aber genau, wo er war, und lächelte fortwährend in gleicher Weise. – Bis dahin hatte ich mit der äußersten Anstrengung meinen Predigttext nicht verlassen. Aber jetzt, als ich eben zum zweiten Theil überging, geschah etwas Unerhörtes. Die Glasthüren, die zur Gallerie der Kirche, zum Empor führten, wurden zu beiden Seiten aufgerissen, und meine früheren Gymnasial-Kameraden von der ersten und zweiten Classe stürmten mit ihren Büchern herein, nahmen die Sitze rings um die Gallerie ein, und nach einigem Schnaufen und Flüstern hörte ich, wie einige lautgellend, lachend, riefen: »Ei, das ist ja der C o r s e t t e n - F r i t z!« – Und »C o r s e t t e n - F r i t z! C o r s e t t e n - F r i t z!« folgte es jetzt im Chor. Anfänglich wollte ich die Störung nicht beachten; zumal ich überzeugt war, daß die jungen Leute exemplarisch bestraft würden. Als aber die höhnenden Zurufe immer ärger wurden, fing ich an hinaufzudrohen und zuletzt hinaufzuschimpfen. Der Genuß meiner Predigt wurde dadurch natürlich wesentlich verkümmert. Nun wurde auch die Gemeinde unruhig und begann zu murren. Gegen die Demonstranten. Zuletzt wurde der Lärm so arg, daß der Kirchendiener zu mir auf die Kanzel kam, und mich bat, plötzlich abzubrechen, mein Vater erwarte mich dringend in der Sakristei. Damit verließ ich die Kanzel.

Nach sechs Wochen wurde ich hierher in ein Haus gebracht, von dem es heißt, es sei die Irren-Anstalt. Und von hier aus schreibe ich diese Zeilen, meine Lebensgeschichte, auf Wunsch des Directors nieder. Man sagt mir, ich litte an Hallucinationen, an Gesichts- und Gehörs-Täuschungen. Davon kann keine Rede sein. Ich verlange vor allem eine gerichtliche Untersuchung, über jene Vorgänge in der Kirche, und eine Verhaftung des Kirchendieners, der jenem Juden den Strick gegeben hat zum Sichherablassen. Diejenigen, die jene Vorgänge leugnen, beweisen damit, daß sie in ihren Sinnen krank, oder an jenem Complot betheiligt sind. Was allein an der ganzen Sache merkwürdig ist, ist daß jene Jungens, die damals auf dem Empor »Corsetten-Fritz« schrieen, aussahen, als wären sie sechs bis acht Jahre jünger, als sie wirklich zur Zeit sein mußten. Denn diese Zeit ungefähr hatte ich sie nicht mehr gesehen. Daß sie ihre Haare genauso gescheitelt trugen, dieselben Anzüge anhatten, und, täuschend, die gleichen Bücherbündel, mit Riemen zusammengehalten, mit der gleichen ungezogenen Manier trugen, wie vor sechs, acht Jahren. Darin allein liegt das Merkwürdige. Das ist aber offenbar bestellte, fabricirte Sache.

Die gelbe Kröte.

»*Das ist das Tier, das ich sahe am Waßer Chebar; und siehe, es war gestaltet wie ein Saphir.*«

Ezechiel 10,20

Ich fuhr auf einem großen Schiff. – Um mich dem furchtbaren Einerlei des Londoner Sonntags zu entziehen, hatte ich in Southwark einen Dampfer bestiegen und war dem Meere zu gefahren. Es war früh. In aller Herrgottsfrüh. Die Straßen Londons hatten mich, während ich durch sie hindurchschritt, angegähnt, wie die Reihen einer Gräberstadt. Meilenweit, mitten durch die City, ich der einzige Mensch, wo sonst Tausende sich tummeln. Und dieser Einzige ein Fremder, der den Sitten des Landes sich nicht fügte. Und drinnen in den Häusern die Londoner mit den Psalmen David's beschäftigt, und die Mädchen mit weißen Lippen und in weißen Häubchen lispeln, und die Knaben im kurzen, schwarzen Sonntags-Spenser murmeln: G r e a t   i s   t h e   L o r d,   a n d   h i g h l y   t o   b e   p r a i s e d! und durch alle die zahllosen Kirchen schnurrt das endlose, fabelhafte Rezitativ Salomo's, unisono, in Quinten, in Oktaven, bis dein Kopf toll und zusammengehämmert ist. – Und um mich dem Pietismus zu entziehen fuhr ich hinaus auf's Meer. Dort hoffte ich weniger Einerlei zu finden und Abwechslung von den ewigen, hebräischen Melodien.

Die Sonne lag auf der Themse. Anfangs langsam, später in flotterem Tempo fuhren wir an den Schleppkähnen, Lastschiffen, Docks, Bojen und Brücken mit sorgfältigem Ausweichen vorbei und hindurch. Über Kajüten und Geräte, allüberall schwarze Laktücher gebreitet. Psalmenstimmung und Sonntagsfeier lag auch auf der Themse. – Wir waren eine kleine, unregelmäßige Gesellschaft. Ein Vergnügungsdampfer sollte es sein. Das Wetter war hell und schön. Wir waren im Juni. Die Fahrpreise billig. Aber die *respectability* verbot es, um diese Zeit, da ganz England Psalmen singt, auf's Meer hinauszufahren. Und so waren wir nur eine kleine, bunt zusammengewürfelte Gruppe, von denen keiner den Andern kannte, jeder den Anderen mit dem Blicke maß: Was hast Du für einen Grund heute die Themse hinunterzufahren?

Allmählich weitete sich der Blick. Die flachen Ufer mit grünem Gebüsch kamen heran. Das schwarze, geräucherte London verschwand. Die Natur mit ihrem unsagbaren Reiz auf das Gemüt meldete sich bescheiden an. Das erste ungepflegte Grasbüschel nach dem millionenhaft angehäuften Intellekt der steinernen Stadt entzückte uns. Es kam G r e e n w i c h zur Rechten, die bekannte Englische Sternwarte. Und später, nach einer halben Stunde, W o o l w i c h, das große Arsenal. Der Fluß wurde breiter und stolzer. Mächtige Dampfer begegneten uns auf dem Heimweg vom Orangenland oder vom blumigen Teppichland. Denn das Meer kennt keinen Sonntag.

Einzelne stiegen in die Kajüte hinab zu einem Imbiß; und kamen dann mit einem Rest Brot in der Hand herauf. Möwen, die aus weiter Ferne uns gefolgt waren, kamen jetzt dicht über unsere Barke in Heiliger-Geist-Stellung und meldeten mit einem klagenden, keifenden Laut, daß sie Hunger hätten. Diese Tiere kennen die Themsefahrer und ihre Gebräuche. Sie beobachten ihre Kinnladen und verstehen sie, wie wir die Westentaschen-Griffe unserer Mitmenschen. Sie wissen, daß aus der Kajüte heraufsteigende Menschen mit sattem Magen mitleid-geneigt sind. Und Alle, Groß und Klein, werfen ihnen die Brocken zu. Selten erreicht das Geworfene den Wasserspiegel. Im Flug, mit einer Commis-Voyageur-eleganten Wendung, erhaschen sie das Dargebotene, und nehmen dann wieder ihre perennierende, dabei vorwärtseilende Stellung zu unseren Häuptern ein.

Ich nahm die Karte heraus und überlegte, wie weit ich fahren sollte. Ich hatte eine schwere Angst vor dem Seekrank-werden. Und schon meldeten heranspielende Wogen, daß wir uns dem Meere näherten.

Ich beschloß, bis G r a v e s e n d zu fahren, der eigentlichen Mündungsstelle der Themse. Von dort wollte ich die Eisenbahn nehmen oder eines der zurückkehrenden Boote benutzen. – Ich stand lange am Hinterdeck und schaute nach L o n d o n, der verschwindenden Stadt. Eine gewisse Besorgnis überkam mich: Du hättest doch in die Kirche gehen sollen! sagte ich mir. – Du glaubst ja doch nicht an Gott! – Nein, aber man geht doch in die Kirche! – Zu was? Um ein »Werk« gethan zu haben, ein *opus operatum* nach der mechanischen Auffassung der katholischen Kirche, und dann den Rest des Sonntags verdienst-satt sich breit zu machen? – Ach nein, aber man geht in die Kirche, man holt sich ein Stück Stimmung. – Ah, à la bonne heure! – Oder einen spirituellen Knochen, den Rest des Tages dran herumzunagen. – Vortrefflich! – Und dann die Psalmen! – Jawohl die Psalmen, man nimmt sie mit. – Sie werden gar nicht schlecht vorgetragen;

diese rezitative Form, unisono, von hunderten von jungen Mädchenstimmen ... oh, entzückend, entzückend! – Na, warum bist du denn dann nicht in die Kirche gegangen? – Ach, ich wollte hinaus, in die Natur, auf's Meer, nicht tun, was die Andern thun. – Na gut, warum grämst du dich dann? – Ich gräme mich nicht; ich rede nur davon. – Nein, Freund, der erste Meeresstoß von vorhin, das erste Schiffsschwanken hat die Galle in's Moralische getrieben, und jetzt flennst du wie Odysseus und konstruierst dir theistisches Balkenwerk, um deine seekränkelnde Seele zu stützen. – –

So quälte ich mich am Hinterbord des Schiffes. Und die Möwen segelten über meinem Kopfe genau so schnell wie das Schiff, und spießten mit ihren scharfen Schnäbeln auf mich herab. – So verfolgt den Selbstanklagenden der Gedanke.

Die Ufer schwanden jetzt immer weiter hinaus. Grüne Streifen und Landzungen von ferne. Am Horizont weit zurück eine schwärzlich-braune Wolke: das kochende London. Immer mehr Wasser, und immer mehr Wasser. Wann mag wohl G r a v e s e n d kommen? Gravesend liegt an der Mündungsstelle der Themse in die Nordsee. Der Kapitän wird einen Bogen machen, um eine gute Landungsstelle zu finden. Die Station wird ausgerufen werden.

Ich schaute auf das Wasser. Zwei Farben mengten sich hier. Die Farbe der Themse und die des Meeres. Zwei Strömungen begegneten sich: das Gefäll der Themse und der heranbrausende Ozean. Und unser Dampfer schnitt durch beides hindurch. Und langsam, aber deutlich vernehmbar, begannen jene unheimlichen Schwankungen des Dampf-Kolosses, welche uns anzeigen, daß bei aller Raschheit, bei aller Vorwärtsbewegung, bei allem Dampf und Gischt, Pfeifen und Stöhnen, bei allem Schaufeln und betäubenden Lärm, der Dampfer, unser Wohnhaus, ein Spiel der Wellen ist, von einer unheimlichen Wucht hin und her gewiegt wird. Ich verfolgte diese Pendelungen mit Grauen. Unser Schiff glitt prächtig voran, es flog wie eine Möwe, es spie das überflüssige Wasser aus, es ritt auf den entgegenkommenden Wellen auf und ab, wie ein Kinder-Schaukelpferd, von vorn nach hinten, es war brav und gut. Aber neben dem Allen hatte es noch eine dritte Bewegung, eine kreisende, von Seite zu Seite, und die war unverständlich; als pendelte der dicke Rumpf, bei allem Vorwärtsrasen, nochmals in einer Extra-Bewegung wie eine tanzende Nuß über das Meer hin. Ich konstruierte mir diese Bewegung extra an einem theoretischen Schiff, das ich beschleunigte, und es kam ein entsetzlich groteskes Bild heraus; als führe ein

besoffener Dampfer über dem Meer Schlittschuh. – Wann kommt Gravesend? –
Ich stand noch immer am Hinterdeck und stierte auf das Wasser. – Wenn wir von einer Summe gleicher Geräusche affiziert und von einer Menge stets sich wiederholender optischer Eindrücke erregt werden, so dauert es einige Zeit, dann werden die äußeren Sinne stumpf, und es hebt sich aus unserm Innern eine Art »Kristall-Sehen«, eine autochthone Macht, eine dritte Bewegung, die wir nicht mehr kommandieren können, die sich als »freier Wille« selbst auf den Schauplatz stellt, uns verspottet, und wobei der ganze Fluch und Segen unserer Vererbung, dessen, was unsere Ahnen gedacht, mit unerbittlichem Zwang auf uns einwirkt und das unsichtbare Tier in uns seine großen Forderungen stellt.

Wann kommt Gravesend? – Die unheimlichen Schwankungen des Schiffskörpers beunruhigten mich tief und unergründlich. Ich dachte nicht an Seekrankheit. Ich hatte keine *nausea*, kein Übelbefinden. Es war keine rein äußere Situation. Es war etwa das Dutzendstemal, daß ich auf dem Meere fuhr. Es war ein tiefer, innerer Kummer, dem ich preisgegeben war. Es war das Komplement der herandrängenden Meereswellen, denen das Schiff nicht gewachsen war. Und ich spürte, daß mich die Feigheit überkommen werde.

Ein Mann kam von hinten her und stellte sich neben mich. Es war ein uniformierter Bediensteter des Schiffs. Ich wollte ihn fragen, wo wir seien. Aber meine innere Beklemmung war zu mächtig. Und jetzt, gerade in diesem Moment, Englisch zu sprechen, war mir so schwer. Ich konnte nicht loskommen. Endlich aber bezwang ich mich. Und ich frug: Wann kommt Gravesend? – »Oh, mein lieber Herr – antwortete der Mann, der der Kassierer war – Gravesend liegt vier Meilen hinter uns. Sehen Sie hier!«

Ich wandte mich um. Der helle Schrecken! Ein blauer Schrecken! Ein kolossales blaues Feld. Der blaue Horizont riesig weit hinausgestreckt, bis er in der unsagbaren Entfernung die Wellen berührte. Und unter mir ein planloses, schilpendes, intensiv-blaues, metalliges Feld mit tausenden von weißen, kräuslichen Stellen weit, weit hinaus besetzt, ein kolossales Schachbrett von Weiß und Blau. W i r   w a r e n   a u f   d e m   v o l l e n   M e e r. Die Sonne prachtvoll wie ein Glutauge von oben alles umschimmernd. Nichts zu sehen wie blauer Himmel, blaues Meer und weiße Wellen. Und unser Schiff vorwärts gepeitscht in rasender Eile.

Während so äußerlich helles Entzücken auf mich einstürmte,

wandte sich mein Inneres mit bitterer Wendung zurück nach London. Ich sah in mir, in meiner Erinnerung, die vielen kleinen Mädchen in der Foundling-Hospital-Kirche, wie sie mit bewunderungswürdiger Schnelligkeit die Psalmen rezitierten, und starr dort saßen in ihren weißen Häubchen, klirrende Frömmigkeit auf den schmalen Lippen. Und draußen vor mir lagen die Tausende weißer Wellenköpfe mit ihrem ewigen Entstehen und Vergehen. Hier die Natur mit ihrem unerhörten Enthusiasmus und dort die gebändigte, gezähmte, lippenstarre Frömmigkeit mit ihrem lähmenden Einfluß auf Herz und Gemüt.

Plötzlich ein heftiger Stoß am Schiffsrumpfe, welcher den ganzen Koloß mit unheimlicher Leichtigkeit auf die eine Seite drückte und den Schlot eine große Kurve am Horizont beschreiben ließ. Die dritte Bewegung! Ich wurde innerlich bis zum Bersten krank. Nicht seekrank, sondern seelisch krank. – Du konntest doch in London bleiben und seine faden Psalmen mit anhören! – Ich fühlte, daß diese Wellen, diese weißköpfigen Sturzkämme das Analogon der kirchlichen Psalmen waren. Und wie diese stets in der Kirche widerstandslos auf mein Gemüt einbrachen, so war ich jetzt jenen rettungslos preisgegeben. – War denn Gefahr vorhanden? – Nicht dran zu denken! Ein gutes Schiff, eine tadellose Maschine, prächtiges Wetter, regelmäßige See, günstige Brise, ein Tag so herrlich, wie ihn nur Gott geschaffen. – Aber die dritte Bewegung. Ein unkontrollierbares Etwas. Eine bis zum Erbrechen angefüllte Psyche. Eine zum Explodieren reife, innere, geistige Produktion! – Und dabei krank! Ach, innerlich tief krank! –

Das Schiff schnitt jetzt pfeilschnell, pfeifend durch die blaue Wüste. Nirgends war jetzt mehr, wie vorher auf der Themse, Vorsicht zum Ausweichen, zum Kurven-Fahren, geboten. Das grüne Gewässer lag hinter uns. Ein strahlendes Blau, Blau über Blau, empfing uns. Als wären rings um uns herum Massen von Saphir in Lösung gekommen. Und stahlscharf blies uns die klare, durchsichtige Luft entgegen. Aber: nach fünfzig, oder hundert, oder zweihundert Metern ein zur Seite Legen des ganzen Schiffs, mitten im Lauf, das Hinunterneigen nach einer Seite, wie eine riesige Verbeugung, bei sonst gleichem Wellenschlag, ein kolossales Mene-Tekel.

Ich ging zum Kapitän: Wann ist die nächste Gelegenheit zum Halten? Wohin fahren wir? – »Wir fahren nach C l a c t o n o n S e a. Dort kehrt das Schiff sofort um und fährt wieder zurück. Sie können von dort auch den Abendschnellzug nach London benützen!«« –

Ich ließ mich in der Richtung nach Frankreich – denn dort lag

Frankreich – auf eine Bank nieder und wartete der Dinge, die kommen sollten. Irgend etwas mußte passieren. Ich war nicht seekrank. Aber ich war wie zum Gebären im Innern gefüllt. Eine furchtbare Angst lag auf dem Grund meiner Seele.

Und plötzlich kam's! Plötzlich, mitten aus der klaren Luft, die wie blaue Tücher um uns herumfegte, mitten aus dem kristallklaren, azurnen Meer erschien plötzlich – e i n   S c h i f f. Ein hastiger Dampfer. Vollbeleuchtet von der mittägigen Sonne. Der ebenso schnell fuhr, wie wir. Direkt vor uns. Kittgelb wie eine Zitrone. Angestrichen, wie niemand in der Welt je wieder sein Schiff anstreichen wird. Und da wir fast gleich schnell fuhren, so täuschte ich mich über seine wahre Bewegung. Und mit den dunklen, warzenartigen Aufsätzen der Kajütenlöcher kam das schreiend gefärbte Monstrum heran wie eine g e l b e   K r ö t e, ein riesiges, giftiges Amphib. Im Moment, da ich es sah, wurde mir leichter. Ich hatte jetzt einen entsetzlichen Gegenstand, mich daran zu halten. Und die ganze Erscheinung war bei aller Monstrosität so prachtvoll, großgeschlacht und fantastisch, daß ich wie ein Besessener auf dieses unerhörte Idol sah. Die gelben Schaufelräder arbeiteten mit heftigem Gischt. Und die blaue Flut mischte sich mit den gelben Achsen und Stangen zu einem grünen Gekröse. Überall, ringsumher, ein Gotteswunder von einem Wetter. Ein Blau, als hätten zwanzig Himmel ihr Bestes hergegeben; als gälte es, die Stimmung eines Verbrechers zu versüßen. Weit, kolossal weit hinaus nur blaue Bänder und Streifen, blaue Kurven, Dächer und Kugelabschnitte. Und alles durchsichtig wie eine Ewigkeit, schrankenlos wie eine Seele. Und drunten, direkt um unser Schiff, die violette Masse, wie flüssiges blaues Eisen, als hätte es in diesem Horizont, unter diesem Himmel, von diesem Firmament tagelang nur Blau geregnet. Und weiterhin die Millionen Spritzer auf dieser blauen Masse, die weißen Köpfe der Wellen ... Ein kolossaler Befreiungssturm kam in meine Seele ...

Jetzt ein Ruck, und das gelbe, nackte Ungetüm rückte uns auf den Leib, in dichtester Nähe, als wollte es uns beriechen. Ich hörte jetzt das Gezische und Gestampfe der seitlichen Triebräder. Es war faktisch ganz gelb. Der Schlot bis auf einen kleinen oberen schwarzen Streifen, und hinunter bis zum Bauch, mit einem intensiven Salamander-Gelb übergossen. Unheimlich sauste der ungeschlachte schmutzige Kübel vorwärts, ohne eigentlich vorwärts zu kommen, da wir mit ihm gleiche Strecke hielten. Jetzt, noch ein kleiner Ruck, und jetzt – jetzt saß das Ding höchstens zehn Meter von uns entfernt im Meer, in nächster Nähe, zum Greifen, so daß eine weitere Kurs-Änderung unzweifelhaft eine Karambolierung hätte zur Folge haben müssen. – Ich blickte unwillkürlich um mich, um den Kapitän zu suchen und mich zu vergewissern, daß im Notfall dem verwegenen Dampfer Signale gegeben würden. Aber zu meinem Erstaunen lag rings um mich Alles, Passagiere und Mannschaften, blöd und schläfrig auf dem Boden und den Bänken und sonnte sich in der weichen Luft.

Mir kam der Gedanke, daß diese ganze Erscheinung Etwas zu bedeuten hätte. Mir kam der verfolgungssüchtige Gedanke, daß das alles m e i n e t w e g e n   d a   s e i. Wie ein abergläubischer Holländer, dem ein widerwärtiges Tier begegnet, warnte ich mich, daß der Coup gegen mich gerichtet sein könne. – Das ganze Deck drüben auf dem fremden Schiff war glatt, wie rasiert. Ich sah die schmalen Holzdielen mit ihren geteerten Fugen. Nirgends ein Kapitän. Nirgends ein Steuermann. Alles unterirdisch, vom Heizraum aus geleitet. – Ob ich das Schiff halluzinierte? – Das war ausgeschlossen. Denn ich fühlte auf dem eigenen Schiff die Schwankung von dem Wellenschwall des verdächtigen Dampfers. Und ich sah, wie die Reflexe der Sonne bei kleinen Bewegungen des gelben Seglers auf der Schiffswand wechselten. – Wie ein heftiges Tier rutschte der kochende Hafen vorwärts. Und kam doch nicht recht voran. Nirgends sah Jemand heraus. Die Luken im Unterraum verstopft und verschlossen. Wie eine wahnsinnige Lokomotive, deren Führer auf einer Kurve heruntergeschleudert worden.

Und auf diesem einsamen Schiff, das uns eingeholt hatte, und rastlos mit uns dieselbe Strecke lief, saß hinten, versteckt, auf einer schmalen Bank ein altes Mütterlein, in alter Tracht, mit einem gelbgeblümten Shawl, einem sogenannten persischen Shawl, wie man ihn vor mehr denn dreissig Jahren als Kostbarkeit trug, der aber jetzt als unerträgliche Geschmacklosigkeit hätte gelten müssen. Ruhig saß sie dort, in sich gekehrt, wie sie immer war. Denn ich kannte dieses alte Mütterlein. Auf dem Schoos hatte sie, von dem rechten Arm eingehenkelt, ein kleines, abgerissenes Ledertäschchen, und die Rechte schien einige alte silberne Geldstücke zu zählen, den Betrag für die Fahrt. – Wie kommt diese arme, alte Frau hierher? Auf ein Schiff, das aus dem Englischen Kanal, von Frankreich oder sonstwo hersteuert und nordwärts, vielleicht nach Norwegen, fährt? – Ich wollte mir wohl nicht recht trauen. Ich wußte jetzt, daß es unsicher war, ob meine übrigen Schiffsgenossen diesen gelben

Halluzinations-Dampfer sahen. Aber was sind unsere paar Ideen und Erwägungen gegen ein so fressendes Ungeheuer, das spritzend, tosend, wenige Meter von uns entfernt, wie ein lechzendes Tier einhersaust? Was ist unser Wollen gegen einen solch mächtigen Sinnes-Eindruck? Und ist denn ein so großer Unterschied zwischen einem halluzinierten Dampfer und einem veritablen Dampfer? Stecken nicht beide in unserem Kopf? Und gerade der, dieser eine, vielleicht halluzinierte Dampfer, geht mich allein und speziell an! Ist der Ausdruck meiner Sinne, einer unbekannten Kraft in mir, die mir auf andere Weise nicht zur Wahrnehmung kommt! Und dieses alte Mütterchen, das konnte ja nur ich allein kennen! – Ich wurde plötzlich in meinem Innern weitergerissen und konnte nicht mehr analysieren. Ich mußte mit. Ideenflüchtig ... Das ganze Elend meiner Jugend kam mir jetzt plötzlich wie eine gelbe, schmutzige Flut in's Gemüt gestürzt. – Die ganze Drehorgelei der ewigen sittlichen Ermahnungen, Bibelsprüche, pietistischen Selbstprüfungen und Katechismus-Ängsteleien, mit denen ich Tag für Tag gequält und gemartert wurde, rührte sich jetzt und fing zu pfeifen an: »Das sechste Gebot! – Du sollst nicht ehebrechen! – Was ist das? – Wir sollen Gott fürchten und lieben, daß wir keusch und züchtig leben in Worten und Werken ...« Gott, o Gott, ist denn unser Gemüt ein Leierkasten, der unerbittlich das wiedergibt, was man einmal in ihn hineingeschrieen? Und dieses alte Mütterchen war es, das immer in mich hineingeschrieen hat. Altes, kreuzbraves Mütterlein! Sie war längst tot, ruhte irgendwo in Deutschland, eingeschlossen in einem Sarg zweiter Klasse, anderthalb Meter unter'm Kiesboden. Und nun saß sie dort drüben und zählte Geld und blinzelte zu mir herüber. Und so saß sie immer dort und zählte mir die Sechser ab, wenn ich fort in die Fremde fuhr. Und ganze Raketen von Ermahnungen und Belehrungen überfluteten mich dann. Feines Gelispel! Unerträglich auf die Dauer: Sei fleißig! Mach deiner Mutter Freude! Das viele Geld, das du kostest! Damit du ein tüchtiger Mann wirst! Vor dem man Respekt haben kann ...

Ich schaute hinüber mit einem Gemisch von Erbarmen und Entsetzen. Dort drüben saß ein Stück meiner Vergangenheit, mit dem ich absolut nichts mehr zu thun haben wollte, und das ich doch nicht verleugnen konnte! – Und gerade hier faßt mich dieses entsetzliche Gespenst und kleidet sich in die Farbe gemeiner Widerwärtigkeit, und zwingt mich, wegen eines rührenden Moments, es anzuerkennen. Gott! in welch erbärmliche Schranken sind wir eingeschlossen!

Freigeistig zieh'n wir an einem Sonntag hinaus, hinaus auf's Meer, um dem monotonen, faden Psalmodieren der Kirche zu entfliehen, und draußen – draußen auf dem Meer holt uns ein rächendes Gespenst ein, baut sich auf aus unserer eigenen unsichtbaren Seele, stopft sich voll mit dem Geplärr unserer Kindertage und rudert daher, aus dem Englischen Kanal heraus, pflanzt sich hin vor uns, narrt uns und zwingt uns, zu paktieren.

Als ich die ganze Bitterkeit dieses fatalen Phänomens fast bis zum letzten Rest in mich hineingekostet – daß ich schon im Begriff war, über Bord zu springen, um dem Anblick zu entgehen – drehte die g e l b e K r ö t e plötzlich, wie mit einem Ruck, ab und entfernte sich sacht in die Richtung der französischen Küste. Ich fühlte, daß der Prozeß vorbei war. Ich barg plötzlich wie in einer Anwandlung von Erschöpfung das Gesicht in beide Hände und horchte tief in mich hinein, als wüßte ich, daß dort, nicht auf dem Meer, die gelbe Kröte säße, das Gespenst, das mich so marterte.

Und so saß ich lange und genoß. – Dann drehte ich mich rasch um und öffnete die Augen. Regungslos lagen meine Mitreisenden da, auf den Bänken, auf dem Boden und ergaben sich den Sonnenstrahlen. Keiner von ihnen schien das gelbe Schiff, welches so nahe bei uns war, bemerkt zu haben. – »V e r y n i c e d a y t o d a y , s i r !« sagte der Kapitän plötzlich neben mir. – Ja, es war in der Tat ein wunderschöner Tag. – Jetzt erst, da ich angesprochen wurde, merkte ich, daß der Anfall wirklich vorbei war. – Vor uns zur Linken lag die englische Küste, grün, kostbar, heiter, glücklich wie ein Juwel. – »Clacton on sea!« – verkündete der Kapitän nach einer Weile. Man wurde avertiert, daß der Dampfer nur wenige Minuten halte und dann sofort nach London zurückkehre. – Ob ich mit zurück wolle? – Nein, erklärte ich, ich werde aussteigen. – Und wieder sagte der Kapitän: »O h , it's a b e a u t i f u l d a y t o d a y , s i r !« – Ich wurde jetzt immer freier. Aus Abgründen von Verwirrung stieg ich Sekunde für Sekunde heraus und schälte die häßlichen Schalen der erlittenen Täuschung von meiner Seele. – Mit Wonne und einiger Freude beobachtete ich die kleinen Vorkehrungen zum Landen als ebensoviele Zeichen meines Wieder-Beisammenseins mit der sicheren, gesunden Außenwelt. –

»Clacton on sea!«

Es war eine der jüngst aufgekommenen See-Stationen, die ihre Küste dem vollen Süden darbot, und wo die Engländer, besonders im Winter, gern einige Tage freie Luft und Licht genießen.

Ich stieg aus, und kaum hatte ich zehn Schritte vom Landungsplatz zurückgelegt – sah ich den langen, hageren Pastor des Orts mit einem Harmonium mitten auf der grünen Wiese und um ihn eine kleine, fröhliche Gemeinde zum Gottesdienst versammelt. Er hielt eine feierliche, herzliche Ansprache. Und ich war noch so krank und widerstandslos, daß ich den Hut herunternahm und mich dazu stellte.

Später saß ich an der Küste und blickte stundenlang hinaus auf das Meer gegen Deutschland und beobachtete die Millionen weißer Wellenköpfe auf diesem unvergleichlich blauen Grund. – Der Dampfer war längst fort. – Beide Dampfer waren längst fort. – Die Riesenfläche frei für schrankenlose Gedanken; schrankenlos, wie das Meer mit seiner kolossalen Monotonie.

Vreneli's Gärtli
eine Zürcher Begebenheit[1]

Zum »V r e n e l i 's G ä r t l i« – so hatte ich jüngst unzweifelhaft auf einem ehrlichen Schweizerischen Wegweiser in der Umgegend von Zürich gelesen, nicht weit oberhalb der Stelle, wo der junge G e o r g B ü c h n e r, der Verfasser von »Danton's Tot« sein Grabmal hat, und nicht sehr weit von der Stelle, wo einst der wunderliche J o h a n n e s S c h e r r an den Abhängen des Zürichbergs seine grausigen Gestalten beschwor.

»V r e n e l i 's G ä r t l i« – das klang so anmutig, so poetisch, so urlieblich und so urdeutsch – das mußte ein gutes Restaurant sein, wenn es eines war; dort mußte es einen guten Wein geben; das mußte ein lokender Berg sein, oder ein zauberisches Tal, wenn es ein Berg oder ein Tal war ...

Aber ich war auch filologisch gebildet genug, um hinter diesem geheimnisvoll andeutenden Wort mancherlei Ur-Alemannisches und Schwäbisch-Singsangliches und Schweizerisch-Schalkhaftes zu vermuten. »Vreneli«, das war kein modernes Wirtshausschild, das war auch keine Wirtin aus dem Kanton, das war überhaupt nichts Polizeilich-Angemeldetes ...

»Vreneli's Gärtli« – ein Wegweiser auf offenem Waldweg, auf der Höhe des Zürichberges, und über diesem hinweg nach Norden weisend, durch Wald und Dikicht – – mir war, als stünden die Gebrüder G r i m m hinter diesem Wegweiser, und erhöben drohend ihre Arme, quer hinausstrekend wie Wegweiser, und riefen mir zu: Dort geht's in's Heidentum!

Ich hatte weder Zeit noch Mut, zu so vorgeschrittener Nachmittagsstunde einen so weiten und gefährlichen Weg einzuschlagen, aber ich war fest entschlossen, diesem germanistischen Wegweiser in tunlichster Bälde nachzugehen: etwas Heidnisches, etwas Literarisches und etwas Filologisches mußte hinter diesem Wegweiser steken.

Am nächsten Tag ging ich zu Papa S c h a b e l i t z,[2] der Alles weiß,

---

[1] Dieser Aufsaz stamt aus dem Frühjahr 1898, wie ich zur Orientirung meiner Freunde und der Leser der Diskußjonen bemerken will.
[2] Bei »Papa Schabelitz« handelt es sich um den Zürcher Alt-48er und Ur-Sozialisten Jakob Lukas Schabelitz (1827–1899), in dessen »Verlagsmagazin« Panizzas Bücher sowie seine Zeitschrift »Zürcher Diskußjonen« erschienen [Anm. M. B.]

was im Kanton Heidnisches, Filologisches oder Literarisches paßirt, oder früher einmal paßirt ist, und trug ihm mein Anliegen vor. Er hörte mir lange zu, dann sagte er in seiner troknen, skeptischen Art, mit der er stets den allzu fantastischen Anwandlungen bei seinen Autoren zu begegnen wußte: »Alles ist mir nicht klar. Aber sehen Sie doch einmal in den ›S c h w e i z e r i s c h e n V o l k s l i e d e r n‹ von T o b l e r nach, die mein Freund Huber in Frauenfeld herausgegeben hat. Vielleicht finden Sie dort Etwas. Wein gibt es dort jedenfalls keinen besonderen, sonst wär' mir das Wirtshaus bekant.« Ich las im T o b l e r, und las:

Danuser war ein wundrige Knab,
groß Wunder got er go schaue;
er got wohl uf der Frau V r e n e s Berg
zu dene dri schöne Jungfraue.

Er schaut zu einem Fensterli i,
groß Wunder kann er da schaue;
drum got er zu dem Frau-V r e n e sberg
zu dene dri schöne Jungfraue.

Die sind die ganze Wuche gar schö
mit Gold und mit Side behange,
händ Halsschmeid a und Maiekrö
— — — — — — — — — —[1]

mir ging das Herz auf; ich wußte, daß ich an eine der zauberischsten Stellen des ganzen südwestlichen Deutschlands gelangt war; doch deutlicheren Beweis brachte das folgende Lied:

Tannhäuser war ein junges Bluet;
der wolt groß Wunder g'schaue;
er gieng wol auf Frau V r e n e l i 's Berg
zu selbige schöne Jungfraue.

Wo er auf Frau V r e n e l i 's Berg ist cho,
chlopft er an a d'Pforte:

---

[1] Schweizerische Volkslieder hrsg. von L. Tobler, Frauenfeld, J. Huber 1882. Bd. I. S. 102.

»Frau V r e n e, wend er mi ine lo:
will halten eure Orde.«

»Tannhäuser, i will d'r mi G'spile ge
zu-m-ene ehliche Wibe.«
»Diner G'spilinne begehr ich nit,
min Leben ist mer z'liebe.

Diner G'spilinne darf ich nüt,
es ist mir gar hoch verbote;
si ist ob'em Gürtel Milch und Bluet
und drunter wie Schlangen und Chrote.«[1]

Die Sache war richtig; ich war auf dem Weg zum V e n u s b e r g; ausdrüklich war noch in einer Anmerkung darauf hingewiesen, daß »Vreneli« ebenso zu der altdeutschen F r e i a, der Göttin des Liebreizes und der Minne, wie zu der römischen V e n u s hinweise, also eine lezte S c h w e i z e r i s c h e Wirtin Wunderhold, die in dieser Zeit der trostlosen Öde und Herzensqual noch freundliche Stuben ihren Besuchern zur Verfügung stelt ...
Donnerwetter! – sagte ich mir – die Sache komt mir gelegen.
Die ganze Geschichte erschien mir nun von der äußersten Wahrscheinlichkeit. Denn daß es in diesem Lande noch andere Schweizerinnen gebe, als jene, die in Zürich auf der Bahnhofstraße dem schüchtern mit zärtlicher Werbung sich nahenden Fremden im resolutesten Z w i n g l i-Deutsch antworten: »Nai, gönd Si eweg! I will nüd wüße vo Ihne ...« das war wol mit Sicherheit anzunehmen. Daß es im Lande B ö c k l i n 's noch andere Huldinnen geben werde, als jene 10.000 Jungfrauen, welche schon im Jahre 1888 die Unterdrükung jeder Freistätte der Liebe, das Umstürzen aller Altäre der Venus und resolute Bestrafung jedes außerhalb der Ehe sich bemerklich machenden Liebes-Verlangens für den Kanton Zürich verlangt, und im Jahre 1897 auch durchgesezt hatten[2], das war wol mit Sicherheit zu erwarten. – Ja

---

[1] ebenda Bd. II. S. 159.
[2] Durch Volksabstimmung wurden am 27ten Juni 1897 alle »Häuser« im Kanton Zürich aufgehoben, und außerdem, durch Neuaufnahme eines Paragrafen in das Straf-Gesetzbuch, der Versuch, auf öffentlicher Straße die Zuneigung eines Mädchens zu gewinnen, unter Strafe gestelt. Siehe: Strafgesezbuch für den Kanton Zürich. Neudruk 1897. § 127.

ja, die Sache war in Ordnung. Noch einmal hatte das Mittelalter helfend und fördernd in die trostlose Dürre unserer heutigen Herzensangelegenheiten, in die Verarmung unseres Gemüts, in die administrativ-eheliche Polizei-Konstrukzjon der »Liebe« eingegriffen und wenigstens einige seiner Sontagskinder gerettet. »Vreneli's Gärtli« – G a r t e n d e r F r e i a – G a r t e n d e r V e n u s – den lezten Venus-Berg auf deutsch-administrativer Erde, ich hatte ihn entdekt.

Sogleich machte ich mich am nächsten Tag in aller Frühe auf und tat Geld in meinen Beutel. – Natürlich jubelten mir alle Nachtigallen entgegen, die Gräser hauchten mir ihre wollüstigsten Parfüme zu und mir selbst fielen die lustigsten Melodien aus B r e n t a n o 's Wunderhorn und B r o c e l i a n d e s Zauberwäldern ein:

Da droben auf dem Berge,
da steht ein goldnes Haus,
da schauen alle Frühmorgen
drei schöne Mädchen heraus,
die eine heißt Elisabeta,
die andre Juljettchen mein,
die dritte tu' ich nicht nennen ...

Offen gestanden, ich habe immer diese fantastischen Schilderungen, welche man zuweilen bei Dichtern liest, dieses Winken und Sprechen der Blumen, das Auftauchen von Schlößern, wo sich plözlich die Fenster öffnen, und die schönsten Mädchen Einen einladen, zu ihnen zu kommen, für grobe Täuschungen des Lesers, jedenfalls für starke Übertreibungen gehalten. Gar im modernen Polizeistaat wäre doch die Existenz besagter Schlößer eine pure Unmöglichkeit, und abgesehen von der Schwierigkeit der Ueberwachung schon nach § 180 RStGB., Strafgesezbuch für den Kanton Zürich § 119–120,[1] kaum als im Bereich der Wahrscheinlichkeit gelegen anzunehmen, selbst wenn die Bürgerinnen der nächstgelegenen Gemeinden nicht wegen unlauteren Wettbewerbs klagen solten.

Aber nein! Dergleichen existirt. Wirklich war ich in eine ganz merkwürdige, ganz abnormale Gegend gekommen, wo es keine

---

[1] Duldung, Zimmervermietung: Stenglein's Zeitschrift für Gerichtspraxis in Deutschland Bd. II. 273, III. 185; Verleitung zum Eintritt in ein unsitliches Haus: ebenda Bd. II. 234.

Strafgesezbücher zu geben schien, oder dieselben den Spazen und Finken zum Nesterbau überlaßen wurden. Wirklich tauchten hier ganz seltsame – dieses Wort gebrauche ich in meinen kritischen Schriften nie! – ganz seltsame Blumenformen und wunderliche Gesteinsmaßen auf. Die Wegweiser wurden anders, nahmen höhnische oder vertrakte Formen, Grimaßen und Embleme, Boksfüße und Pansköpfe, in ihre Devisen auf, deuteten alle in einer Richtung, die Schweizer Verordnungen verschwanden auf den Wegtafeln, Blumen und Gräser lachten mich mit einer sicheren, stichelnden Lustbarkeit an, nirgends ein Schandarm, nirgends ein Feldhüter, kein Untersuchungsrichter, kein Staatsanwalt; die Welt schien wie umgewandelt, heitere Züge von lakrotfüßigen Störchen zogen durch die Luft und in der Ferne erglänzte ein schönes Schloß:

Da droben auf hohem Berge,
da steht ein feines Haus,
da schauen des Abends und Morgens
drei schöne Jungfern heraus.

Die Eine, die heißet Susanne,
die Andere Anna-Marein,
die Dritte, die will ich mir nehmen …

Aber nicht nur die Natur hatte sich verändert, mir selbst wurde ganz jugendlich, ganz leichtfertig zu Mut, die Furcht vor dem Preßgesez, die Angst vor Majestätsbeleidigungen, vor Gedanken-Sünden, und besonders die Furcht vor der Sünde wider den heiligen Geist, waren verschwunden, ich fühlte mein Herz wieder froher schlagen, hatte wieder gesunde, muntere Einfälle, glükliche Ideen, mir wurde ganz leicht, tänzelnd glitt ich über den Boden, ich fühlte mich frei wie ein Vogel, ja, ganz v o g e l f r e i …

Hier muß ich eine kleine Bemerkung, eine kleine staatsrechtliche Erwägung, einschieben, welche vielleicht zur Erklärung dieser merkwürdigen Gegend und meines noch merkwürdigeren Zustandes beitragen kann. Ich hatte nämlich vor geraumer Zeit mein deutsches Staatsbürger-Recht aufgegeben, und das Schweizerische noch nicht erworben; ich war also weder Deutscher noch Schweizer, weder Baier noch Franzos, ich war n i c h t s, r e i n n i c h t s, g a r n i c h t s, absolument rien! also v o g e l f r e i. – Vielleicht merkten diese Störche und diese Wolken, diese Blumen und diese Bäume meinen Zustand, und illuminirten und verzauberten aus närrischer Freude über diese ungeheure Seltenheit die Gegend und mich selber, und gaben mir diese federleichten Gedanken, diese tüchtigen Illusionismen ein. – Wenn der Leser etwa ebenfalls dieser Ansicht ist, und etwa meine dichterischen Kollegen in Berlin der Meinung sein solten, daß eine derartige, zeitweilige Änderung des Geistes ein Vorteil für das dichterische Gemüt ist, dann möchte ich ihnen ebenfalls raten, ihr deutsches Staatsbürgerrecht aufzugeben, ihr Deutschtum hinter sich zu lassen, bevor ihnen das Polizeiregiment den lezten Hirnsaft auspreßt, das Majestätsfeuer ihre lezte Herzensfaser ausdört und die Anwendung des Preßgesezes ihnen den letzten Schädelknochen auseinandertreibt, und hieher an die Schweizer-Grenze zu kommen, und eine Zeit lang lieber »Nichts« zu sein, als in diesem Staate Etwas, und in Frau »V r e n e l i 's G ä r t l i« die kommenden Schreken einer trostlosen, jammervollen Reakzjon zu verschlafen.[1]

Ich aber schritt rüstig vorwärts auf dem Weg meiner Polizeiverlaßenheit, glüklich, hier in dieser gesezlosen Gegend statt des hohlen, bleiernen Geschwäzes von Strafgesezbuch-Paragrafen, das glükliche Gepipse und Zwitschern von aufgeregten Amseln und vehementen Staaren zu vernehmen:

Wißt Ihr, Ihr kleinen Vögelein,
vielleicht den Weg zum Schloß?
die Zinne glänzt im Abendschein,
hoch dehnt sich das Geschoß.

Frau V e n u s steht am Fenster dort
im güld'nen Rosenkleid,
die lacht Dich an und spricht kein Wort,
dann schwindet all' Dein Leid.

Frau Venus hat ein Händchen klein
so sanft wie Milch und Blut ...

schön! sagte ich mir, ich bin begierig, wie sie aussehen wird, diese

---

[1] Mit diesem sich essayhaft gebenden Prosatext dokumentiert Panizza seine endgültige Loslösung vom ideologischen Ballast so mancher frühen Erzählung [Anm. M. B.].

Madame Venus, von der so viel gesprochen wird, die alle Maler malen, die alle Zeichner zeichnen, alle Dichter besingen, alle Schriftsteller beschreiben, und von der uns noch K o r n m a n n im vorvorigen Jahrhundert eine so bewegliche Schilderung gegeben hat[1], diese merkwürdige Dame, die schon vor 2000 Jahren zu K y p r i s in blendender Schönheit aus dem blauen Meer emporzusteigen pflegte und die vorbeifahrenden F ö n i z j e r an ihre Insel feßelte. Hoffentlich hat sie kleine Füße ...

Die Sonne war unversehens hochgekommen. In der Aufregung des Außerordentlichen, das mich erwartete, war ich schnell und heiß gegangen. Ich war mitten im Wald. Ein Haufen von summenden, lärmenden Stimmen umbrauste mich. Vor meinen Augen gaukelten goldgeschwänzte Fasanen, und jene Märchenstimmung, die uns bei solcher Gelegenheit erfaßt, halb Furcht, halb Grausen, ließ mich vielleicht Dinge sehen, die gar nicht da waren. – Es konte nicht mehr weit sein. Einen Wegweiser hatte ich nicht übersehen. In der Ferne zeigte sich mitten durch das Gebüsch hindurch ein lichter Punkt. Ich ging eilend darauf zu, um von hier aus eine Übersicht zu gewinnen, und siehe: vor mir, auf prächtigem Wiesenplan, lag ein reizendes Schweizerhaus, in dem schweren Holzstil, wie sie hier allgemein bekant sind, mit schwer vorragendem Gebälk, das Dach mit großen Felsbroken zur Festigung gegen die Stürme beladen, die aufstrebenden Pfeiler, welche die HolzGallerie trugen, mit Epheu und blauem Clematis umwunden; in der Vorhalle, die hochgelegen, lauschig und kühl, standen gedekte Tischchen mit blumigen Tüchern, auf denen goldiger Honig erglänzte, einladend, speisebereit, und unter der Vorhalle, am Eingang, drei Stufen hoch, stand F r a u V e n u s – oder war es die Göttin F r e i a ? – in blendend-weißem Brust-Hemd, die Ärmel bauschig gekröpft, knusprig gestärkt, die Brüste prachtvoll vorgeladen, Alles über und über mit hellen silbernen langen Ketten behängt, unter der Talje im gediegenen schwarzen Samtrok, die nicht ganz kleinen Füße in matten, schwarzen Lederschuhen, über denen die weißen Strümpfe blizend sichtbar wurden, die ganze Figur hoch, gewaltig, prachtvoll, sicher, imponirend ...

---

[1] K o r n m a n n, Henricus, Mons Veneris, Fraw Veneris Berg, d. i. Wunderbare und eigentliche Beschreibung der alten Heydnischen und Newen Scribenten Meynung von der Göttin Venere, ihrem Ursprung, Verehrung und Königlicher Wohnung etc. Franckfurt 1614.

Offen gestanden, ich war einigermasen erstaunt – ich hatte etwas à la R i c h a r d W a g n e r, »Tannhäuser« I. Akt, erwartet: Rosa gaze-Schleier, Tigerfelle, goldene Schlangen auf geschminkten Hautflächen, und – das war das B e r n e r Kostüm. – Sie lächelte mich mit ihren blizenden Augen vernüglich an, und gab mir wieder Vertrauen. Sie schien meine Beklommenheit zu bemerken und schien sagen zu wollen: Wir sind ja nicht in K i p r i s, und Du bist kein F ö n i z j e r. Ich kann ja hier nicht aus den Wellen steigen, und Du trägst ja nicht den roten Schiffermantel des K i p r j o t e n. Man muß mit den Zeiten und mit der Mode gehen, mein Haus steht Dir offen. Ich begriff das Alles, ich war wieder orjentirt – aber eine neue Besorgnis lähmte meine Schritte. Ich fürchtete, sie werde mich Griechisch anreden, und ich – ich muß es offen gestehen – hatte fast All' mein Griechisch vergeßen; ja, ich darf es nicht verhehlen, ich wußte sozusagen gar kein Griechisch mehr. Ich wußte noch ἀλήθεια die Wahrheit, und θάλαττα! θάλαττα!, das Meer – aber von Meer war ja hier gar keine Rede – wir waren ja mitten in den Bergen – ich konte sie also mit diesem Gruß nimmermehr anreden ...

Sie aber lachte, herzig und innig, und sagte: »Grüetsi!«[1]

Dem Himmel Dank! – antwortete ich – daß ich Sie treffe, Sie götliches Wesen – ich hätte Sie mir nicht so groß vorgestellt ...

»Ja, das ischt ja nüd groß ...«

Doch doch – ganz überwältigend – voller Pracht und Schönheit! ... und ich nahm ihre Hände, die nicht sehr klein waren, und bedeckte sie über und über mit heißen Küßen.

»Ja, was mached Si da jezt fur dummes Züg ... lönd Si das blibe!«

---

[1] Die Schriftleitung muß es sich versagen, hier auf die merkwürdige Sprachmischung einzugehen, welche das Eindringen des Griechischen in das Alemannische der Schweizer Berge schon während der lezten Jahrhunderte vor Christus, von Süd-Gallien, besonders von dem alten Marsilia, dem heutigen Marseille aus, welches eine rein-griechische Kolonie war, erzeugte. Der Verfaßer der obigen Erzählung scheint selbst bei seiner fast gänzlichen Unkenntnis des Griechischen dieses seltene Idjom, wie es noch in einigen entlegenen der Polizei nicht zugänglichen Schlupfwinkeln und Kultstätten gesprochen wird, nicht zu verstehen, woraus sich einige komische Verwiklungen und Situazjonen ergeben. Ein Idjotikon des hellenischen Schwizer-Dütsch ist von den fleißigen Herausgebern des Schweizerischen Idjotikon, S t a u b und S c h o c h, in Aussicht genommen. Das eine Wort hier können wir ja übersezen: »Grüetsi!« heißt: »Welchen Wein trinken Sie?«

Und diese Talje! – rief ich – beim Herkules! – J u n o hatte keine gewaltigere – und diese keusche Fülle – Alles frisch vom Morgentau umglänzt – von S e l e n e gewaschen – vom S o l gestärkt … ich nahm dieses übergewaltige Wesen mit den pochenden Brüsten in meine Arme und preßte es an mich, wie V e n u s vielleicht nie in ihrem Leben umschlungen worden ist … es dauerte eine Weile übermenschlichster Anstrengung, dann hörte man einen S c h r e i, so furchtbar und stimmbandzerreißend, daß man glaubte, P a l l a s A t h e n e sei mit der flammenden Aegis vom Olymp heruntergefahren, um die Trojaner von den Schiffen zu vertreiben – ein siebenfaches Echo umflamte uns von allen Seiten, eines von St. G a l l e n, eines von E i n s i e d e l n, eines vom B o d e n s e e, eines von Z ü r i c h, eines von W i n t e r t h u r, eines von S c h w y z … dann ließ ich die Maid los, sezte sie vor mich hin, und trat einen Schritt zurük, um mir die gewaltige Gestalt zu betrachten …

Sie schien äußerst erbost, ihr Gesicht war über und über mit Purpur übergoßen, und stach von der blizweißen Halskrause und den frischgestärkten Ärmeln ab wie eine Schüßel frischgepflükter Himbeeren von dem weißen Tischtuch.

Dann dauerte es eine Weile, und dann hörte man von jenseits des Hauses her ein langgezogenes, friedliches, vertrauliches »Muuuuuh!« –

Ich erschrak. –

Was ist das? – frug ich.

»Ja, das sind ja euseri Chueli … was machedSi au für Sache da? … Wo chömed Si da jezt so g'schwind daher? – Isch jezt das au an Affüerig? …«

Was? Ihr habt Kühe? – Das ist ja reizend! – Das ist ja ganz a r k a d i s c h! – Und wo sind Deine Gespielinnen? …

Sie runzelte die Stirne: »Was isch das? – Das verstahn i nüd! …«

Ich meine: bist Du ganz allein hier?

»Jä nai – mer sind drei Schwöstere, de Vater ischt g'schtorbe … « und mit einer plözlichen Entschloßenheit ging sie nach rükwärts, öffnete die Türe und rief mit heller Stimme in's Haus hinein: »Bäbel i – Röseli – chömmed ihr jezt da g'schwind use – dä Herr aluege – ja das isch e b'sundere …«

Bärbeli und Reseli kamen nach wenigen Minuten angestürmt, mit großen Augen, lachendem Mund, die blonden Haare wirr über's Gesicht hängend, und sahen sich betroffen den Fremdling an. Sie waren nicht so hübsch und so ebenmäßige wie die große prächtige

V e n u s im Berner Kostüm, mehr in's Breite, Marzjalische gehend, hatten Rechen und Heugabel in der Hand, die Vorderarme nakt, gebräunt, gewaltig, das grobe aber schneeweiße Hemd am Oberarm pritschnaß anliegend, der Hals frei, von einer blauen Glasperlenschnur umfaßt, die Brüste von einem blumigen, kreuzwis von den Schultern in das stramme Mieder hineinverlaufenden Tuch zusammengehalten, die Hüften breit, breit wie eine Tonne, von einem sakgroben, blauen Drilch-Rok umschloßen ...

Und die beiden Schäferinnen vom p e n t e l i s c h e n Hain fingen plözlich laut und hell zu lachen an, daß man ihre bliz-weißen Zähne sah und die Heufloken von den zerschüttelten Körpern stoben.

Und B ä r b e l i frug: »Was ischt jezt das für es Gschrei gsi vorhi? ...«

»Ja, lueget ihr jezt nur dä Herr da a – sagte V e n u s – dä hat mi jezt da eso preßt, daß i hab schier nümme schnaufe chönne! ...« und dabei zeigte sie an ihrer Talje die Stelle, wo ich sie umklammert hatte.

Ja Kinder – sagte ich – ich denke, wir bleiben jezt beieinander, nachdem wir doch beisammen sind – S o l ist uns günstig, A p o l l o's goldnes Auge schwärmt über den Himmel, hier ist Kühle, Epheu umrahmt unser Dach, sezt Euch her, holet den Mischkrug ...

»Ja, woher! – schrien B ä r b e l i und R e s e l i zusammen – mer händ no 's Grumet inne z'tue, derna chömmed mer scho use ...« – Ich hörte aber, wie die Mädchen im Weggehen sich anstießen, und Reseli sagte: »Dä ischt aber jezt än verrukte Herr das, was will jezt der? ...«

V e n u s aber, die jezt allein zurükblieb, kam zu mir an den Tisch, an dem ich mich niedergelaßen hatte, stelte sich dicht vor mich hin, schaute mir tief in's Auge und frug: »Was trinkt dä Herr furen Wii? Aen 95er E g l i s a u e r? Oder än H ä r r l i b e r g e r?« – und in diesem dunklen Auge lag etwas wie: Fremdling, nimm keinen billigen, denn Deine ganze bisherige Aufführung ist derart, daß Du Dich hier nicht kannst lumpen laßen wollen ...

So, habt Ihr griechische Weine – erwiderte ich – das ist schön, ja, bring mir vom Beßeren, einen halben Liter, und einen Bißen Brod dazu ...

Und V e n u s wandelte dahin, und die Falbeln ihres samtnen Rokes schlugen gegen die schneeweißen Waden, und mein Herz jauchzte innerlich: endlich! rief ich, einen Schluk Freibeut, ein Asil des ungehemten Menschentums, eine Freistätte der Liebe, unter griechischen Hirtenmädchen, unter dem Schuz der höchsten Göttin selbst

– »Vrenelis Gärtli!« Garten der F r e i a, welches Entzüken! ... Polizeifreie Erde, Ihr ungefeßelten Luftzüge, Ihr plappernden Pappeln, die Ihr noch Euren Mund auftun dürft, Ihr rauschenden Wälder, die Ihr noch nicht unter dem Unfugs-Paragrafen seufzt, stelt Euch unter den Schuz der großen, leuchtenden Himmelsgöttin, der F r e i a, – und Du V e n u s, Göttin der Liebe, schüze diese heilige Kultstätte vor Frevlern, umgebe dieses Tal mit Schlinggewächsen und Irrgärten, und stelle die scharfen Hauer der Dir ergebenen Wildschweine hinein, damit sie jeden Uniformirten, jeden Polizisten anfallen, der es wagen solte, Dich zur »Schriften-Abgabe« aufzufordern, von Dir »Heimatschein« oder »Konsulatszeugnis« zu verlangen ...

Ich war wieder in meine zornige Stimmung geraten, das ganze Elend unserer deutschen Misere, die Kasernen-Manieren, mit der diese neuen Gottheiten sich bei uns breitmachten, der Zuchthaus-Ton, mit dem man die Herzen der Menschen aneinanderknüpfen wolte, dieses erfror'ne Christentum mit seinen messing'nen Dogmen, das man an Stelle der Liebe sezen wolte, traten wieder in ihrer ganzen Erbärmlichkeit vor meine Seele, und unbedacht schlürfte ich jezt den Labetrunk, den mir die Göttin vorsezte, ungemischt den 2000jährigen Wein von C h i o s und T e n e d o s hinunter.

V e n u s sezte sich zu mir, und wir sprachen miteinander, wie zwei Menschen, die sich zum erstenmal treffen, die aber bei dieser ersten Begegnung wie mit einem Schlag erkant haben, daß sie zusammengehören, daß ein festes, inniges Band ihre Herzen verbindet, lauter und offen, aber nicht ohne kleine Nekereien.

»Misexi – sagte Venus – Du bischt würkli kei ä so en zwiderne Bua – aber säg jezt amal: was isch das für ä wüeschti Sprach, die Du da redst, wo chunst Du eigetli jezt au her? ...«

Ach! – sagte ich – die Sprache wäre nicht das Schlimmste bei uns – ich komme aus Deutschland, sozusagen aus B e r l i n, weit drüben über'm R h e i n, wo die Kornfelder sich dehnen, weithin die Ebenen sich streken und die Polizei überall in die Häuser komt und die Gewißen beängstigt ... Ihr habt dergleichen Feinde hier nicht!

»Ja nai! – uns schenired hier nu d' Wölf bi der Nacht – und dene brenne mir eis uf de Pelz ...«

Eben, Ihr entledigt Euch Eurer Feinde, die Euch Haus und Hof bedrohen, durch Totschlag. Das können wir nicht ...

»Ja, warum nüd?«

Bei uns sind die Tiere heilig.

»Heilig? – zwegewas? –«
Wir dürfen sie nicht töten; es gehört das zu unserer Religion.
»Ja, was isch das au wieder für e Religion?«
Der höchste Gott bei uns ist ein Mensch, oder ein Pferd – ich weiß nicht, wie ich sagen sol – ein Mensch auf einem Pferd, ein Pferde-Mensch[1], ganz mit ihm verwachsen, vollständig verpferdet, der mit einem fürchterlichen Geschrei, wie P o l y p h e m, über die Lande fährt, Alles zu Paren treibend und Alles zerstampfend. Er kleidet sich in eine Farbe, die nur ihm und seiner Sippe zukomt und unter dieser Farbe verlangt er götliche Ehrerbietung. Und Alle, die ihn anbeten, tragen die gleiche Farbe, und verlangen nun ihrerseits gleiche Ehrerbietung. Und dieses Pferde-Geschlecht wälzt sich durch die Lande mit erbarmungsloser Gewalt. Niemand darf ihnen widerstehen, ja nicht einmal sie anrühren, bei Gefahr langjähriger Zuchthausstrafe, ja selbst bei Totesstrafe! ...

Die Göttin fuhr auf mich los, rasend, und schrie wie eine E r i n y e so herzzerreißend und markdurchdringend, daß, glaube ich, sechs Meilen in der Runde allen Wölfen das Herz im Leibe schlotterte. Gläser und Literflasche – sie waren leer getrunken – fielen um, die silbernen Ketten der schönen Frau rangen sich an ihrem Leibe empor wie die Schlangen L a o k o o n ' s, und ihr prachtvoller Busen stürmte wie ein freisliches Hagelwetter gegen mich an.

Sie stand jezt dicht vor mir, ihre frischgestärkten Hemdkrausen rührten mich im Gesicht, und mit milder Stimme, während noch ihr Atem heftig keuchte, frug sie mich: »Was nehmetsi jezt au für en Wii, blibed Si bim gliche, oder wendsi jezt den H ä r r l i b e r g e r oder emal dä S t a m m h e i m e r verkoschte?...«

Ja, meine Süße, rief ich, was Du wilst – wie Du meinst – sie werden ja alle gut sein, Deine Weine, die die Sonne Griechenlands ausgebrütet, die Deine weiße Hand dem hülfesuchenden Wanderer einschenkt ... ich denke, wir probiren einmal einen neuen ...

Und wieder wandelte sie dahin, und die schwarzen Samtfalbeln schlugen an die weiß-blinkenden Strümpfe.

Ich versank in ein dumpfes Brüten. Dieser C h i o n i e r-Wein hatte es mir doch angetan. Man soll beim Weintrinken nicht zu viel reden. Und ich hatte zu viel gesprochen ...

Die Sonne hatte jezt den Zenit erreicht. Wie ein weiches Strahlenbad lag es über der ganzen Gegend, die blumigen Wiesen prangten

---

[1] Gemeint ist Kaiser Wilhelm II. [Anm. M. B.]

vor Lust und Ueberfülle, hellblaue Schwaden lagen zwischen den Wipfeln der Bäume, in den Furchen der Waßergräben, und ein fortwährendes »Zßt ...« – »Zßt ...« schwirte wie eine betäubende Musik aus all den Halmen und Blumenkelchen ...

Wie wär's – sagte ich mir – wenn Du Dich hier definitiv niederließest? Vielleicht als K l a v i e r s p i e l e r in diesem Venusberg, deßen sie ja bei ihren abendlichen Redouten doch bedürfen. Denn einen heimlichen, zahlreichen Besuch bei einbrechender Nacht hatten ja doch die d r e i Mädchen gewiß zu erwarten? Oder als G e d i c h t v e r f e r t i g e r für die zahlreichen erotischen Posizjonen, die es ja hier in dem, sei es platonischen, liebeanbetenden, oder genußheischenden Verkehr mit den d r e i Huldinnen doch geben mußte? Oder als H e r a u s s c h r e i b e r d e r P r o s p e k t e für dieses moderne Liebesbad, deßen Kunde ja die Welt mit Staunen und Entzüken vernehmen würde, und das der Schweiz einen neuen ungeahnten Fremdenzufluß zubringen würde? ... Vielleicht war die kantonale Regierung über Alles orjentirt, drükte ein Auge zu, während sie mit dem andern sehnsüchtig auf dieses felsenumstarte, wonneumrauschte K y t h e r a blikte ...

V e n u s kam zurük, bebend, schnaufend, gewaltig, heiter, friedsam wie eine Göttertochter. In der durchsichtigen Literflasche perlte ein hell-kirschroter Saft. Er hatte eisige Kühle, denn sogleich bedekte sich das Gefäß mit einem diken Reif ... Aber schönste Himmelstochter! – rief ich – Du hast Dich ja ganz schmuzig gemacht! Sieh 'mal hier: Alles voller Spinnweben! Dein schöner, schwarzer Samt-Rok! ...

»Ja, saperlot – meinte sie – in euserem Chäller isch es ja eso feischter, da chönt me si ja dä Hals breche, und Spimugge und Raze und därigs Teufelszüg gid's da unne, 's ischt ja schrekli! ...

Mit dem Teufel stehst Du ja schon lang in Verbindung – dachte ich mir – aber komm' her – rief ich laut – ich puz' Dich ab, süße Wunschmaid ...

Und ich nahm die Göttin in meine Arme und zog sie an mich, und klopfte ihr mit meinen Händen den schwarzen Samtrok aus – und klopfte tüchtig. ... Heiliger Apollo! – dachte ich mir – ist dieses grazjöse Götterbild, deßen zierlichen Wuchs P r a x i t e l e s in dem Marmorbild zu Florenz festgehalten hat, durch den langjährigen Aufenthalt in der Schweiz auseinandergegangen! Welche Gliederfülle! Welche Macht! Welche überirdische, götliche Macht!

Sie aber lachte, lachte herzlich und schlug mir in's Gesicht. – Dann sezten wir uns und schenkten ein. Kräftig-kühl war dieser neue Wein, griechisch durchfunkelnd und nordisch durchfröstelnd ... Und wir plauderten ...

»Und da gascht jezt Du so mueterseelenällei dur d'Welt – verhüratet bischt au nüd – äs Ringli häscht au keis am Finger – isch jezt da nirgends Di's Blibes? ...«

Ach! schönste Venus – meinte ich – das Heiraten ist eine Sache der Zufriedenheit, der Gemächlichkeit, des Friedens mit der Welt – nicht des Kämpfens, des Ausreißens, des Wanderns – aber wer möchte heute auf jener schmuzigen Ebene jenseits des Rheins sich ein Haus bauen, wo jeder Polizist in Deinen Topf gukt, jeder Wachtmeister Deinen Kopf untersucht und jener Pferde-Gott, von dem ich Dir oben erzählte, mit seinen Kutscher-Fingern dem Lande Geseze schreibt? ...

»Jä händ Ihr jezt nüd au es höhers Wäse in Eurer Brust, än ewige, allgüetig-waltende Himmels-Vatter, der Alles erschaffe häd, d' Sunn, d' Wälder, d' Bäumli, d' Bächli, d' Chueli, d' Ghizeli ... glaubed Ihr jezt so 'was nüd? ...«

Doch doch! – aber dieses höchste Wesen hat jener PferdeMensch in seinen Besiz genommen; nur durch ihn kommen wir zu seiner Kentnis, es kann nicht direkt in unser Gemüt gelangen; heute herscht nur der Pferde-Kult, wer an ihn nicht glaubt, wer sich nicht vor dem Tier niederläßt und es anbetet, der ist verloren, er bekommt kein Amt, er darf nicht kaufen, er darf nicht verkaufen, er kriegt nicht zu eßen, er ist verfemt, er wird überwacht, er muß fort – fort – fort über die Berge, über die Flüße, über die Grenzen, über die Gebirge, dorthin, dahinaus, hieher – wo die Pferde-Religjon nicht herscht, wo friedliche Menschen wohnen, mit stolzen, aufbäumenden Gedanken und einem warm-pochenden, trozigen Herzen im Leibe ...

»... und wie lang wird jezt das au dure? ...«

Das wird dauern, bis auf diesem riesigen Stallfeld sich Alles zersezt, Alles in Gestank und Kot aufgeht, und ihnen die Pest an den Hals komt, die ihnen die Gedärme zerrüttet und das Blut vergiftet ...

Ich hatte während der ganzen Zeit Venus sorgfältig beobachtet: kein Zweifel, diese hübsche und kluge Frau hatte von manchen Gästen, die auf Schleichwegen hier durchkamen, schon manche heftige und selten Märe vernommen, und hatte sich gewöhnt, Alles in klugem Sinn erwägend, das Gehörte bei sich zu behalten und in stiller Stunde weiter darüber nachzusinnen. Aber jezt schien sie mir doch stark und innerlich bewegt. Lange ruhte ihr dunkles Auge auf meinen Zügen. Dann öfnete sie mit süßem Liebreiz ihre Lippen und indem ihre weiße Hand schmeichelnd mein Kinn berührte, so wie A t h e n e es bei Z e u s zu tun gewohnt war, sagte sie:

»Wänd Sie jezt no äs Bizzeli Chrüterchäs? ...«

Ach nein, Süßeste – sagte ich – nicht gerade jezt, es paßt jezt wirklich nicht ... das heißt: wenn Du ihn gerade da hast, und es gehört das zu Euren arkadischen Gebräuchen – und wenn Du ihn mit Deinen weißen, zierlichen Händen zurechtrichten und mir in den Mund stopfen wilst, dann mag es geschehen ... ich denke, ich folge Dir in Allem, denn ich bin ja nur ein armer Sterblicher, Du aber die Himmel-Entsproßene, Götliche, Unvergleichliche Tochter des Z e u s! ...

»Jä sicherli au! ... nehmetsi das nu! ... das gid wieder an frische Durscht ...«

Und wieder wandelte die Samt-Rok-Umfloßene dahin, und der Sand knirschte unter den schwarz-lakirten Lederschuhen, und die Falbeln schlugen an die blütenweißen Strümpfe, die jezt bei annähernder Dämmerung weißer und verführerischer leuchteten ... Doch, wie von einem neuen Gedanken geleitet, kam sie zurük, nahm die Literflasche und ließ neuerdings ihr Sammet-Auge auf mir ruhen:

»Und was trinkt jezt der Herr für en Wii? – Blibetsi bi dem – oder wändsi jezt än liechte – villicht än S t a d t b e r g e r 95er – ja dä ischt ja eusre bescht! ...«

Ich war betroffen. Wirklich hatten wir den Liter schon wieder ausgetrunken. Die Weine waren gut, das war kein Zweifel – auch kein Wunder! – denn wo solte man beßeren Wein bekommen, als im V e n u s b e r g? – ich dachte es innerlich, ich sagte es nicht laut – obzwar der Weingenuß mit dem Liebesgenuß nicht harmonirt! – Ich überlegte. – Hatte ich wirklich all' diesen Wein ausgetrunken? – Mein Kopf war frei, mein Sinn munter. – Ich sah V e n u s an: da stand sie, diese berükende Gestalt, mit den prachtvollen Schultern, den köstlichen Brüsten, über denen ein junger siegessicherer Kopf tronte, Alles in kirsch-blüten-weißen Duft gehült, und von weißen Silberketten überrieselt. So stand sie und blikte auf mich Muskellahmen, Verbitterten und Zerknirschten herunter; und in ihrem Blike lag: Wilst Du jezt noch am Schluße zögern und nicht auch den lezten Schritt wagen? Mich bekomst Du nur so, wie ich will. Wilst Du erobern, dann kenne auch die Künste des Eroberers, und laß die Minen springen. Schon senkt sich S o l, und S e l e n e mit ihrer Silbersichel lauscht in's Tal. Oben liegen die weißen Linnen gebreitet. Das vorspringende Dach schüzt vor jedem Späher und die Bergschatten umhüllen Dich in geruhsame Nacht ... ob Du S t a d t b e r g e r tränkest, war meine Frage ...

Ja, beim Henker! Du Liebliche – rief ich – hole den Wein und den Käs, wie Du vorgeschlagen – nimm auch etwas würziges Brod hinzu – und bleib mir nicht zu lange! ...

Jezt ging sie, stolz und befriedigt, und sicher wie eine Göttin, die gewöhnt ist, keine abschlägige Antwort zu erhalten, sondern den Sterblichen zu befehlen ...

Kühler Abendwind kam jezt aus der Richtung, aus der ich am Morgen gekommen, und die Sonne kroch langsam über die Wipfel. Von der Ferne hörte man das lange »Muh!« der heimtreibenden Kühe. Ein diker Mantel violetter Schatten legte sich auf die Wiesen, und das »Zßt!« – »Zßt!« – der Zikaden klang jezt spärlicher aber um so schärfer. Eine unendliche Ruhe lagerte sich breit über das ganze Tal. Das Haus wie ein Glükswurf auf dem Kartenfeld dieser reich besezten Gegend ... Ich wartete einen Augenblick. Dann lauschte ich in mich hinein: daß kein preußischer Schandarm nach menschlicher Berechnung auf Meilenweite hinaus jemals in diesem gesegneten Garten auftauchen könne, erfülte mein Herz wie mit einer kindlichen Dankbarkeit und ließ meine Seele wie auf Adlerfittichen zum Himmel flattern.

Da war sie – V e n u s – sie war schon wieder da, Hände und Arme voll, die Schlüßel klirten an der Flasche und den Tellern, und die Behäbige keuchte wieder und lachte, und besah sich dann von oben bis unten, ob ihr Gewand wieder mit Teufels-Unrat behängt sei. – Und jezt ging es an, das prächtig duftende braune Brod wurde angeschnitten, der Kräuterkäs gemischt, geknetet und dann aufgestrichen – riesige Happen, lang wie Schwertfische – und dann ging's an's Beißen und Sich-Ansehen und Sich-Anlachen und Sich-in-den-Mundsehen und die wilden Augen Beobachten ...

R e s e l i und B ä r b e l i zeigten sich unter dem Hausdach und wurden hergewinkt. Sie kamen, schämten sich ihrer Kleidung, wurden ausgelacht, griffen dann ebenfalls tapfer zu, und der Wein ward eingeschenkt und es ward gesipt und wieder rings sich angesehen, und die Lippen beobachtet und gelacht ...

Und R e s e l i und B ä r b e l i erzählten von den Wiesen und dem Heuen und den Kühen und der Stallwirtschaft und der Plage ... »ja das ischt zu arg! ...« und lebten sich selbst – beobachteten nicht, wie ich, skeptisch die Gegend – sondern lebten sich selbst, naiv, wie Blumen und Chueli – erwogen nicht, wie ich, unzufrieden, was sie aus einer Sache machen solten, sondern waren die Sache selbst, wie die Knospe am Baum, frisch und glühend ... nur V e n u s mit ihrem dunklen Augenpaar wachte klug über das Ganze und hatte noch tief im Herzen Besorgniße und Gedanken ...

Da lagen sie nun vor mir, breit in den Tisch hineingelegt, diese prachtvollen sechs Mädchen-Arme, glühend und strahlend, wie mit Wonne gefült, goldig und rufig wie Borstdorfer Obst, mit bräunlichen Lichtern wie Erdäpfel, ein Schauladen der üppigsten Gerichte, und ich saß da mit meinen dünnen, erbärmlichen Armen, ausgedört wie ein Grübler, mager und vergiftet ...

Welch' eine Entdekung! – rief ich in mir – wenige Stunden von Deinem Haus, wo Du unter lächerlichen Gedanken zu Grunde gehst, über die Wegweiser G e o r g B ü c h n e r und J o h a n n e s S c h e r r hinweg, zeigen Dir die Brüder G r i m m den Weg zum »Vreneli's Gärtli«, wo eine Hülle und Fülle alles Deßen, was Du ersehnt, über Dich hereinbricht! ...

Wie von einer plözlichen Erwägung abgelenkt, frug ich die Mädchen: Sagt 'mal Kinder, wo ist eigentlich Eure Grotte, Eure Muschel-Grotte? ...

»Chrotte hämmer nüd – meinte B ä r b e l i – numme Fröschli! ...«

Und so schwazten wir in den Abend hinein, wie Natur-Menschen, die sich frei von Zwang fühlten, und wo der Unterschied der Sprache, der Nazjon, der Gefühlsweise nicht hinderte, einerlei Herzens zu sein, wo troz Misverständniße ein gemeinsamer Zug innrer Güte Alle umfaßte. –

Aber V e n u s hatte längst ihr Augenmerk auf mich gerichtet. Die Teller waren leer gegeßen, die Flasche ausgesipt. Mit aufgestelten Ellbogen glozten mich diese V e n u s-Kinder aus großen, aufgerißenen Augen an ...

»Wändsi jezt no es Tröpfli Dôle verkoschte?« – meinte Venus, und ihr jugendlicher Kopf rührte leise meine Schläfe ...

Dôle? – sagte ich – was ist das?

»Ja, das ischt ja eusere Allerbescht!«

Wo wächst der? – meinte ich, da ich den Namen nie gehört ...

»Ja wit unne im Süde, das ischt en fürige! ...«

Am T a y g e t u s-Gebirge? – rief ich unwillkürlich.

»So eba da 'rum – und wie isch das, dörfed die Maidli da au mittrinke? ...«

Ja, selbstverständlich! – rief ich – Ihr götlichen Kinder seid alle meine Gäste! ... alle – seid Ihr – meine – lieben – Gäste ...
Die Teller wurden aufeinandergestelt, die Meßer klappernd dazugelegt, und jede dieser staunenswert üppigen Grazien ging mit einem Teil des Geschirrs, um den neuen Wein zu holen ...
Es war jezt leicht fröstlich geworden. Die Dämmerung hing wie in schweren Mänteln durch die Gegend. Einzelne lichte Punkte, die größten Sterne, wagten sich schon an den Himmel. Die Venus selbst war nicht zu sehen, sie war zu rasch der Sonne nachgefolgt. Eine gespenstige Helle zeigte sich über dem Westen, wie die Leichenbläße des hereinbrechenden Totes. Starr und unerbitlich wie die Totenrichter stand der Wald mit seinen Bäumen. Die Wiesen alle zugedekt und von schwarzer Hand schon berührt. Ein Grausen schritt unnachsichtig durch dieses Tal. Und nur am Himmel glänzte tröstlich und silbern das zarte Profil der bleichen, schmachtenden Selene ...
Venus, die lebende, kam jezt im weißen Schürzchen mit den beiden Mädchen, und brachte Gläser und eine dunkle Flasche. Lüstern wie Mondlicht glänzte die weiße Wäsche der unsterblichen Frau durch's Tal und der dunkle Saft des neuen Weines nezte wie Blut unsere Finger und Lippen ...
Aber die Schatten hatten sich auch um uns gelegt. Die Bewegungen wurden langsamer, schwerfälliger. Die Worte wurden spärlicher. Die Umriße verwaschener. Auch wir waren unwillkürlich in den Hades geraten. Das dunkle Rebenblut floß geheimnisvoll durch unsere Adern und zwang die Stimmung zu ruhigem, ehernem Verhalten.
Was da Alles noch gesprochen und verhandelt wurde – Interna des Venusbergischen Haushaltes – »... 's Bettli, 's Zimmerli, is ober Stökli, Gschiirli, 's Wäßerli ...« ich weiß es nicht mehr ... Ein Zank erhub sich unter den Mädchen, und ich sah die wilden, prächtigen Arme dieser Naturkinder kreuz und quer hin und herfahren und die großen Augen gräßlich aufreißen. – Das Lied des Herrn Tobler ging mir wieder durch den Sinn:

Danhuser, lieber Danhuser min,
weit ier bei uns verblibe?
I will euch d'jüngste Tochter gä
zu-m-ene ehliche Wibe ...

Aber mein Kopf war so schwer geworden, als ob das ganze Taygetus-Gebirge mit all' seinen Felsen und Rebstöken darauf gelastet hätte. Ich hörte nur noch, daß Venus dem ganzen Streit ein Ende machte und etwa sagte: »Ja, das ischt ja nüd ... dä wit Weg ... dur dä feischtere Wald durre ... was ihm da paßiere chönnt! ...« Und zu mir sich wendend, sagte sie: »Gälledsi, Si blibed bi eus über Nacht, Si krieged äs guet's Bettli! ...«

Aber sicher, mein gutes Kind, – sagte ich – wozu wäre ich denn gekommen?

Dann brach man auf. Alles erhob sich. Und wie im Wirbeltanz schwangen sich die götlichen Glieder dieser Anadyomenen durch den Saal. Ich faßte mir an den Kopf. War es wirklich wahr? Und solte ich hier das Unaussprechliche erleben? ...

Die Nacht war jezt plözlich hereingebrochen, und das weiße Busen-Geflitter der götlichen Frau leuchtete wie helle Fakeln durch die Vorhalle. Aus der Ferne, hörte ich deutlich, sante uns noch eine Rohrdommel ihr nächtliches advertissement entgegen – »brrrrrrrum – bum di bum! – brrrrrrrum – brum di bum! ...« wie ein Tambur, der den Abend-Marsch schlägt. – Löscht die Lichter aus! –

Ich stand noch einen Augenblik an dem großen maßiven Pfeiler, der das Ober-Geschoß stüzte, und blikte hinaus. Ein wunderbarer Frieden lag wie eine schwere Samt-Draperie über der ganzen Gegend, die Luft rein und durchsichtig unter dem violetten Himmel, eine Stille, wie wenn etwas Unerhörtes, etwas Gespenstiges paßiren solte, die ganze Stätte frei für depoßedirte, der Unterwelt entsteigende Geschlechter und unsterbliche Tanz-Reigen ... Komt jezt herauf – rief ich – Ihr weißschimmernden Leiber hellenischer Grazje und schütte Deinen Reichtum noch einmal aus unsterblicher Olimp über dieses befruchtete Tal! Steigt empor Ihr Grazjen und Musen, die Ihr katolisches Glokengeläute nicht hören könt, den Zäzilien-Gesang verachtet und von dem Weihrauch den Husten bekomt! Erschließet Eure Gaben und Brüste und führet uns noch einmal vor die alten mänadischen Reigen! Du aber L u n a enthülle Dich und steige herab vom Himmel, zeige den glizernden Schnee Deines silbernen Leibes, und entkleide Dich, wie einst Phryne, hier vor den schwarz und starr wie Unterweltsrichter dortstehenden Häuptern des Deutschen Waldes! – Ihr aber Nachtigallen – woher habt Ihr Euren Namen? – laßet die sehnsüchtigen Laute in die dunkle Nacht hinaus erschallen, droßelt und jubelt, ruft sie herbei all' die unsterblichen Götterschaaren, die auch damals vom Olimp herunter zusahen, als sie Ares und Aphrodite in brünstiger Umarmung erblickten ...

Venus faßte mich resolut am Arm und brachte mich nach Oben ... Ein Flimmern entstand vor meinen Augen ... Schuhe, Röke und Weste fielen wie wesenlose Hüllen von meinem Körper ... Eine Türe fiel schwer in's Schloß – und ich sank in ein breites, mit groben Bauern-Linnen ausgelegtes Bett ...

Noch lange hörte ich entfernt-heimliches Mädchen-Gekicher, wie wenn Venus mit Silene am Himmel oben noch einen späten, lächerlich-eifersüchtigen Disput ausgefochten hätte – dann schwanden mir die Sinne – und ich tat einen langen, ruhigen, polizeifreien Schlaf. [1] –

---

[1] Die Meinung, daß hier ein alkoholischer Schluß gewählt worden sei, statt eines erotischen, weil der leztere von den Lesern an der Limmat niemals akzeptirt worden wäre, während der erste mehr den Landessitten entsprach, dürfte doch nicht ganz stichhaltig sein. Die hellenischen Weine von Eglisau und Herrliberg tun an einem so heißen Sommertag ihre Wirkung, und besonders der Dôle hat, wie ich bestimt versichern kann, seine Muken.

Die Heilsarmee
Eine Studie.

»Amen – Ahmen – Amenn – Amän ....« mit diesen halbverschluckten Lauten, geheimnissvoll und scheu, begrüssten sich die leisen Figuren, die flüsternd und angstvoll von allen Seiten herbeihuschten, als handle es sich um einen Katakomben-Gottesdienst.

So einfach waren Sie Alle gekleidet, diese Mädchen, so hüftenschlank, so brustglatt, so langhalsig, so nackt in ihren schwarzen, eng anliegenden Gewändern. – Die wollten nie gebären, nein! Die wollten nur geistig erzeugen, aschgraue Gefühle und pietistische Gedanken.

»Aähmen – Ämän – Amen – Ehmeen –« mit diesem Gruss strömten sie von allen Seiten zusammen, wie geweihte Fledermäuse, und huschten und drückten sich aneinander, als gälte es, Seele mit Seele zu verschmiegen, und hauchten sich ihre Seufzer schmerzlich ins Angesicht.

Es war 8 Uhr Abends in der Eidmattstrasse in H o t t i n g e n, in dem hochgelegenen Züricher Bezirk, wo sich die schmale Holzthür zu einem schmalen, nüchternen Holzbau öffnete und die Wartenden einliess. Und drinnen, ach! die geöffnet hatten, die den Himmel öffneten, das waren noch schlankere, noch vergeistigtere Persönchen, hager mit ausgehungerten Wangen, taubenäugige Mädchen mit schwarzen, die Stirne weit beschattenden Höckerhütchen, damit kein sinnlicher Gedanke hinein, keine Lust aus diesen Taubenaugen herausgelange. Ach! und jetzt überschütteten sie sich mit schluchzenden »Ahmän – Ämän – Ameen –« zwitscherten wie Kanarienvögel und drückten sich an die busenlosen, harten Brüste.

Es war wie im Himmel. Lange, quergestellte, gelb angestrichene Bänke. Lustig und heiter. Ganz safrangelb. Fröhlich und erheiternd. Die Seele aufschliessend. Etwas kalt, etwas fröstelnd. Aber Wärme hätte ja Behaglichkeit, und Behaglichkeit Sinnlichkeit erzeugt. Nein, es war gerade recht. Und bald wurde es ja voller. Immer zahlreicher strömten sie herein und drückten und flüsterten sich aneinander und waren überglücklich in ihrer Safranumgebung. Oben an der Decke fünf oder acht von den gelb brennenden Kohlenbrennern und unten die dickangestrichenen, gelben Bänke: es flimmerte und zuckte Einem um die Augen: es war die helle Sonne, die die Leutchen da hereinsymbolisirt hatten. Und immer zahlreicher kamen sie mit ihren

Sonnengesichtern und leuchteten sich an und schmunzelten und frohlockten: »Ach, Ahmän, Ahmän!« Und rutschend raschelten sie aneinander und zwängten sich in die gelben Himmelsbänke – weil der Platz schon rar war – und schlüpften ineinander hinein wie die kleinen Vögelchen, die man *inséparables* nennt, und lachten sich an mit dem gelbüberstrahlten Antlitz.

Und dem Fremdling, der plötzlich mit seinem schmutzigen Reiseanzug in diese strahlende Umgebung geraten war, schaute ein schlankes, schwarzes Mädchen tief aus dem Höckerhut, aus tief versteckten Augen entgegen und sagte halb mitleidvoll: »Kommen Sie endlich? Wollen Sie gerettet sein?« – – und als der Fremdling nicht wusste, was er sagen sollte, da er mehr die *Commis-voyageur*-Sprache gewöhnt war, fuhr sie mit versprechendem Himmelsglück fort: »Ach, kommen Sie! Kommen Sie zu uns! Hier ist Ihr Platz. Er ist seit Langem bereitet …«

Und Alle schauten um und strahlten vor Glück, und: »Ach, Amän, Amän!« beglückwünschten Sie Alle, und huschten und schmiegten, und einzelne lautjubilierende Töne hörte man, einzelne laute, klirrende Töne, wie von gelben Kanarienvögeln, hohe, discantartige Töne, die die jüngsten Mädchen ausgestossen hatten.

Und der schwarze Heilsarmeeengel blieb an der Seite des Fremdling und machte ihn auf Alles aufmerksam und bereitete sein Glück. Wie B e a t r i c e blieb er an der Seite des aus der Hölle kommenden D a n t e und gab ihm ihre Seele zu kosten.

Und als sich das Jubilieren nicht mehr länger aufhalten liess, und einzelne Stimmchen schon die höchsten gelben Triller probirt hatten, Andere mit kleinen Jauchzern, wie vor dem Aufgehen der gelben Sonne, ihre Lerchenkunst hinausgeschmettert hatten, brach es plötzlich mit elementarer Gewalt los, wie tausend Staare, auf den gelben Bänken, alle diese schmächtigen, plattbrüstigen Mädchen mit frechem Schnetterengdeng und gelbem Trompetenschall:

Der Jäsus liebt die Sündär,
Der Jäsus hat sie gern.
Ja, der Jäsus liebt die Sündär,
Ach, er hat sie wirklich gern …

Und wiegend und schwebend, wie grosse farbige Papageien oft in ihrem schwankenden Messingring, hatten sich Einzelne erhoben und schlürften tanzend über den Estrich zwischen den gelben Bänken,

Andere hatten den ach so mageren Arm erhoben und schlugen den Takt und feuerten Alle an, heller und freudiger zu singen. Und Alle schauten sich an mit gelbem, freudigem Wiedererkennen.

Und der schwarze Engel raunte dem Fremden ins Ohr: »Unser Glück, Ach, kommen Sie zu unserem Glück!«

Dann plötzlich, als der Gesang verstummt war, stürzten sie Alle nieder, zwischen den gelben Bänken die schwarzen, hageren Gestalten, lautlos fielen sie nieder zwischen den langgestreckten Holzaltären, stützten den rechten Arm auf und vergruben das Gesicht in der gekrümmten Hand. Lautlose, steinern-harte Stille herrschte jetzt in dem gelben Saal. Es war wie Pfingstfeier, als sollte der heilige Geist herniederstürzen in gelben, flammenden Zungen. Und so lagen sie dort die gekrümmten schwarzen Gestalten zwischen den gelben Bänken.

Nur der Fremdling blieb hartnäckig hocken auf seinem Platz; denn er war ja ein *Commis voyageur*.

Und nun begann's. Eine nach der Andern, in schluchzend-händeringendem Ton, ausströmende Gefühle in bitter-bussfertigem Ton zu bekennen. Wie aus geöffneten, stark duftenden, gelben Blumenkelchen quoll hier die Sünde wie Safran und erfüllte den ganzen Raum. Hunderte zusammengedrängte Sonnenblumen offenbarten hier ihre längst vergessnen Thaten und vergebnen Sünden. Und dieses Schluchzen und Stöhnen! Und »Jaah!« accompagnirte immer der Chor, bei den ergreifendsten Stellen. »Jaah!« wie Schäfchen meckern, wie Kinder stammeln, »Jaah!« als hätten sie Alle das Bekannte durchmachen müssen, die Busse erleiden müssen, als wären sie Alle krank und zermartert.

Und dann kam wieder eine Andere. Sie schlug einen tieferen, dunkleren, stammelnderen Ton an wie eine Oboe, die in tausend Aengsten wimmert, ein gelbes Holz-Blasinstrument, das Sünde blutet, mit gequälten Flaschonett-Tönen und gestopften Lauten. Und seufzend echote der Chor und betheiligte sich an der Busse.

So lagen sie drinnen zwischen den gelben Bänken, die geknickten Gestalten, wie geköpfte Mohnblumen zwischen gelben Maisfeldern. Und des Jammerns war kein Ende.

Jetzt schaute der *Commis voyageur* auf seine Uhr.

»Unser Glück! Retten Sie sich! Retten Sie Ihre Seele!« rief die schwarze Gestalt neben ihm.

Aber der *Commis* erhob sich in seiner ganz *Voyageur*-Grösse, denn er hatte um 9 Uhr *Rendez-vous*, und es war jetzt 10 Minuten auf Neun.

»Bleiben Sie!« rief sein schwarzer Mentor mit den flehenden Augen. »Bleiben Sie bei uns! Bleiben Sie bei unserem Glück!«

Aber der junge Mann, bei dem der Seelenprocess schon abgelaufen war, sagte mit seiner ganzen *Commis-voyageur*-Impertinenz: »Ich bedaure sehr – aber ich habe um 9 Uhr *Rendez-vous*, und jetzt ist es 10 Minuten auf Neun.«

Sie aber bat, und Andere kamen und hingen sich an ihn und baten mit ihren verweinten Augen und verwelkten Brüsten: »Ach, bleiben Sie! Bleiben Sie bei uns!« – »Jaah!« raisonnirte der Chor mit stammelnden Lauten wie verheissendes Kinderglück, und bitterlich schluchzten die schwarzen Blumen zwischen den gelben Bänken.

»Ich bedaure sehr,« rief wiederum der *Commis*, »aber bei mir ist die Sache vorbei.«

»Ach, ach, ach!« rief nun Alles zusammen, und man versperrte ihm den Weg. Und hinten fingen die Jüngsten wieder an zu jubiliren, als wollten sie leise auf die Himmelsfreude hinweisen, und mit feinen Stimmchen repetirten sie:

»Der Jäsus liebt die Sünder,
Der Jäsus hat sie gern.
Ja, der Jäsus liebt die Sünder,
Ach, er hat sie wirklich gern.

Dradiralirolliro! – Dradiraliriddidi! – …« und schlossen das feinste und beste Schweizer Gejodel mit Kanarienzwitschern an.

Aber der *Commis* war ein entschlossener Weltmensch. Für ihn war überhaupt diese ganze Heilsarmeevorstellung nichts weiter als eine Sensation. Und er machte sich resolut Bahn.

Aber vorne an der Thür war alles verriegelt. Und nur die Herzen dieser geknickten, weltverlassenen, armen Mädchen standen ihm offen.

»Kinder,« meinte er, »ich m u s s mein *Rendez-vous* halten; das verlangt schon meine Ehre.«

Sie aber flehten noch einmal mit ihrem herzinnigsten Stammeln: »Ach b l e i b e n Sie bei uns!« und streckten ihm die vergilbten, blutleeren Arbeitshändchen entgegen.

Nun ging er nebenan, als wolle er einen zweiten Ausgang suchen, und – kam in die Garderobe der Damen.

Jetzt gaben sie nach und öffneten ihm die Hauptthüre.

Und nun ging er hinaus.

Und drinnen zwischen den Bänken lag der gelbe Sonnenblumenschein glücklicher Seelen.

Dann schloss sich hart die Thüre.

Und nun stand er wieder draussen in der finsteren, schwarzen Nacht.

Das Wachsfigurenkabinet.

Pour bien connaître les choses divines d'une religion, il faut se les figurer dans une forme tout-à-fait humaine.

Renan.

Abendmahl

Es war im alten Nürnberg. Ich war auf der Reise und hatte etwas Eile. Wir mochten um Anfang Oktober sein. Auf dem Marktplatz war ein großer Jahrmarkt aufgeschlagen, oder »Dult«, wie dort die Leute sagen. Es war schon gegen Abend und bei der vorgerückten Jahreszeit schon etwas dunkel. Trotzdem war der Verkehr zwischen den Buden noch ein ziemlich reger. Nach Abschluß meiner Geschäfte führte mich mein Weg über den Marktplatz, und ich war eben im Begriffe, nach Hause zu gehen, als ich auf einer der Schaubuden, vor der im Gegensatz zu allen anderen zu meiner Verwunderung kein Ausschreier stand, die Überschrift las: »Leiden und Sterben unseres Heilandes Jesu Christi«. – Ich bin von Haus aus allen religiös-theatralischen Vorstellungen abgeneigt und wollte mich mit Abscheu von der Idee abwenden, einen so heiligen Stoff mitten in diesem Jahrmarkts-Getriebe fest, plastisch oder beweglich, mit Draht-Puppen, gemalt, geformt, geschnitzt oder gar tragiert dargestellt zu sehen. Gleich darauf kamen aber in meinem Kopf Schlagwörter wie »Nürnberg«, »Spielwaren«, – »Puppen«, – »Figuren auf Lebkuchen« zum Vorschein. Ich erinnerte mich des großen Rufes, den die Nürnberger Arbeiten der Art genießen, und mehr aus Interesse für den mechanischen Apparat, mehr aus Neugier für die Marionetten-Künste kehrte ich um und schritt auf die Bude zu. – »Leiden und Sterben unseres Heilandes Jesu Christi« las ich noch einmal auf der gemalten Überschrift.

Nur einzelne Leute standen vor der sehr primitiv gehaltenen Barake. Und diese gafften, wie das so Usus ist. Der Preis schien mir etwas höher als bei den andern künstlerischen Veranstaltungen. Ich trat ein. Ein segeltuch-überspannter, mit Lampen etwas düster beleuchteter Raum, in dem sich ein Dutzend Menschen beiderlei Geschlechts und aus allen Ständen des Volkes befand. »Sie kommen gerade recht«, sprach mich der Budenbesitzer, der ein Sachse war, an, »soeben beginnt die Vorstellung.« Im Hintergrund der Bude, wohin alles erwartungsvoll blickte, befand sich ein erhöhtes Gerüst, eine Art Bühne, die aber geschlossen war. Doch sah man an den durchschimmernden Lampen, daß sich dort etwas vorbereitete. Und eben, als der Budenbesitzer die obigen Worte gesprochen hatte, ging der Vorhang auf, und Alles drängte nun vor bis zur Rampe.

Auf einer Estrade, die einige Fuß über dem Erdboden erhaben, und ringsum mit Soffitten-Werk entsprechend verkleidet war, befand sich eine große Gruppe dunkler, steifer Gestalten, sitzend, bunt gekleidet, zum Teil mit höchst pathetischem Gesichtsausdruck, aber regungslos, die einen schief, die andern gerade, die dritten buckelig, glotzend, stierend, lächelnd, entrüstet, vor Wehmut zerfließend, wie es gerade der Moment oder der Schauspiel-Part erheischte, an einem Tisch zusammen vereinigt. Es war kein Zweifel, es sollte die Abendmahlszene vorstellen. Das Arrangement war das wie auf dem bekannten Bilde des Leonardo da Vinci: Eine nach vorn offene, weiß gedeckte Tafel; die Brüche im Tischtuch von der Büglerin stark prononciert, damit das Tafeltuch als unzweifelhaft neu erscheint, wodurch der Begriff des Feierlichen erhöht wird. Die ganze hintere Front gegen den Zuschauer zu mit Jüngern und Christus in der Mitte dicht gepfropft besetzt, aber doch so, daß auf den zwei schmalen Seitenkanten noch zwei bis vier Jünger Platz nehmen, die ja das Publikum noch immer von der Seite sehen kann, und damit die Tafel nicht zu lang werde. Meistens nimmt man zwei untergeordnete Apostel, den Bartholomäus oder jüngeren Jakobus, für diese Seitenkanten, da ja das Hauptinteresse sich doch der Mitte zuwendet, wo Christus sitzt; und gewöhnlich begnügt man sich, ein paar gut-profilierte Köpfe, die in nicht zu schreienden Kaftanen stecken, hier an die Enden des Tisches zu placieren, damit das Publikum hier zwar einen wohlthuenden Abschluß finde, aber ja nicht mit der Aufmerksamkeit abgelenkt werde.

Es ist klar, daß die späteren Apostel Paulus und Matthäus hier bei der Einsetzung des Abendmahls noch keine Verwendung finden können. Denn Paulus ist eigentlich *Extraordinarius*, hat mit der Zwölf-Zahl gar nichts zu thun und hat so zu sagen auf eigene Verantwortung die Apostelgeschäfte ausgeübt, und Matthäus wurde an Stelle des später ausgeschiedenen Judas Ischariot gewählt. Dieser letztere ist aber hier noch von der größten Wichtigkeit, und wird, wie der Leser bald sehen wird, eine imposante, eine imponierende, Alles elektrisierende Rolle spielen. Die ganze Gesellschaft war durch sechs am Boden durch ein Brett gegen das Publikum hin gedeckte

Lampen aufs grellste beleuchtet. In der Mitte Christus mit einer fein gearbeiteten, blonden Perücke; er hat die größte Ähnlichkeit mit einem englischen Lord, wie man sie bei uns auf dem Theater in komischen Stücken darstellt; nur war er ganz bartlos: die gleiche blasierte Langweile auf dem regungslosen Gesicht; man erwartete jeden Moment, daß er den Mund zum Gähnen öffnet; der Blick, regungslos blau den Beschauer anstarrend, hatte etwas Lamm-frommes, Trauriges, Kindlich-Unbewußtes; der bleiche, glatte Unterkiefer ragte etwas zu weit vor, und fordert zu Vergleichen mit Repräsentanten aus dem Tierreich auf; der Wachsguß ist etwas zu fettig ausgefallen; man meinte, Christus schwitze Fett, was nicht zur Heiligkeit beiträgt. Vor ihm auf einem zinnernen Teller liegt ein Karpfen aus dem Bach Kidron; auf dem Tisch verteilt standen in Glasschaalen Brode und einige Äpfel mit auffallend roten Backen. Christus streckt mit brünstiger Geberde die beiden lang-gefalteten Hände über den Fisch aus; doch ist es offenbar, er kann zu keiner Verteilung der Speisen, oder zu einem Brechen der Brode schreiten, denn beide Hände sind vorn an den Fingerspitzen zusammengepappt. – Das Publikum und ich waren beschäftigt, die einzelnen Gruppen und Persönlichkeiten in der Weise durchzumustern; und es herrschte eine lautlose Stille, als der Budenbesitzer plötzlich mit weinerlich-sächsischem Pathos laut die Worte in's Publikum rief. »Wahrlich, ich sage Euch, Einer unter Euch wird mich verraten!« – Nun ist es klar, daß diese Worte als aus dem Mund Christi hervorgehend gedacht waren. Sei es nun, daß der Sprach-Mechanismus dieser Hauptfigur nicht in Ordnung oder durch vieljährigen Gebrauch ausgelaufen war, oder daß er ihn gar niemals besessen, in jedem Falle konnte Christus die ihm zukommenden Worte nicht sprechen; er bekräftigte aber das eben Gehörte durch ein eigentümliches, norddeutsch klingendes und etwas schnurrendes »Nja!« –

Dieses »Nja« war so sonderbar prononciert, daß ich es dem Leser etwas analysieren muß: zuerst kam ein schnurrendes Geräusch, dann hob sich die Oberlippe und zeigte zwei Reihen vortrefflich eingesetzter Zähne fest aufeinandergebissen; da die Holzpfeife, welche das schnurrende Geräusch hervorbrachte, ziemlich dicht hinter den Kiefern saß, so wurde der Ton jetzt bei geöffneten Lippen heller, hatte aber gleichzeitig einen gaumigen, holzigen Clarinettentimbre, der übrigens, wie ich glaube, beabsichtigt war; nun sprang der Unterkiefer auf, und die Mundhöhle wurde sichtbar; die gleiche Feder, die dies bewirkte, mußte auch noch ein anderes Register öffnen, denn im gleichen Moment, und direkt anschließend an das schnurrende »N«, sprang ein helles, tönendes, frisches »ja!« heraus, welches insofern vortrefflich konstruiert war, als jetzt der Mund durch das etwas Offen-bleiben der Lippen einen zufriedenen, heiteren Ausdruck annahm, der mit dem bejahenden Charakter der Partikel »Ja!« durchaus im Einklang steht. – Nun kamen aber die Fehler hintennachgehinkt: Nachdem die Kiefer sich wieder geschlossen, blieb die Oberlippe viel zu lange oben, da Lippe und Kiefer getrennte Mechanismen hatten; die obere Zahnreihe mit ihren breiten, wie mit dem Meißel abgehackten Zähnen, gab dem ganzen Gesicht etwas peinlich Lustiges, etwas Lachendes; und als endlich die Oberlippe sich langsam herabsenkte, bekam der Mund einen solchen Ausdruck des Müden, des plötzlich Erstarrenden, Leichenähnlichen, wie ihn der Künstler gewiß nicht beabsichtigt hatte.

Gleichzeitig mit dem »Nja!« aber begann Christus Kopf und Arme ruckweise in die Höhe zu heben und die wächsernen Hände wie segnend über den Karpfen vor ihm auszustrecken. Dann sank er wieder zu der halb geknickten und resignierten Positur, die er anfangs eingenommen hatte, herab. Dieser Aktus hatte eine vehemente Wirkung auf das Publikum. An der veränderten Atmungsweise aus dem Dutzend oder wieviel Leute, die wir beisammen waren, konnte man dies deutlich abnehmen. Das blaue Christus-Auge, welches bei etwas veränderter Kopfstellung nun aus einer schrecklich breiten, wächsernen Apathie herausstarrte, blieb fast gerade mir gegenüber stehen und schaute mich an. Das Kinn, der rechts im Guß zusammengeflossene rote Mund, Nase und die massigen Fleischteile waren zweifellos auf größere Entfernung berechnet; aber wie schön war dieses blaue Auge! Wenn der Blick des wirklichen Heilandes nur halb so innig war, dann mußte er alle Frauen Jerusalems in dem Maße entzücken, daß sie nach Hause zu ihren Männern liefen, und unter Androhung der Entziehung aller weiblichen Gnadenmittel erklärten, ein Mensch mit so schönen blauen Augen dürfe nicht hingerichtet werden. – Der Budenbesitzer hatte nach den schwerwiegenden, Christi Mund entnommenen Worten: »Einer unter Euch wird mich verraten!« offenbar dem Publikum Zeit gelassen, sich zu orientieren. Er mußte aber auch warten, bis der Sinn dieser Worte in die Wachsköpfe der Jünger eingedrungen war. Und dies schien nun wirklich der Fall gewesen zu sein. Denn als der artistische Leiter, ich meine der Budenbesitzer, noch einmal mit kräftigem Dresdener Dialekt, eindringlich und mit echt protestantischer Verve betont hatte:

»Wahrlich, ich sage Euch, Einer unter Euch wird mich verraten!« – und Christus wieder mit zerschmelzendem Rhythmus das breite Lords-Gesicht erhoben, die prachtvoll-weißen Hände über den Fisch ausgestreckt, und ein klingendes »Nja!« herausgestoßen, begann sofort eine wächsern-glänzige Revolution unter den Jüngern. Jakobus (der Ältere) und Andreas, ersterer in einem schottisch-karierten Überwurf, die beide an der, vom Publikum aus betrachtet, linken äußersten Tischecke einander zugewandt saßen, und von denen der letztere bis dahin konstant in die rechte Soffitte, Jakobus dagegen auf eine vor ihm stehende Schale mit roten Äpfeln geblickt hatte, begannen nun beide, mit bedenklicher Miene die Köpfe hin und her, von den Jüngern zum Publikum und vom Publikum wieder zu den Jüngern, zu drehen, als wollten sie sagen: »Das ist ganz unmöglich! Diese Geschichte mit dem ›Verraten‹ ist ganz unmöglich; wirklich ganz unmöglich!« – Einige Leute im Publikum fröstelnd getroffen von den schwarz lackierten Augen des Jakobus (des Älteren), räuspern verlegen und schauen vorsichtig um, ob sich der Verräter unter den Zuschauern befinde. Die ruhelos schnurrenden Köpfe der beiden Jünger bleiben schließlich dicht einander gegenüber stehen und durchbohren sich gegenseitig mit glänzig-starrenden Blicken, als röchen sie mit den Augen gegenseitig auseinander heraus, wer von ihnen heute noch »den Herrn« verraten werde.

Zweifellos war auf der andern Seite des Tisches eine ähnliche Reihe von Entrüstungen vor sich gegangen, ohne daß ich sie beobachten konnte; ich schloß dies daraus, daß die oben schon genannten Bartholomäus und jüngerer Jakobus, von denen der letzte einen gelbseidenen Kaftan an hatte, und die zu Anfang ruhig und gelassen dort saßen, nun mit Händen und Oberkörper zum Tisch hingelümmelt waren, und trotzig und wie herausfordernd zu Christus hinüberschauten. Der artistische Arrangeur hatte hier offenbar eine große Schwierigkeit zu überwinden und wäre durch diese Gruppe beinahe zu Fall gekommen. Zum Glück hatte der jüngere Jakobus, der eine von den beiden etwas ungeschlachten Jüngern, die hohlgemachte Hand am Ohr, so daß man sah, er horchte, und, was ihre wulstigen, dicken Lippen frugen, war etwa: »Was ist da gesagt worden von ›Verraten‹? Haben wir recht gehört? Wer verraten? Wie verraten? – Beim ›Verraten‹ müssen wir bitten, unsere Namen auszuschließen!« – Eine sehr gute Geste hatte sich Matthäus einstudiert, der als späterer Evangelienschreiber seinen Platz gleich links vom »Herrn« hatte, und der mit der rechten Hand immer in bestimmten Pausen an die Stirne fuhr, als besänne er sich, ob denn ein ähnlicher Verdacht früher schon ausgesprochen worden sei, im Übrigen aber in der maßvollen Zurückweisung dessen mit seinen Genossen gleichen Sinnes war. Daß Thomas, der später durch seinen Unglauben so viel Aufsehen gemacht, und der wiederum links von Matthäus saß, ungläubig sein Haupt – nun schon seit fünf Minuten – schüttelte, war vom Mechaniker der Gruppe zu erwarten gewesen, und da in diesem Falle der Akteur – Thomas – von jedem Übertreiben sich fern hielt, also beim Schütteln auf der Höhe der Exkursion nicht jeweilig mit dem Blick das Ohr seines Nachbarn zur Rechten oder Linken (dort saß Philippus) streifte, so war sein ewiges Verneinen durchaus im Rahmen des Protestes der Andern.

In all dieser fleißigen Bewegung, diesem Fragen, Besinnen, Kopfschütteln, Entrüstet-thun ec. war aber Christus, dieser schöne Mann in der Mitte, vollständig apathisch, und sozusagen stocksteif; er kümmerte sich nicht im Geringsten um die Vorgänge, sondern blickte ruhig auf seinen Fisch. –

Nun aber ging es auf der linken Seite wieder mit verstärkter Vehemenz los. Petrus, ein Mann in den Sechzigern, mit grauem, spitzig zulaufendem Vollbart und resoluten Gesichtszügen, der, zur Linken von seinem Bruder Andreas placiert, die ganze Zeit mit verdutztem Kopfe dortgesessen war, wurde plötzlich lebendig, hob den Kopf gegen das Publikum, zog ein mit Silber-Papier überzogenes, sensenartiges Messer hervor, und fuhr mit kopfabschneidenden, kräftigen Bewegungen hoch über seinem Haupt etwa fünf- bis sechs mal hin und her, wobei der dicht neben ihm (in der Richtung zu Christus zu) sitzende Judas Ischariot eine deutliche, ruckartige Bewegung machte und an seinen Hals langte, während im Publikum tiefe, Entsetzen verratende Atemzüge hörbar wurden, und ein Zuschauer zu meiner Linken, wie ich sah, seinen Rockkragen hinaufschlug. In der That, diese energische Handlung Petrus' machte den besten Eindruck; wie überhaupt auf dieser linken Seite (rechts vom »Herrn«), wo außer den schon genannten noch der agitatorisch angelegte Simon der Zelote saß (neben Judas), sich, wie man sofort erkannte, die älteren, reiferen und kritik-begabteren Elemente vereinigt hatten. Während auf der anderen Seite (links vom »Herrn«) man sich mit zweifelsüchtigen Mienen, Mundwinkel-Zucken und Augen-Zwinkern begnügte, aber keine großartig-theatralische Bewegung, Messerführung oder resolutes Sich-in-den-Bart-greifen das Vorhandensein eines tiefer angelegten Räderwerks in den betreffenden Geistesmaschinen verriet. Aber weder vermochte hier Ruhe und Gleichgültigkeit, noch dort Aufgeregtheit und Petrus mit seinem Blank-Ziehen, das zu bewirken, was jetzt am allernötigsten gewesen, um die Sache vorwärts zu bringen, nämlich Christus aus seiner Lethargie aufzumuntern oder ihn zu veranlassen, etwas darüber zu sagen, wer denn eigentlich der »Verräter« sei. – Christus hatte seine langen Hände auf dem Fisch und sein Gesicht war auf die Hände gerichtet, und über dem Gesicht hing die prachtvollblonde englische Perücke in unlösbarer Steifheit herunter über Gesicht, Fisch und Hände. – »Einer unter Euch wird mich verraten!« – Diese Worte aus dem Munde des »Herrn« muß ich statt des Budenbesitzers hier noch einmal dem Leser ins Gedächtnis zurückrufen; diese Phrase hatte all die Aufregung in dieser wächsernen Gesellschaft hervorgerufen; alles Messer-Ziehen und Sich-an-den-Kopf-langen bezieht sich auf sie; und es würde keine Ruhe unter diesen ehrenwerten Männern eintreten, bis der Verräter bekannt ist. – Als demnach Christus jeder Versuchung von seiten der Apostel, sich näher zu äußern, trotzte, wandte man sich an Johannes, von dem bekannt war, daß er alle Gedanken des »Herrn« wußte. Alle Köpfe wandten sich also jetzt – erst am Tisch und dann im Zuschauerraum – dem rechts neben dem »Herrn« sitzenden jugendlichen Johannes zu, gleichsam mit der Frage, was er zu der schrecklichen Anklage meine. Dieser Johannes war ein blutjunger, liebenswürdig-schöner Mensch mit vollen Mädchen-Wangen, blauen, unverdorbenen Augen, süßem, roten Mund, trug ein rosafarbiges, bauschiges Kleid mit weiblichem Schnitt, das mit einem blendendweißen Kragen den jungfräulichen Hals abschloß; eine blonde Lockenfülle, die bis auf den schneeweißen Kragen niederfloß, ergänzte dieses pausbäckige Gesicht zu einer so verführerischen Erscheinung, daß die jungen Mädchen, die sich zu zwei oder drei im Zuschauerraum befanden, flüsternd zusammenrückten und sich mit dem Ellbogen anstießen, auch von diesem Moment an keinen Blick mehr von dem prächtigen jungen Menschen abwandten. Seine geheime Konstruktion erlaubte ihm, die Arme flügelähnlich vom Körper auf und nieder zu heben, und als er dies zum Zeichen der Bejahung oder der Meinung, daß er an dem Wort des »Herrn« nichts zu ändern habe, etwa fünf- bis sechs mal hintereinander mit luftiger Geschwindigkeit that, wurden plötzlich die Mienen aller Apostel bleich und käsig, bleicher fast als Wachs, und die zwei Hingelümmelten, von denen ich oben sprach, am äußersten Ende des Tisches, Bartholomäus und der jüngere Jakobus, zogen sich von der Tischplatte zurück, wie durch die Geste des jungen Johannes gleichsam vergewissert, daß also wirklich der »Verräter« da sei; der jüngere Jakobus ließ die hohle Hand vom rechten Ohr niedersinken, als habe er genug gehört; Thomas stellte sein ungläubiges Schütteln ein; Matthäus schlug sich nicht mehr mit der Hand vor die Stirn; und auch drüben auf der linken Seite ließen alle die steifen, teils zur Abwehr, teils staunend und fragend, erhobenen Arme fallen, und eine allgemeine resignierte Abspannung gab sich durch die Reihen der schwergetroffenen Jünger kund.

Nun darf der Leser nicht vergessen, was es für eine Bewandtnis damit hat, daß diese elf Apostel, alles bejahrte, ergraute Männer mit ernsten Gesichtszügen, durch diese kleine, fast flatterhafte Meinungskundgebung des jungen Johannes so im Innersten getroffen wurden. Johannes war eben der erklärte Liebling Jesu, er »lag an der Brust des ›Herrn‹«, wie es im Evangelium von ihm heißt, und wußte dessen Gedanken; Christus muß dem jungen Johannes wiederholt Dinge mitgeteilt haben, von denen die Andern erst viel später Kenntnis erhielten; dies erklärt die apodiktische Sicherheit, mit der jedes Wort und jede Geste von dem letzteren aufgenommen wurde; und dies erklärt auch den Umstand, daß der junge Fant den Ehrenplatz rechts neben Christus einnimmt, und zwar auf einer Seite des Tisches, auf der die Charakterköpfe der ältesten und wichtigsten Apostel den größten Gegensatz zu einem Milchgesichte bilden mußten, dessen Gesichtszüge zwar Unschuld, aber auch vollständige Unerfahrenheit verrieten. Denn auf dieser Seite, ihm zunächst, folgten – um noch einmal die Reihe zu nennen – der entflammte Zelot Simon (der Kananiter), dann der verwegene und zielbewußte Judas Ischariot (der, wie das gebildete Publikum wohl größtenteils weiß, der »Verräter« ist); dann der gleich vom Leder ziehende, stets bewaffnete Petrus; dann dessen nicht minder entschlossener Bruder Andreas; und schließlich der mürrisch und finster dreinschauende, jedenfalls sorgengequälte ältere Jakobus in seinem schottischen Anzug. Der Kontrast kam noch in anderer Weise zum Ausdruck: während nämlich alle Apostel sich so zu sagen von dem gedeckten Tisch losgelöst hatten, als hätten sie kein Recht mehr an dem heiligen Mahl Teil zu nehmen, und – durch geschickte Machination der unter dem Sitz befindlichen Hauptschraube jedes Einzelnen – mit freiem Oberkörper dort saßen, war Johannes neben Christus der Einzige, der – wenn der Ausdruck verständlich ist – den Tisch belegt hatte. Aber wie belegt! Denn während Christus in seiner stereotypen Haltung, Hände und Gesicht in unerbittlicher Apathie über den Karpfen gebeugt, nach wie vor verharrte, lag der junge Johannes mit beiden Armen über die ganze Tischplatte herumgelümmelt, das Kinn am Tischtuch, und die apfelblütigen Wangen hinaus ins Publikum gerichtet, wo er mit seinen naiven Unschuldsaugen ein junges Mädchen anguckte, das zitternd und erregt neben ihrer Mutter stand. Letztere war eine Postoffizials-Witwe, wie ich zufällig wußte, da ich sie draußen zwischen den Buden schon einmal hatte anreden hören. Und sie schien nichts gegen dieses gegenseitige Angucken der jungen Leute zu haben. – Nun will ich gern zugeben, daß der Künstler den jungen Johannes zu jugendlich, zu läppisch gebildet hatte, vielleicht gerade um dem Publikum die Stelle begreiflich zu machen, in der es von ihm heißt, daß »ihn der ›Herr‹ lieb hatte, – und daß er an der Brust des ›Herrn‹ ruhte« – aber das Alles hindert nicht, daß die alten Apostel von dem jungen Menschen in der unwürdigsten Weise abhingen, auf jedes seiner Worte lauschten, und daß dieses unnatürliche Verhältnis hier in der schroffsten Weise seinen Ausdruck fand.

Eine bleierne, trübe Stimmung lag nun auf der ganzen Versammlung. Der Heiland impassibel in seiner früheren Haltung. Die Apostel tief in Gedanken versunken. Der junge Johannes mit seinem pausbäckigen Lächeln schien von der ganzen Sache gar nichts zu verstehen. Auch im Publikum war eine gewisse trostlose Gedrücktheit zu bemerken. Ein schallendes »Nja!« entfuhr noch einmal den Lippen des Heilandes, – und zwar diesmal, ohne daß er aufsah, – und schien zum Überfluß nochmals zu bekräftigen: »So ist's, wie ich gesagt habe. Und da wird nichts dran geändert!« – Für mich war damit, nebenbei bemerkt, entschieden, daß der »Nja«-Mechanismus mit der Bewegung des Kopf-Aufrichten's und des Fisch-Segen's nichts zu thun hatte. – Nun aber änderte sich plötzlich die Szene: Judas, der während der letzten Minuten sich mit dem schottischgekleideten Jakobus – über den Tisch hinüber – leise unterhalten hatte, und zweifellos des Englischen mächtig war, war plötzlich aufgesprungen, und indem er mit dem goldgestickten, gefüllten Beutel, den er in der Hand hatte, ein paarmal tüchtig auf den Abendmahlstisch einhieb, schrie er: »What's the matter?« dreimal mit so schneidender, inquisitorischer Stimme, daß alle heftig erschraken und sogar Christus in leise zitternde Bewegung geriet. – »What's the matter? – What about ›wird mich verraten‹? What's the matter?«[1]

Dabei warf er den wunderschönen, von schwarzem, hohenpriesterähnlichem Vollbart umrahmten, funkelnden Kopf heftig nach links und rechts, im Vorübergleiten den Heiland fest in's Auge nehmend. Er war ein prächtiger Mann, mit rassigem, scharfgeschnittenem Gesicht; eine kühne Adlernase gab dem ganzen Kopf etwas Siegreiches, Ideeles. Zweifellos war er der Bedeutendste der ganzen Gesellschaft. Von imponierendem Äußern. Gewiß hatte er längst die jede echte Genialität erstickende Gefahr der sanften, unscheinbaren Heilandslehre erkannt, die alle Menschen gleichmachen wollte. Er verband mit der Schärfe des Denkens die Entschlossenheit des Handelns. Und nur das Herz fehlte ihm. Sein Plan der Unschädlichmachung der neuen Lehre, war korrekt in Konzeption und Ausführung. (Die paar Silberlinge waren gar kein Gegenstand.) Nur vergaß er, daß der blonde Heiland auch zum Sterben bereit war. Ein süßer Herzenswahnsinn hatte in Letzterem längst Platz gegriffen, als er sich entschloß nach Jerusalem zu reisen. Eine fatalistische Schwelgerei ließ ihn innerlich lächeln über die Spieße und Stangen der Pharisäer, und die Mordtaktik des Judas. Aber dieser, wie gesagt, war ganz korrekt. Er war ein guter Schüler cäsarischer Berechnung und Rücksichtslosigkeit, welche er ja durch die römische Herrschaft täglich vor Augen hatte. Nur vergaß er, daß mit dem Tod Christi nicht Alles vorbei sei. Diesen blutigen Schachzug hatte er aus dem so milden, guten, tränenreichen Antlitz des Heilandes nicht herausgelesen. –

Das Publikum konnte nicht umhin, seiner Freude über die

---

[1] Der Verleger, welcher die obigen englischen Worte ursprünglich beanstandete, da er als Mitglied des Deutschen Sprach-Reinigungsvereins das Eindringen fremder Worte und Phrasen in die deutsche Sprache perhorresziert, einigte sich mit dem Verfasser, der sich weigerte, durch Weglassung der Worte sich einer Geschichtsfälschung schuldig zu machen, dahin, durch Wiedergabe der kleinen englischen Phrase im Deutschen, jede Mißdeutung auszuschließen, was hiermit geschieht. Was Judas sagt, lautet ungefähr: »Was ist denn da los? – Was soll denn das mit dem ›wird mich verraten‹? – Was ist denn? – Was soll denn das Alles?« Über die merkwürdige Thatsache, daß Judas hier Englisch spricht, wird der Leser später Einiges Nähere finden.

dramatische Kühnheit des Judas Ausdruck zu geben. Sie waren plötzlich fast Alle auf seiner Seite. Ein angenehmes Grausen über die schroffe Manier des schönen »Verräters« überkam Alle. Besonders die Weiber waren entzückt. Viele fanden den schwarzen Schnurrbart göttlich. Nur ein altes Weib neben mir, mit einer Zahnlücke auf der rechten Seite, pfiff und zischte aus dieser Lücke so vehement heraus, daß man ihr die Entrüstung anmerkte, ohne hinzusehen. Sie war jedenfalls bibelfest. – Vielleicht Protestantin. – Judas trug prächtige Kleidung. Offenbar standen ihm bedeutende, hohepriesterliche Mittel zu Gebote. Die dreißig Silberlinge kamen nicht in Betracht, schon der scharlachrote Überwurf, der mit goldenen, sich ringelnden Schlänglein bestickt war, konnte um diese Summe nicht hergestellt werden. Der Kopf drehte sich vorzüglich. Er machte immer eine ganze halbe Wendung, vom Heiland hinüber zum Andreas, ohne das Publikum zu würdigen. – Die Direktion wußte, daß dieser Moment das Publikum auf's tiefste errege, und ließ zu Gunsten des Bekleidungsfonds für die Apostel einen Teller herumgehen.

Pause

Während der Sachse mit dem Teller herumging, fiel zu meiner größten Überraschung der Vorhang plötzlich über der Abend-Mahl-Szene. Auf den Moment, wo Christus Judas den Bissen reicht, schien also der Verfertiger der Gruppe wohl wegen der großen mechanischen Schwierigkeiten Verzicht geleistet zu haben. »Sogleich beginnt der zweite Akt!« rief der Budenbesitzer mit lauter Stimme jenem Teil des Publikums zu, welches sich nach Fallen des Vorhangs etwas in den Hintergrund des Zuschauer-Raums zurückgezogen. Er war wohl besorgt, es möchten einige das Theater verlassen. Offenbar wurde noch einmal gesammelt. Ich suchte durch ein etwas größeres Geldstück die Aufmerksamkeit des Teller-Trägers auf mich zu lenken, da ich verschiedene Fragen zu stellen hatte. Auf der Bühne verdunkelten sich jetzt die Lampen und aus dem Rumoren und Poltern merkte man, es werde eine neue Szene aufgeschlagen. – »Sie haben da vortreffliche Figuren!« sprach ich den Sachsen an, der im Zuschauerraum die Herrschaft führte. »Ja«, meinte er, »seit wir den neuen Christus haben, geht es besser.« – »Hatten Sie früher einen anderen Christus?« – »Ja, der war geschnitzt – aber ganz schlecht – und schon ganz schwarz; der nahm sich unter den schönen Wachsköpfen wie der Teufel aus; wir haben ihn verkauft.« – »Allerdings, der neue Christus ist vortrefflich.« – »Oh, ich sag' Ihnen, der ist so schön, so sanft, wissen Sie, das blonde Haar, das blaue Auge, ich sag' Ihnen, die Leute haben oft geweint.« – »Spricht er denn nicht die Worte: Wahrlich, ich sage Euch … ec.?« – »Nein, der hat nie gesprochen, das käm' zu teuer. Das ›Ja!‹, welches er spricht, haben wir hier in Nürnberg erst machen lassen, das kostet uns allein über achtzig Gulden.« – »Dieses ›Nja!‹ scheint aber selbst wieder sehr kompliziert zu sein?« – »Ja, es hat zwei Pfeifen und ein Schnarr-Register.« – »Sagen Sie einmal: Warum spricht der Judas englisch?« – »Den haben wir von einer englischen Truppe gekauft.« – »Ja, aber gerade die inhaltsschweren Worte, die er zu reden hat, die versteht ja kein Mensch?« – »Oh, das macht nichts; im Gegenteil, es wirkt ungeheuer; die Leute sind ganz paff, diesen Judas geben wir für keinen andern her, nicht einmal für einen hannoveran'schen, der ist unsere beste Figur!« – »Was ist das, ein ›hannoveranischer Judas‹?« – »Pst!« machte der Sachse und deutete auf den Vorhang, der sich soeben erhoben hatte.

Kreuztragung

Eine weite kahle Heide. Auf dem Boden hie und da etwas buschiges Gras, dessen breite, prachtvoll grüne Halme, wie mir schien, in Schweinfurtergrün getaucht und mit Silber-Puder bestreut waren. Keine Seele auf der weiten Fläche. Ob dieses Feld in der Nähe von Jerusalem war, ob der Zug nach Golgatha hier vorüber mußte, ob voraussprengende römische Kriegsknechte jeden Moment zu erwarten waren, oder ob es das Stelldichein einer friedlichen Szene werden würde, ob die schöne Magdalene hier vor dem Publikum ihre blonden Flechten auseinanderwickeln werde, um sie mit ihren Thränen zu waschen, das Alles wußte kein Mensch, da ja im Vorausgehenden die Direktion bewiesen hatte, daß sie sich unmöglich, weder in der Aufeinanderfolge der Scene, noch in den Einzelheiten des jeweilig Dargestellten, wortgetreu an den Text der synoptischen Evangelien halten könne. Aber Stimmung machte schon diese weite, grünumflossene Ebene, die von den acht Lampen hinter der Verschaalung grell beleuchtet wurde. – Und plötzlich näherte sich aus der rechten Koulisse eine große Maschine, deren Schatten die Soffitten-Beleuchtung zu früh auf der hinteren Szenen-Wand zu Gesicht brachte. Man wußte noch nicht, was es war. Es schien nur ein kolossales Ding.[1]

Jetzt kam es näher. Und plötzlich erschien ein Balken, der hinunter ging; dann kam ein Balken, der hinauf ging; dann die Vereinigung der beiden Balken; und dann ein Kopf. Ein wachsbleicher Kopf mit wunderschönen blonden Haaren, die auf dem Scheitel geteilt waren. Es war wieder der weiße Lord. Es war Christus, der in ein großes, bauschiges, helles Gewand gehüllt, unter dem Kreuz zusammengeknickt, auf der Szene vorüberzog. Doch bewegte er die Füße nicht. Im Gegenteil, alles war starr und steif. Und dieses vermehrte noch das Eindrucksvolle. Offenbar wurde durch einen Bühnen-Einschnitt über die ganze Breite der Bühne hin die im Souterrain genügend befestigte Figur hindurchgezogen. Der Rücken war wohl gekrümmt, und überhaupt die ganze Gestalt so tragisch und gebrechlich wie möglich hingestellt; trotzdem war der Kopf in einer ganzen Vierteldrehung nach links zum Publikum hinaus gedreht und außerdem noch so weit zur Schulter hinauf gehoben, daß die Augen fast waagerecht zu liegen kamen; und er schaute nun so mit gespenstig-bleichen, wie erstarrten, wie bei einer andern milden Gelegenheit gefrorenen Gesichtszügen, aus denen jeder Schmerz und jede Anstrengung gewichen war, direkt aus der Bühne heraus; eine Kombination von Pose und Affekt, die in der Natur gar nicht möglich wäre, die aber hier die kolossalste Wirkung hervorbrachte. Es war nicht derselbe Christuskopf wie beim Abendmahl. Der dort war englischer, breitkiefrig, fleischig und die Perrücke glatt gestriegelt. Der hier war idealer, deutscher, etwas hohlwangig, ein feinfühliges Kinn, und wunderschöne blonde Locken flossen auf die Schulter hernieder. Langsam, starr, lautlos und stete zog dies gepeinigte Christusbild wie eine Vision quer über die Bühne. Es war jetzt beiläufig in der Mitte. Der Sachse sprach kein Wort. Dies wir auch gar nicht nötig. Jedermann, das kleinste Kind, wer nur aus dem Publikum jemals einen Schulkursus in deutschen Landen mitgemacht

---

[1] Oskar Panizza faszinierte früh schon die »kolossale« Wirkung von Bühnentechnik auf Zuschauer in Bayreuth oder Oberammergau. In Michael Georg Conrads Zeitschrift »Die Gesellschaft« präsentierte sich der Essayist Panizza Anfang der 1890er Jahre als Pionier der Theaterwissenschaft, eines seltsamen Studienfaches irgendwo zwischen Wissenschaft und Theater. [Anm. M. B.]

hatte, oder einmal ein Bild von einem Franziskaner-Pater geschenkt bekommen hatte, der wußte: das ist Christus unter dem Kreuz. Dieser stumme Religions-Unterricht hatte die ungeheuerlichste Wirkung unter den Zuschauern, und setzte sich in ihrer Fantasie wie eine gewaltige Macht fest. Und ich war froh, als der weiße Mann endlich zwei Drittel der Bühne zurückgelegt hatte. Denn auf Momente hatte ich die Empfindung, das vor Entrüstung fassungslose Publikum möchte hinausstürmen und irgend Einen zwischen den Buden ergreifen und als »Verräter« halb totgeschlagen hereinschleppen. Denn was das blonde bleiche Antlitz da droben nicht sprechen konnte, das sprach wie mit Stentorstimme im Gewissen des Publikums: »Wer hat das angerichtet? Wer ist Schuld an dieser Marter? Wer ist der Teufel, der es zu verantworten hat, daß dieser wunderbare Mensch da droben so leidet?« – Wie es beim Vorüberführen von so fest-gegossenen Bildnissen geht; die Augen schauen, in welcher Stellung auch immer, stets den Beschauer an. Und als der Heiland sich der linken Soffitte näherte, schauten seine wasserhellen, blauen Augen mit einem schmerzlichen, vorwurfsvollen Ausdruck zurück in's Publikum, als sprächen sie: »Folge mir nach!«, so daß einzelne Mädchen entsetzt von der äußersten Rampe, bis zu welcher das Publikum vorgehen konnte, zurückwichen. Und in der Fantasie eines solchen, der leichter entzündbar ist, als Andere, mochte jetzt der Gedanke entstehen, es könnte Einer, von dem zurückschauenden Blick des Heilands verwirrt und seiner Umgebung vergessen, mit einem einzigen Satz über Rampe und Lichter hinweg auf die Bühne springen, um zerknirscht dem bleichen, wächsernen Bild zu Füßen zu sinken. Aber Gott sei Dank, Alles blieb still, wie durch ein Blei-Gewicht in der Brust hingefesselt, starr, fasziniert. – Jetzt war die lichtumflutete, gewaltige Erscheinung dicht bis an die linke Soffitte gekommen. Eine Verzögerung schien zu entstehen. Das Bild machte Halt. Hinter ihm folgte, wie eine schwarze Schlange, der riesige Kreuz-Balken. Aber vorn schienen die kleinen Balken-Enden, die über die Schulter hereinhingen, nicht zur Soffitte hineinzukönnen. Das Bild schwankte jetzt hin und her. Der Sachse ging vor und schaute in die Soffitte. Nur jetzt keine Katastrophe, – dachte ich mir, – den Menschen, die diese weiße Gestalt bis in ihr spätestes Alter mit sich in der Fantasie herumschleppen werden, noch ein Ärgernis bereiten! – Doch jetzt ging's wieder vorwärts. Noch ein einziger, langer, blauer Blick über die ganze Versammlung, und das blonde Haupt verschwand hinter der Soffitte, und der Vorhang fiel. Ein einziger großer Atemzug im ganzen Publikum löste die Anwesenden wie von einem lange ertragenen Alp. »Zum Besten des Maschinisten!« sagte der Sachse, und ließ einen Teller herumgehen.

Pause

Während noch Alles still dastand, Einige flüsterten, niemand aber die feierliche Stille zu unterbrechen wagte, hörte man plötzlich von hinter der Bühne her einen schallenden Klatsch und gleich darauf in norddeutschem Dialekt an Jemanden zornig die Frage gerichtet: »Wie können Se man so dämlich sein und Christus an die Wandverkleidung anrennen lassen?« – Obwohl diese barbarische Unterbrechung, welche mit einem Schlag das ganze Komödiantenwesen aufdeckte, die feierliche Stimmung in's Gegenteil zu verkehren geeignet war, so zeigte sich doch im Publikum keine Neigung, auf die Komik des Vorgangs einzugehen. Die Macht der weißen Christus-Erscheinung, die mit ihren hellen, kolossalen Umrissen in der Fantasie nachzitterte, war doch stärker wie diese Lappalie. Nur der Sachse lachte verstohlen in seinen Teller hinein. Er kannte offenbar den Schlingel, der die Christus-Figur im letzten Moment ihres Verschwindens, als sie in's Wanken kam, schlecht dirigierte oder die Soffitte nicht richtig gestellt hatte. – »Sie scheinen stark auf die Nerven Ihres Publikums zu rechnen!« sagte ich zum Sachsen, als er zum Einsammeln zu mir kam, indem ich durch eine Silbermünze seine Aufmerksamkeit mir aufs Neue zu sichern suchte. Bei dieser Gelegenheit bemerkte ich, daß seine Ernte an Geldstücken eine ganz überraschend reiche war. – »Wir müssen darauf halten«, antwortete er, »mit dem Entrée können wir knapp die Platzmiete bezahlen!« – »Sind während der letzten Nummer noch keine Unfälle vorgekommen?« frug ich weiter. – »Manche bekommen ihre hinfallende Krankheit, – aber in England thut man ja noch viel mehr!« – »?« – »Die englischen Figuren sind viel derber und ungenierter; – sie hauen auf den Tisch und machen sich Fäuste, als wollten sie boxen; – einen englischen Christus habe ich gesehen, der Ihnen wunderschönes Blut schwitzte; – und die Truppe, von der wir den Jakobus in dem schottischen Kleid haben, brachte eine Nummer vor der Kreuzigung, in der sich Judas in einem Obstgarten an einem verdorrten Baum erhängt, – aber da, sage ich Ihnen, da fliegen die Sovereigns, und der Strick wird in zehn bis fünfzehn Teile geteilt! Für eine

Christus-Locke werden fünf Pfund geboten!« – »In Deutschland ist dies Alles wohl verboten?« – »Ach, die Behörden haben ja gar kein Verständnis für diese Dinge; bei uns steckt noch Alles in den Kinderschuhen! Nur unsere Köpfe sind besser.« – Diese Unterredung wurde halblaut zwischen uns geführt. Ich wollte mich nur noch betreffs des »hannoveranischen Judas« erkundigen, als hinter der Bühne ein Zeichen gegeben wurde, worauf sich der Sachse entfernte, und alsogleich ging der Vorhang auf.

Golgatha

Eine große Menge von Personen füllte die Bühne, von denen es zunächst auffiel, daß ein Teil lebte, die Andern aus Wachs waren. Links vorn auf einer Seiten-Estrade saß der kurzgeschor'ne Pilatus mit etwas mürrischem Gesicht und wusch seine Hände in einem zinnernen Becken. Korrespondierend rechts stand der Hohepriester Kaiphas, im reichen Ornat, den mit der Mitra geschmückten Kopf so den Bühnenvorgängen zugewendet, daß man vom Gesicht nur Nase und den glänzendschwarzen Vollbart sah. Er zuckte in rhythmischer Weise fortwährend mit der Achsel, wobei sein mit Steinen geziertes Priestergewand jedesmal in rasselnde Bewegung kam, als wollte er sagen: »Ja, ich kann nicht helfen, – wenn es das Volk so will!« – Beide Figuren, der Jude und der Römer, schienen selbstthätige Mechanismen zu sein, die zu ihrer In-Gang-Setzung keine weitere Bedienung nötig hatten. Die Waschbewegung war ganz vortrefflich in Idee wie Ausführung. Der fortwährend stumme Protest, wie: »Mich geht eure Sache nichts an!«, der in diesem allegorischen Händewaschen lag, war eine vorzügliche Charakteristik für den formellen römischen Beamten und bildete einen wirksamen Gegensatz zu der blutigen Handlung, die sich unter ihm abspielte. Mechanisch betrachtet war aber die kreisförmige, stets sich ineinander verwikkelnde Bewegung der Wachs-Hände eine Kunstleistung ersten Ranges; übrigens, wie ich später erfuhr, französische Arbeit. Weniger erträglich auf die Dauer war das Achselzucken des Kaiphas; aber was war zu wollen? Die Figur war aufgezogen; besser, sie zuckte, als daß sie gar nichts machte; so bekam man wenigstens eine Vorstellung von der Meinungsrichtung dieser einflußreichsten Persönlichkeit im »Hohen Rat«.
Im Hintergrunde der Bühne standen drei Kreuze; das mittlere

leer; an den zwei äußeren die zwei Schächer; diese beiden, alte, schlechte Holzfiguren, mit ein paar farbigen Fetzen ausgestattet, waren mit Absicht, wie mir schien, außerhalb der Beleuchtung gerückt, um dem Publikum ihre Zerstörtheit nicht zu sehr merken zu lassen, und waren überhaupt sehr vernachlässigt. – Am mittleren Kreuz, welches bereits die Inschrift trug, wurde soeben Christus aufgezogen. Er hatte bereits die Dornenkrone auf und war nackt bis auf die Lendenbinde, und der Oberkörper war anatomisch so schön in Wachs modelliert, daß er jedem Museum zur Zierde gereicht hätte. Die Hauptschwierigkeit lag aber in der Behandlung des Kopfes; zwar bewegte er sich anstandslos auf und ab, nach rechts und links, konnte auch die Lider halb senken und das Auge nach oben schlagen, aber was nicht zu erreichen war, die beiden Hauptempfindungen oder Ausdrucksformen des Gesichts, die des Schmerzes, zu Anfang der Kreuzigung, und die der seligen Ruhe bei eingetretenem Tod, welche sich, physiognomisch betrachtet, kontradiktorisch einander gegenüberstehen, konnten nicht auf einem und demselben festmodellierten Kopfe zur Darstellung gebracht werden, und zwei Köpfe konnte man doch nicht verwenden. Übrigens kam dies jetzt, wo noch alles mit Aufmerksamkeit bei dem Akt des Aufzuges engagiert war, noch nicht so zum Ausdruck, wie später, nachdem einmal die Leiche hing. – Was nun dieses Aufziehen am Kreuz selbst anlangt, so war es klar, daß eine so komplizierte Arbeit nicht von Wachsfiguren, und wären es englische gewesen, verrichtet werden konnte. Man hatte deshalb als Kriegsknechte, welche dies zu besorgen hatten, zwei Statisten der Truppe verwendet. Leider war aber der eine ein lümmelhafter, himmellanger Mensch, der fast bis zum Querholz des Kreuzes reichte, mit einem häßlichen, schrecklich bärtigen Gesicht; der Andere schielte, war kurz und breitschultrig und steckte immer den Kopf hinein, da er, wie ich zu sehen glaubte, noch immer eine verblaßte blaue Krawatte von seinem Werktag-Anzug an hatte. Schon dies mußte auf das Publikum revoltierend wirken. Die beiden Burschen standen hinter dem Kreuz und zogen an Strikken, die über das Querholz liefen, den Christus-Körper, der noch eben vor dem Kreuz ausgestreckt am Boden gelegen hatte, in die Höhe. Vor dem Kreuz stand mit dem Rücken gegen das Publikum ein großer Mensch mit Sammtmantel und turbanähnlicher Kopfbedeckung, der, wenn ich nicht irre, Nikodemus vorstellen sollte, und der den eben jetzt oben am Kreuzesstamm erscheinenden Christus an den Füßen hielt. Abgesehen nun davon, daß Nikodemus hier bei der Kreuzigung noch gar nichts zu thun hatte, kam es mir sonderbar vor, daß die beiden Kerls hinter dem Kreuz mit solch übertriebener Vorsicht und einstudierter Langsamkeit, ganz gegen ihr eigenes Naturell und den Charakter ihrer Rolle, den Aufzug bewerkstelligten; nun habe ich Grund zu glauben, daß der Direktor, der für seine Wachsfigur fürchtete, dazu Auftrag gab, und daß eben den Nikodemus der Direktor machte, um diesen Aufzug besser überwachen zu können. Doch war das Publikum voll Teilnahme und Spannung, und ganz auf der Höhe der tragischen Situation. Lautlos hing Alles an der schwebenden Christusfigur. Links wusch fleißig Pilatus seine Hände; und rechts zuckte Kaiphas, dessen Blick jetzt gerade auf die Kreuzeshöhe gerichtet war, mit den Schultern, als sagte er: »Es war wirklich nicht zu ändern. Ich bin im Rat überstimmt worden.«

Als endlich die Figur fest am Kreuz angekommen war, ließ Nikodemus die Füße los, trat einen Schritt zurück und machte eine verkehrt-brünstige Bewegung, indem er die Hände weit ausstreckte und wieder zusammenpatschte und dabei den Kopf etwas auf die linke Schulter fallen ließ, so den langgestreckten Christus unverwandt anstarrend. Als nun aber die beiden Kriegsknechte, die ihre Seile irgendwo angebunden hatten, hervorkamen, die Leiter ansetzten, hinaufstiegen und mit etwas übertriebener Wucht und gemachter Roheit die Nägel durch Christi Hände schlugen, deren rotgeränderte Wunden mit dem abfließenden Blut übrigens schon vorgezeichnet waren, entstand im Publikum eine heftige Bewegung. Man hörte einige laute Schreie ausstoßen, die Vordersten wichen von der Barriere zurück, und einige drohende Hände fuhren bei dem Zwielicht der Beleuchtung wie Schatten durch die Luft. Der Sachse, wie mir schien, an solche Dinge gewöhnt, rief mit ruhiger, plärrender Stimme: »Ich ersuche das hochverehrliche Publikum im Namen der Direktion, keine Schmähungen gegen die weniger beliebten Persönlichkeiten der heiligen Handlung auszustoßen! Es ist ja Alles nur von Wachs; es ist ja nur ein Vorgang; das Alles hat ja vor zweitausend Jahren stattgefunden; ich bitte das verehrliche Publikum, sich ruhig zu verhalten; der Direktor hat von der hochverehrlichen königlichen Polizei-Direktion den Befehl, die Vorstellung sofort zu schließen, wenn Ungehörigkeiten vorkommen. Vor vierzehn Tagen hat jemand aus dem Publikum mit harten Brodrinden nach dem Judas geworfen, und den Judas schwer verletzt. Das geht doch nicht; so ein Kopf kostet uns über zweihundert Gulden!« – Diese Rede hatte aber nur teilweise die gewünschte besänftigende

Wirkung; denn nachdem jetzt die Kriegsknechte mit den Leitern sich entfernt, und Christus, dessen wunderschöner Kopf in vollste Beleuchtung gerückt war, mit schmelzendem Augenaufschlag und gebrochener Stimme, von der ich nicht wußte, woher sie kam, die »Worte am Kreuz« stammelte, hörte man im Publikum vielfach schluchzen. Nikodemus ließ sich nun auf ein Knie nieder, um dem Publikum die Blickrichtung über ihn hinweg zu ermöglichen, und unter das Kreuz traten jetzt Maria, Magdalena und Johannes. Maria und Johannes symetrisch rechts und links vom Kreuz; während Magdalena, eine hübsche üppige Person, stark dekolletiert, mit aufgelösten blonden Flechten, in kniender Stellung und mit brünstiger Geberde den Kreuzesstamm umfaßte. Es war die Kassiererin, der ich draußen beim Eingang der Bude begegnet war, und welche jetzt, wo die Vorstellung zu Ende ging, zur Mitwirkung auf der Bühne verwendet werden konnte. Auch Maria und Johannes waren, wie Magdalena, keine Wachspuppen, sondern wirkliche Personen. Maria, schrecklich mager und heruntergekommen, machte trotz einer höchst gewählten Toilette in dunkelblau keinen günstigen Eindruck hinsichtlich der Ernährungs-Verhältnisse der Truppe, auf welche Maria Magdalena erst in so vorteilhafter Weise hinzudeuten schien. Und bei Johannes, der auf der rechten Seite stand, einem jungen, etwas hageren Menschen, mit braunen Locken, fiel mir eine einseitige Gesichts-Röte, wieder rechts, nebst thränendem Aug' auf derselben Seite auf. Da die Thränen kaum auf die Handlung sich bezogen, weil er sonst künstlich mit beiden Augen geweint hätte, er auch ein etwas verdutztes Gesicht machte, so fiel mir unwillkürlich der schallende Schlag ein, der in der vorigen Pause hinter dem Vorhang gefallen war, und wenn ich an die breite Hand des Nikodemus dachte, wie er sie vorhin, die Arme gegen das Kreuz erhebend, gezeigt hatte, so war die kausale Verbindung der halbseitigen Gesichts-Röte des Johannes mit früheren Momenten zwar nicht sichergestellt, aber doch angedeutet.

Eine ziemliche Schar »Volks« drängte sich jetzt auch, aus dem Hintergrund kommend, zu beiden Seiten gegen das Kreuz vor. Es waren meist Nürnberger Straßen-Jungen und -Mädchen, bei denen man nicht austräglich fand, sie erst in lange Kaftans zu stecken. Ihre Aufgabe war, mit großen Augen und erstaunten Mienen zum Kreuz hinaufzuschauen. Und so gaben sie auch ein vortrefflich eindrucksvolles Moment ab. Im Publikum war Alles mäuschenstill. Alles sah in atemloser Spannung auf die prächtige Christusleiche. Und obwohl es wahrhaftig an Einzelheiten nicht gefehlt hatte, um die ganze Vorführung nur als höchst ärmliche Komödie zu erkennen, so konnte sich doch kein Mensch von der wunderbaren Symbolik, die um so ärmlicher, so inniger war, losreißen. Als nun gar die Lampen heruntergeschraubt wurden, und der Kopf des Heilandes durch eine vom Schnürboden aus wirkende elektrische Lampe in magische Beleuchtung gerückt wurde, und Christus mit den Worten: »Eli, Eli, lama asabthani!« das Haupt emporrichtete und mit schmerzlichem Augenaufschlag den Blick zum Himmel wandte, entstand jenes fröstelnde Atmen unter den Zuschauern, welches auf eine zurückgehaltene, aber tiefe Bewegung schließen läßt. Aber es war kein »Lump« da, den man hätte fassen können; kein Judas und dergleichen, den man für die Tragik verantwortlich machen konnte, sonst hätte ihn sich das Publikum auf der Bühne oder im Zuschauer-Raum schon herausgeholt. – Bis dahin war Alles gut gegangen. Und es wäre auch weiterhin gut gegangen, wenn nicht die Direktion durch einen unbegreiflichen Mißgriff eine Kollision geradezu heraufbeschworen hätte. Nachdem nämlich Christus bald darauf mit einem letzten Schrei verschieden war, sein Haupt schlenkernd auf die Brust herabfiel, die elektrische Lampe oben erlosch, Alles mit feiner Berechnung entsetzt vom Kreuz zurückgewichen, und durch mäßiges Aufschrauben der acht Lampen eine Dämmerstimmung über der ganzen Szene ausgebreitet war, kam der obenerwähnte langbeinige Kriegsknecht, der so wie so beim Publikum nicht besonders beliebt war, nahm eine Lanze und stach Christus in die rechte Seite, wo unter dem Wachsmodell höchst geschickt eine Blutblase angebracht worden war, so daß eine ziemliche Menge roter Flüssigkeit sprudelnd über den Körper sich ergoß, über die weiße Lendenbinde und bis zu den Schenkeln hinabfloß, im Zuschauerraum wurde ein vielstimmiger Ausruf des Erstaunens und des Grausens laut. Nun hatte dieser Kriegsknecht die unglückselige Idee auf diesen Ruf hin sich umzukehren, und da sein bärtiges Gesicht auch ohne jeden Affekt immer den Eindruck machte, als lache es, oder vielmehr, als grinse es, so glaubten die Zuschauer sich verhöhnt, fühlten sich als Juden, die Christo beim Einzug zugejubelt hatten, und machten in diversen »Oh! Oh! – Pfui!« und ähnlichen Ausrufen ihrem Unwillen Luft. Das zahnlückige Weib zu meiner Rechten glaubte sich zur Stimmführerin der allgemeinen Indignation berufen. Mit einem »Hundsknochen, elendiger!« sprang es kreischend bis zur Bühne vor und hob die geballte Faust gegen den lanzenführenden

Kriegsknecht empor, aus deren bläulich-verwittertem Aussehen ich entnehmen zu dürfen glaubte, daß sie eine Wäscherin oder dergleichen war. Nun fing der Kriegsknecht wirklich hellauf zu lachen an. Andererseits aber brachte die unqualifizierbare Äußerung dieses Weibes das übrige Publikum zur Besinnung; man erkannte, daß man nur in einer Komödie war. Die Frau, welche in ihrer lebhaften Empfindung jedenfalls an die Wirklichkeit dieses Vorgangs geglaubt hatte, wurde unter lauten Äußerungen der Entrüstung zurückgerissen. Aber die Wäscherin, welche inzwischen vermutlich auch wieder nüchtern geworden war, wurde nun durch die Opposition gereizt. Und da sie sehr mager und gelenkig war, so gelang es nicht, sie zu bändigen. »Ihr seid auch nichts Besser's als Christus-Schinder!« gilfte sie vor Zorn heraus. Während sie aber vielleicht nichts weiter bezweckte als loszukommen und nach Haus zu ihren Kindern zurückzukehren, brachte sie durch ihren Widerstand das ganze Publikum in Unordnung und Aufregung, welches glaubte, sie wolle sich zur Bühne drängen. Jetzt begannen auch die Darsteller sich drein zu mischen. Maria Magdalena trat ganz vor an die Rampe zwischen Pilatus, der ruhig seine Hände weiterwusch, und Kaiphas, der noch immer gegen das Kreuz hin seine Zuckungen machte, und mit vorgestreckten nackten Armen beschwor sie das Publikum um Ruhe. Der Lanzenträger stand starr da, keiner Bewegung fähig. Allmählich kam die ganze Nürnberger Straßen-Jugend vor, welche als »Haufen Volks« figuriert hatte; und wie sie vorher mit großen Augen das Kreuz angestarrt hatten, so starrten sie jetzt auf die Vorgänge im Zuschauer-Raum. Dort war es inzwischen nun zu einer förmlichen Rauferei gekommen. Die Wäscherin lag am Boden. Der Sachse, den ich nicht mehr sah, muß nicht weit von ihr gewesen sein. Da sie aber einen höchst abgewetzten, bläulichen Drillich-Rock anhatte und sonst nichts, so gelang es nur sehr schwer sie zu fassen. Sie quixste und gilfte in einem fort. Auf einmal ertönte eine tiefe Baßstimme mit norddeutschem Timbre von der Bühne herab. Es war Nikodemus in seinem sammt'nen Gelehrten-Talar, welcher den Turban vom erhitzten Kopf genommen und das »hochverehrte Publikum« inständigst bat, doch Ruhe zu halten. Auch Josef kam vor, um zu beschwichtigen; da er aber fast keine Stimme hatte, begnügte er sich mit Fisematenten und Gestikulationen. Er kam gerade neben dem unentwegt weiterwaschenden Pilatus zu stehen, und diese beiden Figuren bildeten in ihren zwangsmäßigen und gewollten Gesten ein merkwürdiges Quodlibet. Nur Maria hielt sich unbeteiligt im Hintergrunde. Sie schien in der That leidend zu sein. – – Ich weiß nicht, wie lange noch diese fatale Situation gedauert hätte, und was noch daraus geworden wäre – denn einige Unbeteiligte lagen bereits am Boden und waren, nach den Hilferufen zu schließen, in Gefahr, ertreten zu werden, wenn nicht einer Frau auf der Bühne ein rettender Gedanke gekommen wäre. Maria Magdalena erschien plötzlich mit fliegenden Haaren vorn am Eingang der Bude, wo immer ihr Platz als Kassiererin gewesen war, und, indem sie den Vorhang, welcher das Licht vom Zuschauer-Raum abschloß, weit zurückriß, rief sie laut ins Publikum hinein: »Meine Herrschaften, die Vorstellung ist zu Ende!« Dies wirkte. Alle ließen voneinander ab. Die Dortliegenden erhoben sich. Und merkwürdigerweise die Wäscherin war die erste, welche mit einigen fluchtähnlichen Sätzen über die Eingangs-Rampe der Bude hinweg sich auf und davonmachte. Der Sachse, welcher jetzt auch hervorkroch, war abgemattet wie ein Hund; offenbar hatte er gegen die Wäscherin verloren. Alles atmete nun erleichtert auf. Man wandte sich dem Ausgang zu, wo Maria Magdalena immer noch den Vorhang hielt. Ihre nackten Arme, auf denen wunderschön geheilte Impfnarben zu sehen waren, zitterten heftig; man wußte nicht: vor Erregung, oder wegen der naßkalten Luft, der sie besonders ausgesetzt war. Man sah sie hatte etwas Zorniges auf den Lippen; aber sie schwieg. Und während drinnen auf der Bühne Nikodemus zwischen den ruhelos weiter manövrierenden Pilatus und Kaiphas auf und niederging und für seine Erregung keine weiteren Worte fand als die ewige Wiederholung von: »Nein, dieses Publikum! Ein solches Publikum! Nein, da haben wir in Norddeutschland ein anderes Publikum!« – und von hinten aus dem nun ganz verfinsterten Bühnen-Raum die Christusleiche starr und wächsern hervorglänzte – verließen die Letzten das Wachsfigurenkabinet.

Die Wallfahrt nach Andechs.
Ein oberbairisches Sittenbild

> »Popery: a system to operate upon men's
> weaknesses and passions and thereby to
> pick their pockets.«
> Sterne.

Es war an einem der letzten regnerischen Apriltage dieses Jahres, als ich, auf der Suche nach einem gastlichen Frühlings-Unterkommen in den bairischen Bergen, von *Hersching* am Ammersee in einem Kahne nach *Dießen* fuhr. Der See war ruhig; aber es rieselte in feinen Fäden fortwährend herunter. Schnur-Regen, glaube ich, nennt man das. Und bald mußte mein Führer, der, um besser ausgreifen zu können, den Rock ausgezogen hatte, diesen wieder anlegen. Es war einer jener flachsigen Männer, mit Augen wie *lapis lazuli*, von denen man das Alter so schwer taxiren kann, weil man nie weiß, ob es die Jugend- oder Alters-Fahle ist, die ihnen um die Stirn flattert. Er zitterte bei jedem Ruderschlag, wenn er die langen Stangen aus dem Wasser hob, und die Haut lag runzlig wie bei Schildkröten um die Handknochen. Und fortwährend pritschelte es auf die nackten Hautteile herunter und durchweichte schließlich den Mann vollständig. Sechzig Pfennig für die Stunde – dachte ich mir –; mehr hatte der Mann nicht verlangt; und diese Hunde-Arbeit! Wir befinden uns oft mit unserem Mitleid auf ganz falscher Fährte, weil wir etwas bewundern oder anstaunen, was unserem eigenen Können oder unserem Naturell so fern liegt. Die rauhe Arbeit, die er eben verrichtete, während ein Anderer faul und meditirend im Kahne saß, war ihm vielleicht das Einfachste und Selbstverständlichste, was er thun konnte. Ich betrachtete mir den Mann genau; es war ein wunderschöner Rundkopf, ein Brachy-Zefale, der Kopf kurz in den Schultern angewachsen; in den Augen und Augenbögen der eventuelle Trotz, wenn man ihm unrecht kommt; im Übrigen die Herzensgüte selbst; die hellen, bleichen Haare in die Stirne hängend; ein krauser, heller Schnurrbart, der wirr die dicken, gutmütigen Lippen bedeckte; und wenn er lachte, und auch bei der Anstrengung, der viereckige, kindliche, dalkete Mund mit den festen, biderben Zähnen. Ich wußte schon längst, schon als ich den Fischer aus seiner Behausung holte, daß genau der gleiche Tipus, der Abklatsch von ihm, in München lebte, den ich sehr gut kannte, und mit dessen Charakter ich vollständig vertraut war. Es war ein Musikprofessor, der im Norden wie im Süden durch sein seelenvolles, markiges Spiel berühmt ist. Jetzt kam mir der Gedanke: wenn man unsern Fischer in das Münchener Museum-Konzert schickte, und zeigte ihm sein Ebenbild auf einem Flügel von Blüthner die gewagtesten Kapriolen schlagen, und sagte ihm nach einer Stunde, der Mann bekomme fünfhundert Mark, ich glaube, er gienge stöhnend vor Mitleid von dannen, und erklärte, lieber um sechzig Pfennig über den Ammersee zu fahren und aller schwarzen Fräcke und weißen Kravatten überhoben zu sein. – Wie alt sind Sie? frug ich, und erwartete etwas zwischen sechzig und siebzig. – »Vierzig Jahr'.« – Jetzt erkannte ich am Gesicht, wie sehr ich mich durch die hellen Flachshaare hatte anführen lassen. Denn das Gesicht war, obwohl abgearbeitet, kräftig und jung. –

Wir waren jetzt auf der Mitte des Sees, und der Regen, der oft in ein schwadiges, dampfiges Nebelreißen übergieng, zitterte noch immer dünnschnurig hernieder. Ich war daher nicht wenig erstaunt, plötzlich in der Ferne, bei diesem Wetter, an einem Werktag, eine Reihe von großen, schwarzen Kähnen auftauchen zu sehen, die wie Riesen-Särge stumm und lautlos über die Wasserfläche, wie über den Acheron, glitten, und in direkter, querer Richtung dem andern Ufer zustrebten. Es saßen wohl Lebende drin: sie hatten die Schirme aufgespannt und saßen ruhig und unbeweglich. Jetzt kamen noch mehr; fünf! sechs! Bald ein ganzes Dutzend. Es waren große Trajekt-Boote mit zwei Ruderern, die zwischen 12 und 15 Personen faßten. Und es mochten zwischen 150 bis 200 Menschen sein, die da hinüber schwammen. Ich avertirte meinen Fährsmann, der ihnen den Rücken kehrte, da sie von *Dießen* herüber kamen. Er schaute kurz um und sagte dann: »Des sin Wallfahrer. Die geh'n 'nüber nach *Andechs.* Jetzt« gehts an, um Georgi, und dauert den ganzen Sommer bis Micheli.« – Und schmunzelnd fügte er hinzu: »Unsereins kümmert sich nix um die Sach. Das is die Weiber ihr Vergnügen.« – Und nach einer Pause meinte er: »No, 's is auch wieder gut für 'was; verdienen die Fischer wenigstens a bisl a Geld.« – Ich hatte mich gehütet, durch irgend eine Bemerkung die Ansichten meines Fährmanns zu dämpfen oder zu fördern. Aber die Sache war mir doch durch den Kopf gefahren. Wie wir die Sitten und profanen Anschauungen eines Volkes, unter dem wir leben, als die unverrückbare Basis der Lebensgewohnheiten auch der Bürger und Städter in höheren Kreisen gelten lassen müssen, so sind die religiösen Gebräuche einer Bevölkerung der unvermeidliche Ausgangspunkt jeder geistigen und transzendentalen Spekulazion.

Eine Bevölkerung, die weiß, daß sie gegen Geld oder ein paar abgelaufene Schuhsohlen vom schwersten Verbrechen, auch von einem solchen, das der weltliche Richter gar nicht eruirt hat, Verzeihung erlangen kann, muß auch in ihren hervorragenden Köpfen, die Minister und Räte werden, eine andere geistige Spezies erzeugen, als eine Bevölkerung, die weiß, daß es für eine verfluchte That keine Rettung giebt – außer dem seelischen Prozeß. – Ich beschloß also, eine dieser Wallfahrten mir genau anzusehen.

Etwa vierzehn Tage später, am Pfingstsonntag, saß ich, schon seit mehreren Tagen installirt, in der großen, geräumigen Klosterbrauerei, dem ehemaligen Augustiner-Kloster, auf der Höhe von *Dießen* prachtvoll gelegen, und weithin auf See und Gebirge Aussicht gewährend. Man riet mir, wenn ich die Vorgänge beim »Bittgang« oder der Wallfahrt genau kennen lernen wolle, mich gleich an die Wallfahrer anzuschließen; zumal kein Schiff so rechtzeitig gieng, um mich an das andere Ufer, auf dessen Höhe *Andechs* lag, zu einem Zeitpunkt hinüberzubringen, daß ich gleichzeitig mit den Bittgängern auf der Klosterhöhe eingetroffen wäre. Dieser Gedanke gefiel mir gleich. Auf die religiöse Walze! dachte ich. Und: man soll nichts beschreiben, was man nicht ganz genau kennt. Den folgenden Tag »giengen« die *Dießener;* später kamen die *Landsberger* (Landsberg am Lech) und noch fünf oder sechs kleinere Gemeinden aus der Umgegend. Es »kamen« also, wie man sich ausdrückt, »sechs bis sieben Kreuze zusammen«. »Kreuz« ist jene meist aus *einer* Gemeinde stammende Zahl von Bittgängern, die sich unter *einer* Fahne oder Kreuz unter Begleitung oder Führung eines Geistlichen versammelt. Es konnte also ein reges Treiben für diesen Pfingst-Montag auf dem »heiligen Berg« oder *mons sanctus* von *Andechs*, wie er offiziell heißt, erwartet werden. Pfingstmontag ist noch immer ein »guter Tag«; und der Ablaß recht wirksam. Aber lange nicht so gut, wie die drei Tage um Himmelfahrt. An diesen drei Tagen kann von jedem Altar der Klosterkirche gegen M 1.– eine Seele aus dem Fegefeuer erlöst werden. Man läßt eine Messe lesen, und die Seele »steigt unverzüglich« – wie es auf einer Altarschrift in St. Peter in Rom heißt – aus dem Fegefeuer. Dieses wertvolle Privilegium in *Andechs* datiert aus dem Jahre 1772 und vom Papst Clemens XIV[1]. Natürlich drängt und drückt sich das Volk zu die-

---

[1] Chronik von Andechs von P. M. Sattler O. S. B. Donauwörth 1877. pag. 638f.

sen transzendentalen Feuerlösch-Anstalten. Allein an diesen drei Tagen kommen 106 Gemeinden aus der entferntesten Umgegend; bis von Augsburg und München, – insgesammt kommen während des Sommers regelmäßig und unter Einhaltung ihrer bestimmten Tage, vom 23. April (Georgi) bis 29. September (Micheli) 170 Gemeinden oder »Kreuze«.[1] Ich bitte nur dringend, hier die Gedanken nicht lang in falsche Fährten zu leiten. Man rechne nur minimum auf jede Gemeinde 300 Köpfe – aus München und Augsburg kommen Tausende; aus den Landgemeinden gehen fast 70 % mit – und rechne auf den Kopf an Ausgaben für Opferstock, Heiligenbilder, Rosenkränze, heilige Schnitzereien, Drucksachen sowie für Speise und Getränke nur M. 1.– so erhalten wir aus diesen 170 Gemeinden M. 51,000, wovon, bei einem Netto-Gewinn von minimum 50 %, M. 25,000 als sommerliches Fixum für das mit 3 bis 4 Patres und einigen Laienbrüdern besetzte und selbst reich dotirte Kloster; ohne das Fegefeuer-Geld, welches gänzlich unberechenbar ist, und, abgesehen von dem Abwegen der Meßgeräte und dem Aufzehren der Hostie, voll und ganz in die Klosterkasse fließt. Vor der Säkularisazion im Jahr 1803 (Ludwig I. stellte 1850 das Kloster wieder her) betrug gar die Zahl der wallfahrenden Gemeinden 328[2]. Und nun mag man ermessen, was hier für Summen dem Volke seit Jahrhunderten entzogen wurden, und mag begreifen, daß der Klosterschatz 76 silberne Monstranzen, 28 silberne Büsten und für die Hauptreliquie – drei heilige Hostien – ein 20 Pfund schweres silbernes Gehäuse besaß und heute noch besitzt.[3] Und nun nehme man hinzu, daß alle diese Gemeinden zu Hause ihre volle seelsorgerische Pflege besitzen; und daß alle diese Fegfeuer-Spaziergänge eigentlich nur Luxus-Wanderungen sind, unternommen, weit entfernt aus transzendentalen Absichten, vielmehr wie wir bald sehen werden, aus höchst irdischen Rücksichten. Und erwäge, daß es eine Masse solcher *montes sancti*, solcher feuerspeiender Berge, in Baiern und im übrigen Deutschland giebt. Und versuche zu eruiren, was aus diesen Feuer-Essen an geschmolzenem Metall über die Alpen nach Rom wandert, denn solche Privilegien für Eine-Mark-pro-Seele-Altäre läßt sich der heilige Vater – o grundgütige Barmherzigkeit! – teuer

---

[1] Das Büchlein vom heiligen Berge Andechs. Auszug aus der Chronik des P. M. Sattler. Donauwörth 1894 p. 99-100.
[2] Chronik von Andechs p. 806.
[3] Chronik von Andechs. p. 772.

bezahlen. Und dann komme man zum Schluß, daß die Drei-Einigkeit der katholischen Kirche heißt: Geld, Geld, Geld. Und diese Drei sind allerdings Eins.

Ich stand am Pfingstmontag um vier Uhr auf. Der Pfarrhof mit seiner stolzen Kirche liegt nur wenige Schritte von mir entfernt, faktisch angebaut an mein Gebäude, das ehemalige Augustiner-Kloster, wo, wie ehedem geistliches, jetzt profanes Bier gebraut wird. Der Glockenturm, der, wie ein italienischer Campanile, fast frei neben der Kirche steht, ließ seinen Lockruf erschallen. Und bald kamen von allen Seiten die ungekämmten, ungewaschenen, knapp dem Bett entkrochenen Gestalten, Männlein und Weiblein, das Gebet-Holz in der Hand, in der Rechten den Regenschirm, herbei, um sich zu mustern, sich vor der Kirche aufzustellen, und auf den Eintritt zu harren. Ich eilte, mein Frühstück einzunehmen. Ich weiß nicht, ob der Bittgang nüchtern angetreten wird. Aber jedenfalls wird er nicht nüchtern beendet; sondern meist schwer betrunken; und vielfach im Straßengraben. Die Zeremonie des Fahne-Abholens, des Einsegnens und des An-die-Spitze-Tretens des Kaplans, als Vorbeters, muß ziemlich kurz gedauert haben, denn als ich heraustrat, bemerkte mir der treffliche Bräumeister des Klosterbräus, der Zug passire bereits die untere Markt-Kirche, wo soeben »eingeläutet« werde, und wies mir den nächsten Weg, um ihn einzuholen. Noch einige Weiber mit breitspuriger, wilder Gangart kamen hinter mir, die sich auch verspätet hatten. Die Direkzion des Zuges war um die Südspize des Sees herum, durch den Ort *Fischen* und dann durch den Wald auf die Höhe des Klosters. Es war der erste schöne Tag nach langen Regengüssen. Der Boden aber kothig und schmierig. Schon aus der Ferne, als ich eben *Dießen* hinter mir, aber noch lange nicht den Zug erreicht hatte, hörte ich das bleierne, dumpf klappernde plärrende Geräusch des Unisono-Betens. Und als ich noch näher kam, vernahm ich die eigentümliche Betonung, wie sie Ortsprache und ökonomische Behandlung des Bet-Materials mit sich bringen: »... bitt für uns *arme Sün-därr, jätzt* und in *därr* Stunde des Absterbens, Amen.« Die Massen- und Repetir-Gebete in der katholischen Kirche nehmen zu der Sprache der übrigen gottesdienstlichen Handlungen dieselbe Stelle ein wie der Dialekt zur Schriftsprache; d.h. sie entwickeln sich lautlich nach dem Gesetz des geringsten Widerstandes; und Ritmik und Betonung des bekannten »*Gä*-grüßt *saist* du Marea, du *best* voller Gnaden ...« ist schließlich das Resultat einer Kiefer-Ökonomik mit Rücksicht auf Massenbewältigung. Die Leute marschirten in zwei Reihen, rechts und links von der Straße; der Zug, den ich jetzt eben im Begriffe war einzuholen, bestand nur aus Weibern; und während die eine Seite immer ihr »*Gä*-grüßt ...« intonirte, respondirte die andere mit »*Hailige* Marea ...« bis zum Schluß »Stunde des *Ab*sterbens, Amen!« unaufhörlich, gurgelnd, wie ein rauschender Wasserfall, den man zuletzt nicht mehr hört.

Ich muß hier mit Rücksicht auf Ihre vielen protestantischen Leser, und selbst auf die Gefahr hin, Bekanntes zu wiederholen, einige Worte über das Gebetholz sagen: Der Rosenkranz wurde im Jahre 1206 durch den heiligen *Dominikus* auf Grund einer besonderen Offenbarung der allerseligsten Jungfrau eingeführt, und soll »unzählige Bekehrungen von Sündern und die wunderbarsten Triumphe über die ketzerischen Albigenser« (die sämmtlich auf Anordnung des Papstes totgeschlagen wurden) erreicht haben.[1] »Führe den Rosenkranz ein«, hatte ihm die allerseligste Jungfrau gesagt – und er wird das Mittel für soviele Übel sein.[2] Dieses Gebetholz besteht für die Meisten (die nur den kleinen Rosenkranz haben) aus fünf sogenannten Dekaden oder Gesetzen zu 10 Perlen; und jede Perle ist ein Ave-Maria; der ganze Kranz besteht also aus 50 bis auf die letzten Worte völlig gleichlautenden Gebeten, die mit möglichster Geschicklichkeit und Geschwindigkeit gesprochen werden sollen. Denn da die Jungfrau Maria schon bei der zweiten Perle *hört*, daß es sich um dieselbe Sache handelt, so ist es ihr ebenfalls um Massen-Wiederholung zu tun. Nach jeder Dekade kommt aber noch ein Vaterunser, und außerdem befindet sich am Anfang, oder am Schluß der Schnur noch eine Berloke mit drei Perlen, die eine kurze Sentenz über Glaube, Liebe und Hoffnung – o Glaube, Liebe und Hoffnung! – enthalten, und erst wenn dies Alles komplet durchgebetet ist, ist ein Rosenkranz vollendet. Damit aber haben diese Leute noch schrecklich wenig erreicht. Denn ein Rosenkranz ist unendlich wenig in der Wert-Schätzung der katolischen Kirche, und in seinem psychischen Aequivalent in Fegfeuerstrafen. Der

---

[1] *P. A. Maurel*, Priester der Gesellschaft Jesu, Die Ablässe und ihr Gebrauch. 5. Aufl. 1884. Paderborn. F. Schöningh. Mit Genehmigung der geistlichen Obrigkeit. 5. Abschnitt. pag. 228.
[2] a.a.O. – Wir bitten hier Landwirte, und auch Börsenmänner, die mit Einführung der neuen Börsensteuer so große Schwierigkeiten gefunden haben, um ihre gespannteste Aufmerksamkeit.

große Rosenkranz – wie ihn Professions-Beter tragen, Mönche, Klosterschwestern – hat 15 Dekaden, also 150 Perlen oder »*Gägrüßt saist* du Marea!« ohne die Vaterunser und Anhängsel; mit ihnen kommt Einer vielleicht bis nach *Andechs;* aber noch entfernt nicht in den Himmel. Vielleicht finde ich später einmal Zeit, eine kleine Studie: über den Unterschied zwischen den indischen und chinesischen Gebetsmaschinen und dem katolischen Betholz, zu schreiben; und namentlich auch dabei die Frage über die autohypnotische Wirkung dieser Instrumente zu beleuchten. Entschieden glaube ich jetzt schon aussprechen zu können, daß in Bezug auf diese autosuggestive Wirkung durch die ritmische, gleichförmige, monotone Bewegung der Finger, Kiefer, Kaumuskel und Betonung des Silben-Materials das katolische Gebetholz vor den buddhistischen Maschinen den Vorzug verdient.

Während ich so zwischen den Weibern auf der schmutzigen Straße dahinwandelte, eingelullt durch die Ketten öliger Ave Marias, die wie *Toroop'*sche Wellen-Linien mir das Ohr umbrausten, kam ich, die eigentliche Psyche nicht abgelenkt sondern angeregt findend, zu eigentümlichen Betrachtungen. Die Weiber hatten alle die Röke hochgeschürzt und den Blik, der frommen Situazion angemessen, zu Boden geheftet, und so sah ich nichts wie Menschen-Endigungen und Extremitäten. Und ich kam wieder auf meine alte Liebhaberei, die wir Deutsche so gern betreiben, auf die Einteilung der Menschen. Und da ich nicht nach vorderen Qualitäten einteilen konnte, so teilte ich nach hinteren und unteren ein: da war das geringelte, zebra-gestreifte, braun- und grün-gefärbte, wie eine Säule endigende Kindsfuß- oder Hebammen-Bein, in Scheulederdicken Fußkacheln dahinwandelnd, wie eine Straßen-Walze Alles zerknirschend und breitdrückend. Dort ging der kielförmig gebaute, dünnknöchelige, in unentwegt weißen Strümpfen stekende, schmuzbesprizte Wäscherinnen-Fuß, von dünnlederigen Schlappen hatschend gefolgt. Hier das zaunstekendürre, weder Kiel noch Buchten aufweisende, mit logischer Gleichheit nach oben strebende, selten gezeigte, bräunlich überzogene Alt-Jungfern-Bein. Und dort drüben – eine *rara avis* auf dieser Straße – das zierliche, schlank sich hebende, in allen Dimensionen maßvolle, schwarzbekleidete Ballfüßchen, von dünnen, ausgeschnittenen Lederpantöffelchen bekleidet, und wohl im Besitz des Lehrertöchterleins oder einer frommen, beßeren Verwandten aus der Stadt. – Und nun erst die Röke, besser gesagt die Unterröcke: hier der längsgestreifte, dort der gewellte, hier der getüpfelte, dort der aschgraue, da der wollenbesetzte, dort der schmälich endende, der zerfranste, der geflickte, der gestückte, der gesäumte, der undefinirbare......... aber dort vorn, weithin leuchtend, der wollige, oft mit einer schwarzen Borte eingelassene, über Alle obsiegende, der scharlachrote, der König der Unterröke, das Herrscher Gebiet des roten Königs. Und zu diesen Menschen-Endigungen, Röken und Füßen die dazugehörigen Seelen zu konstruiren, kann für den, der einige Erfahrungen in der Beurteilung solcher Bruchstüke besitzt, nicht mehr allzu schwer fallen. –

Ein neues, merkwürdiges Geräusch schrekte mich aus meinen Betrachtungen auf. Der Weg machte hier eine Biegung: und die Spize des Zuges passirte eben ein kleines Gehöft, von dessen ersten Häusern das helle Skandiren der vordersten Bet-Kolonne rekorschirte und zu uns herüberdrang. Es klang, als wenn man in einem zinnernen Kessel mit einem Eisenbesen Eiweiß zu Schnee schlägt, so bizelnd, klirrend, kichernd und helllärmend kam's herüber; und gemischt mit den dunkeln Asphalt-Tönen unserer *Arrière*-Garde gab es einen merkwürdigen Effekt. Ich konnte jetzt den ganzen Zug übersehen. Zuvorderst ein Trupp Weiber, dann mit einer Distanß von zehn Schritt ein Trupp Männer, der aber doppelt so groß war und in dessen Mitte der Kaplan und der Fahnenträger marschirten; und zum Schluß, wieder getrennt, ein Trupp Weiber, an dessen Ende ich, noch immer als Zuspät-Gekommener geltend, marschirte, vollbeschäftigt mit Gedanken, und der Situazion Rechnung tragend, *chapeau bas*, mit abgenommenem Hut. Ich benuzte die Gelegenheit, den Zug zu zählen. Die Hälfte der einen Seite der Männer: ca. 40; die ganze eine Seite 80; die sämmtlichen Männer 160; die zwei Weiber-Kolonnen zusammen vielleicht um die Hälfte mehr als die Männer, also 240; alles zusammen ca. 400. Ich hörte aber später, daß es über 500 waren. Dazu kommen noch etwa 3 bis 400, die es vorgezogen, im Laufe des Tages den bequemeren und direkteren Weg über den See per Dampfschiff oder *Trajekt-Boot* zu nehmen. Das wären also zusammen etwa 850 allein aus *Dießen*. *Dießen* hat 1700 Einwohner. Dies gibt gleichzeitig einen Begriff von der Beteiligung hiesiger Gemeinden; wobei nur in Betracht kommt, daß dieser Ort bei seinem reicheren Verkehr mit der Hauptstadt und mit den Fremden aufgeklärtere Elemente birgt, die diesen Veranstaltungen fernbleiben.

Zwei Velocipedisten holten uns ein. Sie fuhren bis dicht an das Ende des Zugs. Dann überlegten sie einen Moment. Die Mitte der

Straße, die ihnen allein übrig blieb, war mit Steinen aufgeschottert. Und dann war es eine gewagte Sache mit einem so profanen Vehikel, kopfbedeckt, durch diese Reihen der Beter zu fahren. Sie stiegen also ab und schoben mit entblößtem Kopf ihre Räder weiter.
– Ich dachte nun auch daran, vorwärts zu kommen und mich zu den Männern zu gesellen; schon um keine unnötige Aufmerksamkeit zu erregen; und dann ein wenig zu erfahren, was da vorne vorgehe. Ich passirte also auf der Mitte der Straße den ganzen Weiberzug. Ein ganzes Orchester schlug an mein Ohr. Von der feinen jugendlichen Flöte bis zur ranzigen Baß-Klarinette. Gegen den kolossalen, tausendjährigen Ritmus kam auch meine Seele nicht auf. Ich lief geknebelt, gebunden, wie ein dummes Schaf, durch die riesigen Käuer hindurch. Es war rein der akustische, ritmische Effekt, der mich erstikte. Ich erinnerte mich an die Zeit meines Einjährig-Freiwilligentums, wo ich, innerlich angeekelt, auch jenem Moment mit Heftigkeit widerstrebte, der mich, nachdem ich beschimpft und gestoßen worden, auf billige Weise zu versöhnen gedachte, der Militärmusik. Aber ich unterlag. Dort wie hier. Und so lange die Militärmusik spielte, war ich *nolens* ein guter Soldat. – Oft wante sich eines der Weiber, um zu sehen, wer hinter ihr auf den knirschenden Steinen dreintappe, nach mir um, und brüllte mir ihr »... *Sündärr* ...«, oder »... jetzt und in *därr* Stunde ...« mit zorniger Sicherheit entgegen. Es lag ein gewisses Eschoffment, eine gesteigerte, fieberhafte Hitze in diesen Kehlen und auf diesen Gesichtern; eine Erregung, wie sie die hundert- und aber hundertfache Wiederholung derselben Formel mit sich bringt, wobei die Sinne taub werden, das gesprochene Wort nur mehr einen mechanischen Wert erhält und die Ritmik nicht länger im Gang bleibt, als der Speichel vorhält, ein Zustand, den die Derwische bei ihren *Gebetsübungen* mit voller Absichtlichkeit und bis zur Erschöpfung herbeiführen; den aber unsere abendländischen Beter, ohne anderes zu beabsichtigen, nur bis zu einer gewissen Steigerung erreichen. Aber ich bin sicher, daß, wenn in einem solchen Moment ein unkluges kezerisches Wort fallen, ein unvorsichtiges Kommando gegeben würde, diese Weiber blindlings sich auf ein supponirtes Angriffs-Objekt stürzten.

Ich hatte jetzt den hintern Zug fast vollständig passirt; und war froh, wieder in etwas freiere Atmosfäre zu kommen. Vor lauter »Frucht Deines Leibes«, »unter den Weibern«, »Jungfrau – empfangen hast«, »Jungfrau – getragen hast«, »Jungfrau – geboren hast«, und dies, wie durch einen hundertfach fassetirten Reflex-Spiegel, in's Unendliche wiederholt, war ich ganz tappig geworden, und ein unangenehmer Geschmack war in meinem Mund. Die alten Gebär-Haus-Gerüche stiegen in mir wieder auf und ich kam mir vor, wie Einer, der aus einer Hebammen-Schule tritt. Wie voller Sexualität – sagte ich zu mir selbst – stekt doch diese Religion! Und wie begreiflich, daß die Weiber so zäh an ihr halten! Hier handelt es sich um ihre eigene Sach. Und hier können sie ihre geheimen Bettgeschichten und bakofenwarm gehaltenen Windel-Gedanken offen auf der Landstraße laut herausplärren. – »Gebenedeiet unter den Weibern!« – Ja, da denkt jede zunächst an sich selbst! – Und wie begreiflich andrerseits, wenn die Männer von dieser weiblichen Religion sich bald abkehrten. Kann man, da gerade dieses sexuelle Gebet, das Ave-Maria, fast das einzige Gebet der katolischen Kirche ist, um das sich Alles Andere dreht, einem gesunden Mann zumuten, ein und dieselbe geschlechtliche Phrase hundert und tausendmal im Tage zu repetiren?!

Ich war jetzt dicht an die Männer herangekommen, und hatte sonach die kleine Distanz, die die Spize der Weiberkolonne von dem Schluß der Männerabteilung trennte, ebenfalls eingeholt. Ich gedachte hier zu bleiben. Denn von hier konnte ich die Vorgänge in beiden Zügen beobachten. Vorne marschierte, mir jetzt sichtbar, der Kaplan, und der Fahnenträger, dessen mühsame Aufgabe darin bestand, den hochgestekten, roten Wimpel unter allen Baumzweigen glüklich hindurchzubringen, und der von Zeit zu Zeit abgelöst wurde. Das Aufeinanderplatzen zweier Rezitations-Chöre an der Stelle, wo ich mich befand, erregte wieder meine ganz besondere Aufmerksamkeit: Derjenige, der zuerst den Vergleich des schnurrenden, plärrenden Wallfahrts-Gebetes mit Frosch-Gequake machte, war ein schlechter Musikant. Denn Erstens quaken die Frösche nicht sechs Stunden hindurch. Zweitens ist es unrichtig, zu behaupten, daß die Frösche bei ihrem Quaken nichts dächten. Drittens, und hier komm' ich auf das musikalische Gebiet, quaken die Frösche stets, harmonisch gesprochen, in Sekonden, oder gleich in Oktaven. Hier aber hörte ich, besonders in dem Weiberzug, deutliche Terzen, reine und verminderte, und besonders tadellose Quinten, jenes uralte, asketische Interwall der mittelalterlichen Kirche. Aber auch die Reihe der Ober- und Unter-Töne ist hier viel reicher; das muß man der menschlichen Stimme lassen. Und gar bei den Männern drüben hörte ich auf Augenblike manchen prächtigen Quint-Sext-Akord. Mit dem Froschkarakter stimmte nur insofern überein, als auch hier ein lungenkräftigeres Fröschchen sein »riddeldididdeldidi« ganz erfreut und solo-sicher forterklingen ließ, während die baßstimmigen, ranzigen »röddeldöröddeldö röddeldö« der Hebammen und ungeschlachtigeren Chor-Weiber einen Moment aussezten, um die Klarinette auszublasen.

Nun aber, Leser, mache Dich gefaßt, Neues und Unerhörtes zu vernehmen, und setze Dich in Positur, damit Du nicht vom Stuhle fällst. Ich erwachte plötzlich aus meinen Träumereien und Erwägungen. Was war geschehen? Ich schaute um mich. Ich lauschte. Es war Alles still. Zum Aufschreien still. Der Rosenkranz war aus. Das Gebet zu Ende. Der Müller erwachte, als das rauschende Mühlrad stand. Ganz hinten zwar hörte ich ein blechernes Stimmchen sein »ribdeldiriddeldi« noch einen Moment fortspinnen; aber es schnitt plötzlich ab; bekam sozusagen Eine auf's Maul; merkte doch, daß es hier nichts mehr zu sagen hatte. Und nun giengs hinter mir an: »Ah, Frau Nachbarn, sie ist aa da?« »Jesses d' Kramerin, hab mer scho alleweil denkt, wo s' san.« – »Grüeß Gott! – Grüeß Gott!« - »Wo isch denn d' Wabern?« – »I weiß itta! (Ich weiß nicht)«[1] »Ah de schläft no im Bett; de isch a Fauln.« – In diesem Moment huschte etwas links von der Straße über die Wiese her. Eine Dirn schürzte ihre Kleider, wagte den Sprung – ein großer, hoher Graben trennte sie von der Straße – und landete glücklich auf dem äußersten Rand der Schoßee. Sie trug blendend weiße Strümpfe und Zeugstiefel. Es war das schönste Bein im ganzen Zug. »Jesses, d' Zensl kimmt aa no! – »Sauber!« sagte das Mädchen, und reihte sich lachend im Zug ein. Und nun begann das Weibergeschwäz und Kafebaserei, breitmäulig, seichtdumm, wie es die ganze Welt kennt. – Vorne, die Männer, waren noch nicht mit ihren Dekaden fertig; sie beteten ruhig weiter. Auf einmal hörte ich hinter mir das zornig gegebene Kommando »Betten! Betten! – Schamts Enk!« – Und die gleiche Stimme, ein altes, giftiges Weib, zeterte mit einer gewissen Verbissenheit: »*Gägrüßt saist Du Marea – Du best voller Gnaden – der Härr ist mit Dir – Du best*

---

[1] In *Dießen* stoßen die beiden Dialekte des Alt-Bairischen und Schwäbischen zusammen. Der Altbaier sagt »net« für »nicht«; der Schwabe »itta«. »I bin kei Zimmermann itta!« sagte mir diesen Morgen ein Mann, den ich bat, eine Bank zu reparieren, Aus »nicht« wird »nit«, um aber auf dem »t« genügend lang verweilen zu können, braucht er, zum Abgehen, ein Schluß-»a«; also »nitta«; nun ist aber das »n« ganz überflüssig geworden; also »itta«.

gebenedaiet unter den Waibern – und geben*daiet* ist die Frucht ...«
– aber es gieng nicht; die andern folgten nicht. Die Kiefern waren
lahm; es fehlte der Speichel; die Muskel waren ausgedörrt.
Die Alte blieb allein; und gab es bald auf. Aber zu meinem größten Erstaunen
hörte ich nach kurzer Pause von der selben Stimme die scharf pro-
nonßirten Worte: »Gilt für Eins!« – in welches einige Andere etwas
zu spät kommend, sogleich einfielen. Dann wieder Pause. Eine Viertel
Minute. Und nun unisono fünf, sechs Stimmen: »Gilt für Eins!« Ich
war starr. Offenbar wollte die kleine Gruppe die Zeit nicht unbe-
nutzt verstreichen lassen, maß in Gedanken die Zeit für ein »Ave-
Maria« ab, und gab dann mit dem rechnerischen Advertissement
der allerseligsten Jungfrau einen Wink mit dem Zaunpfahl. – »Gilt
für Eins!« – traf es jetzt wieder mit der Sicherheit einer Weker-Uhr
zusammen. Mein Gott – rief ich – wie müssen die Leute ihre Göttin
sich eigentlich vorstellen? – Nun mischen sich auch einzelne »Bitt
für uns!« darunter. Aber immer unisono. Als wär ein Zeichen mit
dem Regenschirm gegeben worden. Immer eindringlicher, immer
intensiver, und immer zahlreicher, und wie eine Aufforderung klang
es durcheinandergemischt »Bitt für uns!« – Nochmals eine Pause.
– Und nun brach der ganze Chor, wieder frisch restaurirt, unisono,
mit mächtiger Sicherheit, »Tritt gefaßt«, möchte ich sagen, wieder mit
dem ganzen Gebet los: »*Gägrüßt* seist Du Marea ...« Und die Walze
lief nun ruhig und tadellos weiter. Die Alte hatte doch Recht behalten.
Die zähe Energie siegt immer.

Inzwischen hatte man aber bei den Männern zu beten aufgehört.
Jetzt waren *die* mit ihren Dekaden fertig. Alle bedekten sich. Dies
war hier das deutliche Zeichen der Pause. Und die Ratscherei begann
nun hier. Man plauderte über Alles Mögliche. Verlachte die hinten
plärrenden Weiber: »Hört's jetzt no net auf?!« Man gukte nach
hinten. Man gukte nach vorne. Einige liefen in die Wiese; stellten
sich an Bäume, oder verschwanden hinter einem Heuschober. Einige
Weiber benuzten auch die Gelegenheit. Mit einem »... Stunde des
Abstärbens ...« sprang die Eine über den Graben und suchte sich
einen Weidenbusch. Andere rannten auch hinter den Heuschober;
plazten zurück, als sie dort Männer in bestimmter Beschäftigung
trafen; einige blieben dort. Das Gebet der Weiber wurde solcher-
maßen ziemlich gestört. Man hörte Schimpfen, Entrüstungen. Und
schließlich hörte man auch hier zu beten auf.

Der Vortrapp war jezt in *Fischen* angekommen. Die Kirchenglocke begrüßte die Durchziehenden mit feierlichen Klängen. Vor dem Dorf machte man kurz Halt und ordnete sich zusammen. Der fremden Gemeinde wollte man sich in seiner ganzen Gebets-Geschicklichkeit zeigen. Die richtigen Abstände wurden genommen. Voraus die Weiber. Dann nach zehn Schritten der große Trupp Männer. Schließlich noch eine Kohorte Weiber. Ich behielt meinen Plaz. Nun giengs vorwärts. Alles begann jezt wieder mit vollem Brustton das Gebet an die »vierte Person der Drei-Einigkeit«, wie sie genannt wird, an die Jungfrau Maria: »Gägrüßt saist Du Marea ...« Es ist ja sonst nichts zum Beten – da. In *Fischen* gukten die verschlafenen Jungens und blonden Mädchen aus den blinden Fensterscheiben heraus. Es war erst halb 7 Uhr. Der Wirt stund in weißer Schürze mit seiner Frau unter der Türe, und machte ein grimmiges Gesicht. Das sind schlechte Katoliken, bei denen nicht eingekehrt wird. Später, in *Erling,* welches dicht am Fuß von *Andechs* liegt, und wo Hunderte und Tausende von Hektoliter Bier während des Sommers verzapft werden, werden wir auf bessere Katoliken stoßen. Die Sonnenstrahlen machten sich jezt geltend. Vielen troff der Schweiß von der Stirne. Und Mancher, wie der Schreiber dieses, hielt nicht nur des Gebets wegen den Hut in der Hand. Einige stürzten zum Brunnen und pumpten sich, unter dem Gelächter der Anderen, einige Mund voll Wasser. Wasser galt nicht gerade für infam. Aber doch nicht für schiklich. Einige Gruppen aus *Fischen* gesellten sich zu uns. Besonders ein Trupp junger Leute, von denen wir bald Näheres hören werden. Diese schloßen sich in meiner Nähe an. Ich selbst blieb am Schluß des Männer-Zugs, um nach beiden Seiten hin alles übersehen zu können. Kaum hatten wir *Fischen* paßirt, und hatten uns, da hier die Seespitze erreicht war, nach Links, der Hügelgruppe zugewant, in deren Richtung *Andechs* lag, so löste sich alle Disziplin. Das Beten wurde lau; man hatte sich blos den *Fischenern* zeigen wollen; und einer der zuletzt gekommenen jungen Leute benüzte die Gelegenheit, um durch komische Situazionen den etwa noch vorhandenen Ernst sozusagen zu erschlagen. Mitten drinn brüllte er plötzlich: »... *Weibern* ...«, als wäre er an der Stelle »... bist gebenedeit unter den Weibern ...«; und als ihm natürlich höllisches Gelächter antwortete, tat er sehr überrascht, und beschwerte sich, daß man ihm allein das Beten überlasse u. dgl. Nachdem sich ähnliche Intermezzi wiederholt hatten, sezten die Männer ihre Hüte auf und ließen das Beten sein. Und hinten bei den Weibern wurde es ebenfalls still. Es ging jetzt bergauf. Man ließ sich etwas gehen; ging herüber und hinüber, tauschte die Plätze, und ein ungezwungener Diskurs begann.

In solchen Zwischenpausen, »Gewehr auf linke Schulter!«, wurden auch die Distanßen nicht mehr eingehalten. Die Weiber, die während des Rezitirens einen genauen und geschlossenen Zwischenraum innehielten, näherten sich jezt. Die Männer schauten zurück. Und es begann nun eine Unterhaltung zwischen vorn und hinten. Offiziell war dieses Verhalten nicht. Es sollten vielmehr die nach Geschlechtern getrennten Züge die Separirung in den Kirchenstühlen, wo die Männer rechts und die Weiber links sizen, hier auf der Landstraße wiederholen. Denn was anderes, als eine auf die Schoßee geführte Kirche, und eine in Bewegung umgesezte Frömmigkeit, war denn dieser Bittgang? Es war also Lumperei, was hier geschah. Und Lumperei folgte. Eine der Weiber, eine gutmütige Alte, war, den anderen vielleicht um einen Schritt voraus, bereits in die Reihe der Männer getreten, ohne ersichtlichen Grund. »Bleibst hinten, Alte, – sagte einer der jungen Leute – gelt, du bischt 'em Kaplan die sei'!« – und zu seinen Kameraden gewant – »weischt, die schmeckt 'en wie d' Kuah, drum will s' allewweil vor.« – (Der Kaplan ging vorne im Männerzug.) Heiteres Gelächter in den Reihen derer, die es hören konnten, war die Antwort. Die Weiber machten natürlich »Husch!« Schienen es aber nicht schwer zu nehmen. Hörten es vermuthlich gerne.

Der Wiz war nicht der, daß er dem Kaplan ein Weib zumutete. Ueber eine selbverständliche Sache kann man keinen Witz machen. Der Wiz war der, daß er ihm eine so *alte* zumutete. Die feststehende, unverrükbare Basis, auf der das Landvolk diese Frage behandelt, ist die, daß ihr Pfarrer nicht heiraten *kann*. Alles was folgt und folgen kann: Enthaltsamkeit, Fettsucht, Verblödung, Masturbazion, Hurerei, Konkubinat, unehelicher Nachwuchs, Kindsmord, Meineid, Verführung schulpflichtiger Mädchen, Versezung, Suspendirung, Zuchthaus ec. ec. werden als selbstverständliche Erscheinungen für sich betrachtet, wie, daß, wenn es regnet, es naß wird. *Die* Frage, was einträte, wenn der katolische Pfarrer heiratete, ist als Ueberlegung, als psychische Funkzion, als Einführung einer neuen Größe in die Rechenaufgabe, für einen Katoliken, und wäre er der gebildetste, und wäre er der Kultusminister, unmöglich. Denn der katolische Pfarrer *kann* ja nicht heiraten. So ist katolisches Denken seit Jahrhunderten festgelegt. – Und auf wessen Autorität ist dieses Denken so festgelegt, war es, und wird es bleiben? – Auf die Autorität *eines* Italieners, eines Kardinals, der in Rom eine bestimmte Müze aufhat. –

Wir, – und ich darf hier wohl im Plural sprechen – haben nichts dagegen, wenn, um einmal moralisch zu reden, oder zu konstruiren, oder aufs Naturrecht zurükzugehen, oder wie Sie's nehmen wollen, wenn ein katolischer Pfarrer, oder ein anderer Mensch, der nicht ehelich sein will, oder kann, oder darf, sich der freien Liebe ergibt. Aber, daß er es unter einer *himmlischen Devise* tut, damit er, wie die Kirche sich ausdrükt, den »Leib der Hure«, und den »Leib Christi« nicht gleichzeitig berühre, – um sie dann beide erst recht zu berühren – dagegen sträubt sich das moderne Bewußtsein. –

Eine ekelhafte, zum Brechen geneigte Stimmung hatte mich anfangs erfaßt. Es war mir jezt wieder wohler. Wir waren im Wald und marschirten gegen Osten. Es gieng leise bergan. Die Sonne brach durch das frische Frühlingsgrün. Nach den Regengüßen der letzten Tage stand Alles im üppigsten Flor. Bittgänge für Regen, wie sie Jahrs vorher in Masse abgehalten worden, und nichts genüzt hatten, waren dies Jahr nicht nötig. Der Weg war feucht, die Luft frisch und erquickend. Und doch fühlte man, daß die größere Hize noch kommen werde, daß der Kampf noch bevorstand. Es gieng jezt auf acht. Bergauf da erlahmte auch der gelenkigste Gebets-Eifer. Wie Zugtiere schleppten wir uns hinauf. Glüklich, Sauerstoff, geschweige »Ave-Maria«-Dekaden, zu erhaschen. –

Und doch haben es die Leute, wie ich später erfuhr, selbst die Saumseligsten unter ihnen, auf 11 Rosenkränze gebracht; d.i. auf 11 mal 5 mal 10 »Ave-Marias«, ohne das Beiwerk, die »Vaterunser«, die »Ehre sei dem Vater«, einige später zu erwähnende Spezial-Gebete, wie das dreimal »Heilig«, und, was die »drei Perlen der Berloke« enthalten. Da nun das »dreimal Heilig« 100 Tage Ablaß einbringt,[1] das »Ehre sei dem Vater«, welches in jedem Rosenkranz 5mal, in 11 also 55mal, jedesmal 100 Tage einbringt, zusammen also 5500 Tage,[2] jedes »Vaterunser« im Rosenkranz, welches daselbst 5mal vorkommt, in 11 also 55mal, jedesmal 100 Tage vergütet, zusammen also 5500 Tage,[3] und leztlich jedes »Gegrüßt seist du Maria«, welches im Rosenkranz 50mal, in 11 also 550 mal erscheint, jedesmal nach dem

---

[1] *Maurel*, A., P. Priester der Gesellschaft Jesu, Die Abläße und ihr Gebrauch. Paderborn 1884. 8. Auflage. p. 103.
[2] *Maurel*, a.a.O., p. 105.
[3] *Maurel*, a.a.O., p. 229.

Breve »*Sanctissimus*« Papst Benedikts XIII., vom 14. April 1726, 100 Tage einbringt, also zusammen 55 000 Tage,[1] die vier Posten addirt 66 100 Tage, so hat jeder, auch der Saumseligste, im Bittgang vom Pfingstdienstag 181 Jahre Sündenstrafen-Nachlaß errungen, also Straf-Freiheit für hier oder im Fegfeuer auf 6 Menschenalter, d. h., wenn er das so Gewonnene für sich benüzen will, und beispielsweise 40 Jahre alt ist, auf 30 Jahre im voraus (wenn er, sagen wir, 70 Jahre alt wird); d.h. er braucht die dazu gehörigen Sünden nur noch zu begehen. Ungerechnet den »vollkommenen Ablaß«, den er nach einem Indulgenz-Brief des 14. Benedikt vom Jahre 1750 (der weiter unten noch zur Sprache kommen wird) durch den Besuch der Wallfahrtskirche *Andechs* selbst erringt. Und ungerechnet die Zahl der Seelen, die er, je nach seinen Mitteln, eine Mark pro Seele, auf dem Wallfahrtsberg selbst aus dem Fegefeuer erlösen will.

Ein Gedanke schoß mir hier durch den Kopf, als ich diese müden, abgearbeiteten, krummen, bukligen Bauern sich ächzend den schmierig-gewordenen Weg hinauf arbeiten sah:»Um diese Abläße zu gewinnen – schreibt *Maurel* – muß man einen Rosenkranz haben, der von den Vätern Dominikanern, oder von einem hierzu von ihrem General bevollmächtigten Priester eingesegnet ist.«[2] Nun nehme man an, so ein abgerakerter Bauer, so ein armer Teufel, benüzt aus Unachtsamkeit, oder Vegeßlichkeit, oder Versehen, einen ungeweihten Rosenkranz, und betet sich an den Sonntagen und in den freien Stunden seines Lebens seine 2000 Jahre Sünden-Strafen-Nachlaß zusammen (dies ist bei einigem Fleiß und als Mitglied einiger Bet-Bruderschaften leicht zu erreichen; hat doch ein Jesuit *eo ipso* Antheil an sämmtlichen auf der ganzen Welt verliehenen Indulgenzen und Abläßen, ohne den kleinen Finger oder Zahnluke zu rühren) und kommt nun im Jenseits an, in der Hoffnung, den mühselig errungenen Lohn für sich und seine Familie einzustreichen – vielleicht hatte er ein paar gottlose Rangen und eine kiefernkranke Schwiegermutter, für die er zu sorgen hatte – und muß nun hören: Lieber Freund, deine ganze Arbeit war umsonst; du hast mit einem ungeweihten Rosenkranz gebetet! – Die Situazion für diesen armen Teufel, in der Auffaßung eines überzeugten Katoliken, ist einfach gräßlich! –

Wir waren jetzt mitten im großen, schönen, grünen, deutschen

---

[1] *Maurel*, a.a.O., p. 229.
[2] *Maurel*, a.a.O., p. 230.

Wald. Die Vögel jubilirten, und die Maigloken dufteten aus dem Dämmerlicht heraus. Stämme, gegen die wir wie Zwerge erscheinen mochten, schoßen kerzengerade in die Höhe, und reichten sich hoch über unseren Häuptern die grünbefiederten Arme. Die eine oder andere Eiche mochte dabei gewesen sein, die noch den alten heidnischen Natur-Dienst der alten Germanen an derselben Stelle miterlebt hatte. Was mußte sie denken, als sie dieses zählende, rechnende, mit ihrem Gott um ein Vaterunser feilschende Geschlecht – »Gilt für eins!« Jetzt hast du eins gut. – »Morgen betrüg ich beim Pferdehandel.« – Jezt hab ich Eins gut. – unter sich hinwinseln sah? Ein Glück, daß die Sonne hell am Himmel stand. Wäre *Thonar* über die Wipfel hingefahren, er hätte seinen schweren Hammer auf diese Ablaß-Köpfe fallen lassen, und ihnen den Weihrauch aus der Nase getrieben.

Es wurde Halt gemacht. Die Höhe war erreicht. Die Paßhöhe. Die Wasserscheide. Vielleicht war es dies Wort, welches Manche anregte. Viele, Männlein und Fräulein, sprangen aus und verschwanden hinter den Büschen. Andere aber, die orts- und wegkundig waren, verschwanden hier auf Nimmerwiedersehen. Sie kannten kürzere Pfade, um *Andechs zu* erreichen. Und ihnen war es nicht um die »Dekaden«, um den »vollkommenen Ablaß«, noch um die 181 Jahre Nachlaß zeitlicher Sünden-Strafen zu tun. Sie wollten wißen, wie das Kloster-Sommerbier dies Jahr geraten sei. Sie wußten, daß, wenn sie heute im Rausch ihren Kameraden mit dem Messer zwischen die Rippen figeliren, sie eingelocht werden, und der Amtsrichter nichts weniger wie geneigt ist, das Strafmaß an den erplapperten Jahren zeitlichen Sünden-Strafen-Nachlaßes in Abzug zu bringen. Und gegen die transzendentale Abrechnung hatten sie ein tiefgegründetes Mißtrauen: Hier klafft die Wunde der katolischen Kirche. Daß die weltliche Gerichtsbarkeit die Sünden-Hotel-Rechnungen der Geistlichen nicht mehr respektirt. Und daß – o Jammer! – die Geistlichen selbst die frühere Immunität von dem weltlichen Richter verloren haben, und wie Bauern, nicht wie »Götter«, wie sie sich früher nannten, vor den Schranken des deutschen Reichs-Straf-Gesetz-Buches erscheinen müßen.

Doch der Schäflein waren noch viele. Und neuerdings gieng es mit frischem Mut und neugeölten Kiefern mit »Gägrüßt saist du, Marea …« vielhundertstimmig den Kamm entlang. Bald kam man wieder ins Freie. Der Weg senkte sich ins Tal. Man gieng zwischen reich bestandenen Feldern, die in der Morgensonne glizerten. Und in der Ferne erschienen die Kirchthürme von *Erling*, welches am Fuß des Klosterberges selbst liegt. Die Stimmung wurde jetzt immer gehobener. Der Kaplan gieng in der Mitte der Straße mit »Kurz getreten«, und ließ so die ganze Prozeßion rechts und links an sich vorbei. Dies hatte wohl die Bedeutung einer Okular-Inspekzion, um die Leute zu vergewißern, daß sie gesehen werden. Später kam er wieder nach vorne. Während einer der folgenden Pausen kam ein Mann, der auch im Zuge war, und mich längere Zeit beobachtet hatte, ohne daß es auffiel, neben mich und sagte: »No, was denkt der Herr über's Wetter?« – Ich denke, daß es schön bleibt, sagte ich. – »Ja, – meinte er, und beäugelte mit großem Ernst den Himmel – mer kann no nix saage; heut' bleibt's; aber für morge, 's sie no z'viel Nebel da, kann mer nix saage.« Dann nach einer Pause – »Der Herr is wohl nit aus *Dießen*?« Nein, – sagte ich – ich bin nur zufällig in *Dießen;* und habe die Gelegenheit benützt, um den Bittgang mitzumachen. – »No, und wie g'fallt's Ihna?« – Sehr schön, sehr schön! – »Ah, das ischt an andere Wallfahrt!« – und nochmals mit großem Nachdruk – »Ah, das ischt an andere Wallfahrt!« – Er meinte, eine schönere könnte ich wohl nicht leicht sehen. – Er benüzte dann eine Gelegenheit, und entfernte sich wieder in unauffälliger Weise. –

Wir kamen jezt nach Erling. – Es mußte vorne ein Zeichen gegeben worden sein: Jezt, nach drei Stunden, kam ein neues Gebet, das Schlußgebet zum Hinaufziehen den Berg. »Heilig – heilig – heilig – ist der Herr Gott Zebaot!« Es wirkte, nach dem stundenlangen Winsel- und Jungfraugebet wahrhaft erquikend. Die Kirchengloken von *Erling* begrüßten uns, wie in *Fischen*. Alles schaute aus den Fenstern. Viele in festlicher Kleidung. Es war schon bald Zeit zum Früh-Amt. Die Wirte mit Frau und Kellnerinnen, alle in weißen Schürzen, stunden unter ihren Türen und betrachteten uns. Sie machten fröhliche Gesichter. Jeder Zug ist für sie ein Ausschank von etwa hundert Hektoliter. Es waren brave, tüchtige Katoliken. Einige junge Leute stürzten aus dem Wirtshaus auf uns zu mit dem Ruf: »Jezt wolle mer aber fescht bette!« Brüllend mischten sie sich in den Zug. Es gieng den Berg hinauf. Oben wurde eine weiße Gestalt sichtbar. Es war der Kaplan, oder ein Geistlicher von *Andechs*, der uns entgegenkam, und Alle mit Weihwasser besprizte. Auf Bänken, Mauern, Linden, erhöhten Grasflächen, Bastionen stand alles Kopf an Kopf, um uns einziehen zu sehen. Man gieng einen mit schweren Kieseln bepflasterten engen Burgweg hinauf. »Die *Dießener!* – Die *Dießener!*« rief es von allen Seiten. Die Kirche von *Andechs* mit ihrem hohen Turm, und dem schloßartig emporragenden Klostergebäude wurde dicht über unseren Köpfen sichtbar. Eine geschäftige Eile bemächtigte sich jezt Aller. Noch immer klang es »Heilig – heilig – heilig!« Eine Kellnerin mit schäumend gefüllten Maßkrügen in jeder Hand paßirte blizschnell den Weg. Ein kleines Mädchen mit ellenlang aus ihrem Körbchen hervorstarrenden Brotlaiben befand sich plötzlich mitten im Zug. Es schien sie nicht weiter zu scheniren. Eine Frau kam aber rasch und holte sie heraus. Jezt war man oben. Schnurstraks gieng's zum Kirchenportal. Und da hinein. Hinter uns senkten sich zwei rothe Fahnen, und giengen uns nach, Niemand außerhalb des Zuges paßiren lassend. Noch einen kurzen, schmalen Gang. Und jetzt war man in der Wallfahrtskirche von *Andechs*.

Ich müßte lügen, und meinem mir selbst gegebenen Versprechen, nur einige Sensationen, und diese ganz, wiederzugeben, untreu werden, wollte ich verschweigen, daß der erste Eindruck ein überwältigender war. Eine Summe von Farbe, Pracht, kühnen und reizenden Formen, das Ernste und Tiefsinnige von der heitersten, ausgelassensten Seite aufgefaßt, überall hervorsprudelnd und quirlend, und alles überflutet von dem Sonntagsgewand der Sonne, so stürmte es auf die Seele des Neulings. Es war wie in Richard *Wagner's* »Liebesmal der Apostel«, wo nach stundenlangem ertötenden Vokalsaz der Männerstimmen das Ungewitter plötzlich bei den Violinen beginnt und nun fegend und rasend ein Orkan von Empfindungen uns das Herz stürmt. Es war nichts Religiöses, oder Ernstes, oder Feierliches, was uns überkam, sondern das helle Entzüken; der reine Affekt, zunächst noch inhaltleer; das Blut schäumte. Welcher Unterschied – sagte ich mir – zwischen jenen erstarrten, schottischen Mönchen, die im 6. und 7. Jahrhundert die neue Entsagungs-Lehre mit der Düsterkeit und den Nebelzügen ihres Klimas mischten, und, in wörtlicher Befolgung des Bibeltextes, ohne Unterlaß beteten und sich nicht mehr zu rühren wagten, so daß man sie in das sonnige Italien abführen mußte, – und diesen Jubel- und Farben-Exzeßen, diesem Geflirr und Gefunkel, diesen Trompeten-Fanfaren in der Meße und – ich sage kein Wort zu viel – dem Kankan-Tanz der göttlichen Familie auf den Balustraden. Es war ein Rokoko-Interiör in der üppigsten Ausgelaßenheit. Auf dem Hochaltar tronte, längst die Person der Drei-Einigkeit verdrängt habend, in wuchtigen Schnizformen die *Maria*. In der ersten Etasche, wo eine zierliche, mit reizenden Flachreliefs geschmükte Gallerie herumlief – Bel-Etasche konnte man sie mit Recht nennen – tronte auf dem

Hauptaltar wiederum die – *Maria*. Und hoch, hoch oben erkannte man erst in gipserner Zierlichkeit Gott Vater und Christus, aber nicht mißmuthig über die Deplaßirung, sondern hocherfreut und mit eleganten Turnerkünsten beschäftigt. Zwischen Beiden, wie ein weißangestrichener »*foot-ball*«, schwebte die Weltkugel. Und Gott Vater, von seinem Ballustradensiz sich weit vorbeugend, schien zu seinem Sohn, auf die Weltkugel deutend, hinüberzurufen: »*Regardez, mon fils, ce monde; c'est moi qui l'a fait!*« – Und Christus mit freudigem Herüberneigen, die beiden Hände entgegenstrekend, schien zu antworten: »*Ah, vraiment, mon cher père, c'est bien charmant, vous-êtes un artiste!*« Ich kann den Eindruk gar nicht anders wiedergeben. – Rechts und links, mit dem äußersten gipsernen Poderchen auf dem vergoldeten Gebälk aufsizend, wiegten sich in luftigen Kleidchen, die nakten Beinchen herausstrekend, zwei Engel, und schienen mit zu den Lippen geführten Händchen, wie zwei Artisten-Kinder, den Beifall der zahlreich versammelten Menge zu erwarten. Die *Dell'Era* hätte eine Freude gehabt an diesem himmlischen Ballet-Kohr.

Und so war der Schmuk und die Auskleidung ringsum; stellenweise mit architektonischen Details, wie vergoldeten Erkerchen u. dgl. in der Gallerie-Höhe, in entzükender Weise ausgeschmükt. Auf der Gallerie-Außenseite, wo unter anderem das Wort *Mons sanctus* in großen Goldbuchstaben zu lesen war, lief ein Ziklus die Hauptmomente der Klostergeschichte illustrirender Oel-Bilder von etwas hartem und rohem Gepräge. Dagegen sind die im Stil an die Gebrüder *Asam* des vorigen Jahrhunderts erinnernden Wand- und Deken-Fresken stellenweise von feiner künstlerischer Empfindung. Die derzeitige Anlage des Kirchen-Inneren stammt aus den Jahren 1751 bis 1754, aus der Regierungszeit des Abts *Bernhard Schütz*. Erwägt man, daß in diesen farbenüberfüllten, lichten Räumen im vorigen Jahrhundert Paßionsspiele auf eigens konstruirter Bühne unter dem Zulauf von Tausenden stattfanden, dann begreift man, wie die von jesuitischen Architekten, Künstlern und Schauspielern geleitete gegen-reformatorische Bewegung das blöde Volk in den Banden der katolischen Kirche, der seit der deutschen Reformazion der ehthische Gehalt geschwunden war, festhalten konnte; an Gips, Farbe, Prunk ersezend, was an wirklicher Herzensbildung verloren gegangen war.

Reich ist die Zahl der Reliquien und wundertätigen Bilder, deren sich *Andechs* rühmt. Obenan stehen »die wunderbaren heiligen drei Hostien« in einer 20 Pfund schweren, silbernen Monstranz; ehemals in Bamberg; eine dieser Hostien ist diejenige, die Papst Gregor der Große im 6. Jahrhundert in wirkliches Fleisch verwandelte. Eine römische Matrone hatte nämlich gelacht, als ihr der Papst die Hostie reichte. Der Papst frug, warum sie lache. Sie sagte: ich hab das Brot selbst gebaken; ich bin die Bäkerin. Darauf zeigte ihr der Papst die Hostie als Fleisch. –Tabloo. – Ferner sind bemerkenswerte Gegenstände: »Oel vom Grab des heiligen Nikolaus«; »Blutstropfen von den heiligen Hostien zu *Deggendorf*«[1], der »Rok der heil. Elsbet«; ein »Stük vom Hinterkopf des heil. Sebaldus« ; »Reliquie vom Gürtel der seligsten Jungfrau«, den gewöhnlich die kurfürstlich-bairischen Wöchnerinnen sich erbaten, um durch ehrfurchtsvolles Tragen desselben sich einer glüklichen Entbindung zu erfreuen (jezt nicht mehr?); »eine ›goldene Rose‹ eines Papstes«; »ein Stük von der Kinnlade des heil. Vitus«; »ein Zahn und ein Stük Hirnschale der heiligen Serena«; »drei Partikeln des heil. Prozerus«; »sechs Partikeln von unbekannten Heiligen«; »eine Rippe der heil. Jungfrau«; »Linnenstük mit Blutspur von der Beschneidung Christi«; »Armspindel (Vorderarmknochen) des heil. Laurentius«; »ain Tail von dem Klaid des Heiligen Papstes Celestin«; »zwei Partikeln von unschuldigen Kindern«; »ein Stük Meßgewand (!) des heil. Petrus«; Kreuz-Partikel, Grab-Partikel, Leintuch-Partikel, Lendentuch-Partikel u. s. w.; im Ganzen 132 Nummern!«[2] »Überhaupt – sagte der vorzeigende Pater – ist von Christus und seinem Kreuzestod überall etwas vorhanden, von der Beschneidung angefangen bis zur Dornenkrone«. –

In der dikleibigen »Chronik« blätternd finde ich auf's Gratewohl folgende Dinge: »Auf dem von Rothenfeld östlich gelegenen Anger zeigte sich (1748) eine Anzahl von Würmern von furchtbarer Gestalt und Dicke, aus dem Boden herauskriechend. Der Abt wendet sich an das Kloster Füssen und erbat sich den Stab des heil. Magnus, mit dem ein Bittgang durch die Felder veranstaltet wurde« (p. 572). »Eine drohende Viehseuche – Lungenbrand – veranlaßte (1748) die Erlinger zu länger andauernden öffentlichen Gebeten bei den heiligen Hostien« (p. 572). »Ein anderes Übel, welches um diese Zeit (1749) in Baiern großen Schaden anrichtete, war eine Heuschreckengattung, etwas größer als die einheimischen, welche

---

[1] Dort ist eine Irrenanstalt.
[2] Chronik von Andechs, p. 772-788.

in solchen Maßen sich bemerkbar machten, daß sie manchmal die Sonne zu verfinstern schienen. Das Geläute der Glocken bewirkte, daß sie sich nicht auf den Boden niederließen« (p. 572). »Dr. Braunschober, ein reicher Arzt von München, seines vorgerückten Alters wegen des Stadtlebens überdrüßig, zog (1747) in das Canonicat zu Dießen. Ihm verdankten die Chorherren besonders das Geheimmittel zur Herstellung des später so berühmt gewordenen Dießener Balsams, welches ihnen Tausende von Gulden eintrug« (p. 570). »Der Briefwechsel mit den Klosterfrauen auf dem Lilienberge wurde (1747) untersagt« (p. 568). »Der Abt Bernhard Schütz überließ (1748) einen Theil der Kinnlade des heil. Vitus der Pfarrkirche Erling« (p. 571). »Der Abt erhielt (1749) durch ein besonderes Schreiben des Bischofs Joseph die Facultät, auf 5 Jahre von der Häresie, jedoch nicht von dem Rückfalle in dieselbe, zu absolvieren« (p. 571). »Als die Wallfahrer von Erling (1749) beim Uebergang über den Bach über einen Steg schritten, fiel der 15jährige Stiefsohn des Amtsdieners in's Wasser und kam in große Gefahr; man sah ihn bloß noch seine Hände aus dem stark strömenden Wasser emporstrecken, so daß alle Anwesenden ihn verloren gaben. P. Meinrad, der als Pfarrer die Wallfahrer begleitete, machte ein Gelübde zur Ehre der Mutter Gottes in Andechs,[1] und sofort trieb die Strömung den Jüngling auf festen Boden, von dem er mit klarem Bewußtsein sich bald erheben konnte« (p. 573). »Ein Klosterrichter aus der Umgegend hatte dem Kloster 1000 Gulden geliehen; kurz vor seinem Tode (1759) schenkte er die Summe dem Kloster gegen das Versprechen, daß für ihn 1000 Seelenmessen gelesen werden« (p. 597). Im Jahre 1755 wurden während einer Feierlichkeit in fünf Tagen 60 000 Hostien gebacken und verabreicht: die Zahl der Wallfahrer während dieser Zeit betrug 80 000. Franziskaner von München halfen dabei aus: »Einer von diesen fühlte sich eines Nachmittags unwiderstehlich vom Schlafe gequält. Nachdem ein Bauer sein Bekenntnis abgelegt hatte, sagte er zu ihm ›Mein Lieber! Ihr verdient zwar keine große Buße, aber ich habe eine dringende Bitte an euch; da ich schon fünf bis sechs Tage beständig Beicht höre und keine Zeit zum Schlafen finde, so bin ich gerade schrecklich vom Schlafe geplagt; seid so gut und betet hier im Beichtstuhl einen Rosenkranz, damit ich einige Minuten dem Schlaf mich überlassen kann; wenn

---

[1] Dies ist ein hölzernes Bild; da außerdem eine Mutter Gottes *in Andechs* nicht bekannt ist.

ihr fertig seid, so wecket mich; ich werde euch von Herzen danken.‹ Es geschah nach seinem Wunsche und der Pater wurde wieder fähig, sein Geschäft fortzusetzen« (p. 584–585). U.a.m.

Das »Amt«, welches für die *Dießener* gehalten wurde, war vorbei. Die singenden Jungens auf dem Chor hatten sich soweit gut gehalten. Diese Landmeßen sind bei der entschiedenen musikalischen Begabung der Bevölkerung recht gut zum Anhören. *A capella*-Singen trifft man sehr häufig. Trompeten und sonstiges Blech zetert oft ungebührlich hinein. Die Leute verliefen sich. Die Einen liefen zum Reliquien-Besuch. Andere begukten die Votiv-Bilder, die, auf mehrere Jahrhunderte zurükgehend, in zahlloser Menge an Wänden und auf Stiegen herumhängen. Diese verdienten wegen ihrer Originalität – könnte man sie jezt schon wie etwas Historisches besprechen! – ein eigenes Kapitel. Da fährt z. B. auf dem einen Bild ein eleganter Reisewagen über den Wiesenplan; Stil: 7jähriger Krieg; zwei elegante Kavaliere mit gepuderten Perrüken und Spizhut sizen drinn; vier Goldfuchsen, deren Hälse die unglaublichsten Verkrümmungen machen, sind im Durchgehen begriffen. Hinter dem Wagen rennt ein Pater in schwarzem Habit mit beschwichtigenden Händen drein. Oben in den Wolken die Jungfrau mit dem Kind, Szepter, Krone, Krönungsmantel, schaut in impaßibler, zeremonieller Haltung der Szene zu. Auch hier »hat die Mutter Gottes von *Andechs* geholfen.« Oder etwas Ländliches: Ein Bauer und eine Bäuerin knieen im Profil, die Hände gefaltet, sich gegenseitig anschauend, auf einer Wiese. Zwischen ihnen 12 wohlgezählte Wikelkinder, gleich groß und nummerirt, aufrechtstehend wie hingesezte Eier, in einer Front herausschauend; rechts der Bauer, links die Bäuerin, oben die Mutter Gottes. Man weiß nicht, verloben die Zwei sich gegen das Dreizehnte, und führen das erste Duzend als Beweismaterial vor; oder bitten sie mit den Kleinen um besseren Graswuchs für die Kühe. –

Oben auf der Gallerie drängt sich die Menge an dem Altar-Bild der Mutter Gottes vorbei. Jeder wirft ein Stük Geld auf eine große, mit Münzen fast gefüllte Schüssel, und berührt dann mit der Hand ein wunderthätiges Sakramenthäuschen. Auf dem Altar selbst wird eine Feiermeße nach der anderen gelesen. Zur Zeit ist dies nur an zweien Altären möglich. Aber an den drei Himmelfahrtstagen kann von jedem der sechs Altäre der Kirche aus je eine Seele auf einmal, aber beliebig viele nach einander, aus dem Fegfeuer gezogen werden: Aber nur durch Spezial-Erlaubnis des Papstes – die viel

Geld kostet – ist diese Transakzion möglich. Es ist dogmatisch nicht sichergestellt, ob die Leitung ins Jenseits von *Andechs* über *Rom*, oder direkt von *Andechs* ausgeht. –

Wir verlaßen dies Schauspiel der zahlenden Menge, des lispelnden Priesters, und wenden uns dem Ausgang zu. Rechts, noch vorher, starren uns aus einem dunklen Verließ die mannsdiken, aufrechtstehenden Wachskerzen der bairischen Kurfürsten an, mit verfloßenen Mienen, mit erstarrten Grimmmaßen, wie Repräsentanten aus einem Wachsfigurenkabinet. Ueber dem Ausgang prangt, dem Eintretenden zuerst sichtbar, in großen goldenen Lettern die Inschrift: »*Indulgentiae plenariae.* Vollkommener Ablaß.« Und neben an der Wand hängt eine Kopie und Uebersezung des Indulgenz-Briefes *Benedikt's* XIV. vom Jahr 1755, wonach »Ihro Päbstliche Heiligkeit allen und jeden Christgläubigen Wahlfahrteren, an waß immer für einen Tag deß Jahres sye den Heiligen Berg Andex besuchen, alle Jahr einmahl vollkomnen Ablaß verleihen und Nachlaßung aller Sünden-Straffen.« – Draußen herrscht lauter Jubel und ein buntes Treiben. Die Verkaufsbuden schließen dicht an die Kirchenwand an, und sind belagert von einer neugierigen Menge. Alles nur Denkbare, was mit dem Wallfahrtsort in Bezug gebracht werden kann, Bilder, Kerzen, Bücher, Figuren, Schnizereien, Votivgegenstände werden hier feilgeboten. Und oben, das Innere der Buden geradezu verfinsternd, hängen schnurartig die unendlichen Reihen der Rosenkränze. Das Kloster hat eine eigene Verkaufsstelle im Innern seiner Räumlichkeiten, wo allein drei Fratres alle Hände voll zu tun haben. Das Geschäft geht enorm. Ich sah junge Bauernmädchen Bilder u. dgl. duzendweise erwerben, da alle zu Hause Gebliebenen bedacht werden sollen. Neue Züge Pilger, entfernter wohnende Gemeinden, kommen an und werden in die Kirche geleitet. Auf dem Platoo des Berges, der kugelförmig ansteigt und ringsum gänzlich abgeschloßen ist – es war früher die befestigte Burg der Grafen von Andechs – entwikelt sich immer regeres Treiben. Die Zahl der Einzel-Besucher ist fast so groß wie die der geschloßenen Züge. Man lagert am Rasenboden, den Abhang hinunter. Die Bänke auf der Südseite, wo man eine schöne Aussicht gegen den Starnberger-See zu genießt, sind schon dicht besezt mit einer schwazenden, lärmenden, sich lustirenden Menge. Hinter uns, gegen *Erling* zu, das mächtige Bräuhaus und die Wirtschaftslokalitäten. Die eigentlichen Pilger haben vielfach Mundvorrat mitgebracht. Aber auf das Klosterbier sind alle angewiesen. Ganze Züge, die keinen Platz mehr finden, gehen in das dicht am Fuß gelegene *Erling,* welches heute, wie in früherer Zeit, ganz vom Kloster abhängt. Und die Leute vertilgten hier ganz unglaubliche Quantitäten. Es war einer jener Heuschreken-Züge, von denen oben in der »Chronik« die Rede war, die alles auffraßen, und wobei die Gloken geläutet werden. Aber diese Heuschreken-Züge bezahlen. Auf dem Nach-Hause-Wege soll es noch toller zugehen, wie mir ein *Dießener* berichtete. Viele traten schon mit heißem Kopf den Rükweg an. Kommen dann lechzend und schweißgebadet nach *Fischen.* Stürzen dort in die Wirtshäuser. Wie es geht; wenn einmal auf dem Marsch getrunken wird, muß immer neu nachgegoßen werden. Bis sie herauskommen, ist die Spize der solideren Beter längst voraus. Fluchend, schimpfend und betend eilen sie hinterdrein. Und für Duzende endigt dann die Wallfahrt im Straßengraben.

... vertilgten hier ganz unglaubliche Quantitäten – sagte ich oben. – Wenn nur die Herzensangelegenheit in Ordnung ist, dann geht das übrige Leben in seiner koloßalen Brutalität weiter. Wenn du nur die Indulgenz in der Tasche hast, dann bist du gepanzert und gesichert gegen alle Fährlichkeiten; dann laß deinen Begierden ihren Lauf, sei Bestie oder Schlange, Hund oder Schakal. Hast du genug, dann gehst du wieder wallfahrten, gebrauchst das katolische Laxirmittel, und deine Schakal-Seele wird wieder unsterblich. – Ueberlegt man das barbarische Rezept, die roßkur-artige Behandlung der Psyche, so muß man sagen: für die Zeiten, da diese Geschlechter selbst nicht viel besser wie Tiere waren, in den früheren Jahrhunderten, da diese Menschen wie Wilde in ihren ungerodeten Wäldern saßen, die Adeligen und Freien Viehtreiber waren, und selbst die Geistlichen, wie zu *Bonifaz'*-Zeiten, nicht wußten, ob es »in nomine« oder »in homine-domini Jesu Christi« hieß, war diese Dreschflegel-Religion, welche die Menschen *einmal* im Jahr an den Altar hinzwang, um für's Jahr absolvirt zu werden, eine vortreffliche Sache und ein Fortschritt für ihre Psyche. Aber heute, für unsere mimosenhafte Seele, für die durch tausendfache Kultureinflüße so empfindliche Reakzion unseres Geistigen, wie sie auch die mittleren, ja die niederen Stände, erfaßt haben, ist diese »Geh-mer-fort-und-kauf-mer-'was«-Methode in der Religion eine unsägliche Rohheit. Hieran wird die katolische Kirche, die sich nicht mehr ändern kann, zu Grunde gehen. An diesem harten Formelwesen, welches einer höheren Auffaßung unfähig, wird sie wie ein Stück altes Eisen, welches die Biegung nicht mehr mitmachen kann, zerbrechen. Hier stekt ein Stük des Bööziertums der Süddeutschen; selbst bei den Gebildetsten. In diesem starren Formelwesen, welches aus dem 10. Jahrhundert stammt, und welches auch ihren Geist in Fesseln schlägt. Ja, selbst bei den Gebildetsten. Sei du Minister! Und gehe du in der Frohnleichnamsprozeßion mit Geklingel und Geblase hinter dem gestikten Bischof drein; und dann sieh du zu, weßen – ministe du bist! Um das Kredo kümmern sie sich zwar nicht. Und beichten, auch nur einmal im Jahr, – fällt ihnen, den gebildeten Klaßen, nicht im Traume ein. Aber das Schema dieses psycho-somatischen Austauschs, das haben sie alle in sich. Und die Knabenjahre im Beichtstuhl, die haben sie nicht vergessen. Das Schema: für eine Handvoll Pfeffernüße krieg' ich was Psychisches, und für eine abgelaufene Schuhsole bekomme ich mein vertrocknetes, ledernes Herze rekonstruirt, das ist ihnen allen geläufig, und das durchdringt ihr ganzes Leben in materieller wie geistiger Beziehung. Der große *Descartes* hatte ein solches Grauen vor dieser Vermischung von Geistigem und Materiellem, daß er in seinem System eine Transakzion von dem einen zum andern für eine bare Unmöglichkeit erklärte. Dachte er an den katolischen Ablaß, als er seine zwei berühmten »Substanzen« schuf, die des *Gedachten* und die des *Ausgedehnten*, das Reich der »Geister« und das der »Körper«, die nie in einander übergehen können? –

... fraßen und soffen ganz unglaubliche Quantitäten – sagte ich oben. Wir sind noch auf dem Berg ... und scherzten und zoteten wie auf einer Kirchweih' – könnte ich hinzufügen. Kirchweih'! Da haben wir's ja schon wieder. ›Weihe einer Kirche‹ ist im katolischen Volksleben identisch mit dem brutalsten Ausleben der Volksgelüste geworden. Ich mußte, als ich diese Riesenfreßereien und diesen Riesenspektakel mitansah, an die Homerischen Schilderungen der Mahlzeiten der Achäischen Helden vor Troja denken, wo auch die Größe und Menge der in Fett eingewikelten Ochsenkeulen und Lammsrüken unser gerechtes Erstaunen erweken. Aber *sie* kamen aus der Schlacht, und waren physische, muskulär arbeitende Menschen. Und diese hier, woher kamen die? – Nun, eine große Arbeit hatten sie allerdings auch vollbracht. 11 Rosenkränze, 55 Vaterunser, 550 Ave-Marias, einige 50 »Ehre sei Gott ec.«, einige 30 »Heilig!«, ohne die kleinen Zutaten und ohne das spezielle für den Besuch von *Andechs* vorgeschriebene Ablaßgebet: das mechanische Aequivalent von 66 000 Straftagen im Jenseits. Eine wahre Kiefernschlacht! –

Als den Belustigten jezt der finstere Abend herankam,
Gingen sie auszuruhen, zur eigenen Wohnung ein Jeder.

Das taten unsere Helden von *Andechs* auch. Die *Dießener* waren schon fortgegangen. Und auch die vielen Einzel-Passanten, meist Münchener, die per Eisenbahn, zu Fuß, oder selbst auf dem Veloziped sich die Indulgenz geholt hatten, waren nun längst auf dem Rükweg. Aber die vielen entferntern Gemeinden, die heute auf Grund langer Gewohnheiten kamen, und zum Teil erst Nachmittags eingetroffen waren, wie *Landsberg, Stadl, Türckheim, Pflugdorf, Hagenheim, Amberg,* u. a. mußten übernachten. Der Abend war günstig. Was sich nicht in den Wirtshäusern und Maßenquartieren von *Erling* unterbringen ließ, blieb auf dem heiligen Berg und Umgebung im Freien. Die Sonne war untergegangen. Und die Mondsichel zeigte sich im fernen Osten.

Endlich nach des Tages Schwüle
Naht die sanfte Abendkühle.
Ach, da schau'n sich schmelzend an
Pilgerin und Pilgersmann.
(W. Busch.)

Als ich spät den Weg in's Tal hinabging, hörte ich überall im Laube flüstern. Ich glaubte, Eidechsen schlüpften durchs junge Gras. Es waren aber lüstige Pilgersleute, die sich hier goutirten. Sie trieben »Unbeflekte Empfängnis« im Sinne der katolischen Kirche. – Es gilt als Regel unter den Wallfahrern, daß das, was in der Bannmeile des Klosters und nach erhaltener Indulgenz geschieht, an geschlechtlicher Vermischung geschieht, nicht als Sünde zu betrachten sei, sondern noch in die erhaltene Indulgenz mit hineinfalle. – Der ganze Wald seufzte und girrte. Ich weiß nicht, wie weit die Zauberwirkung dieses sexuellen Mont Salvage ging. Je weiter ich hinunterkam, desto dunkler wurde es. – Plözlich stieß ich an Etwas, wie feste Mehlsäke, die dicht am Weg lagen, und machte mir mit einem »Sakrament!« Luft. Aber im Nu kam's zurück: »No, Sie damischer Hanswurst, Sie, Sie kunten auch sehn, daß Sie net alloan sin!« – Das war reines Altbayrisch, das war nicht die *Dießener* Mischung. Ich wußte sehr wohl, daß sie nicht allein, sondern zu Zweit waren. Auch sie trieben Unbeflekte Empfängnis. – So geht es, dacht ich mir. Stört man diese Leute in ihren heiligsten Beziehungen, dann wird man noch geschimpft.

– »Hanswurst!« – Der Mann hatte nicht Unrecht. Man wird hier zum Narren, wenn man über diese Dinge nachdenkt.

Ich kroch eilig die kleinen, engen Stufen, die vom Klosterberg in's *Kien*-Tal führen, hinab, und eilte nach Hause zu kommen. Es war Zeit; ich hatte noch eine halbe Stunde zum See. Voll Ekel im Herzen verließ ich diesen Sünden-Vergebungsberg. –

In *Hersching* traf ich den flachsblonden Fischer, den der Leser schon aus dem Beginn dieses Aufsatzes kennt. Er führte mich wieder über den See. – Und nicht los werden konnte ich den Gedanken, wie es möglich war, daß dieses rundköpfige, ehrliche, germanische Geschlecht von dieser wälschen, hosentaschen-ausleerenden Religions-Maxime so angestekt, so infizirt, so grundverdorben werden konnte.

Szenisches

Dialoge mit Geisteskranken

*(geschrieben 1904/05 im Sanatorium
»Mainschloß«, Herzoghöhe bei Bayreuth)*

zwischen einem Geisteskranken
und dem Gefängnisgeistlichen

GEFÄNGNISGEISTLICHER Hat der Herr Direktor schon mit Ihnen gesprochen?
GEISTESKRANKER Nein! ich denke, er wird bei der nächsten Visite mit mir sprechen ...
GEFÄNGNISGEISTLICHER
Ihr Antrag auf Strafunterbrechung ist abgelehnt worden; die Behörde meint, Sie hätten ja genügend Zeit vor der Verhandlung gehabt, nachzuweisen, daß Sie zur Zeit der Tat geistesgestört gewesen seien ...
GEISTESKRANKER Ich halte mich ja nicht für geistesgestört! ...
GEFÄNGNISGEISTLICHER – nein! aber Ihre Freunde und die Verteidigung hält Sie für geistesgestört! ...
GEISTESKRANKER davon müste ich doch auch etwas spüren!
GEFÄNGNISGEISTLICHER nicht immer! – die Behörde meint, es stünde ja nichts im Wege, Sie hier genauer zu beobachten; auch könte Ihre zeitweise Unterbringung in einer Irrenanstalt bewerkstelligt werden, um Sie dort einer genauen psychjatrischen Untersuchung zu unterwerfen; es könte auf diesem Wege sogar die Wiederaufnahme des Verfahrens erzielt werden ... aber Strafunterbrechung könne jezt nicht eintreten ...
GEISTESKRANKER Ich fühle mich auch soweit ganz zufrieden hier, und beklage mich nicht ... wenn ich nur in der freien Natur mich etwas ergehen, wenn ich nur malen dürfte! ...
GEFÄNGNISGEISTLICHER Das wird sich schwer machen. Ein Plaz zum Lustwandeln ist innerhalb des Gefängnisrajons nicht vorgesehen, und hinaus laßen kann man Sie nicht ... wie kamen Sie eigentlich zur Tat? ... Sie haben mir darüber nur ganz unbestimte Angaben gemacht ...
GEISTESKRANKER ich kam zur Tat auf die natürlichste Weise – wie man zu Allem komt – wie man eine Reise macht, wie man sich einen neuen Hut kauft, wie man ein Glas Bier trinkt ...
GEFÄNGNISGEISTLICHER Sie sind Maler?
GEISTESKRANKER Ja!

GEFÄNGNISGEISTLICHER Sie haben mit Ihrer »Fortuna« auf einer der lezten Ausstellungen die goldne Medalje errungen?
GEISTESKRANKER Ja!
GEFÄNGNISGEISTLICHER Was stelt das Bild eigentlich dar? – in den Gerichtsakten heist es, man habe in dem Bild gleichsam eine Vorahnung Ihres eigenen Geschiks erbliken wollen ... ein schönes Frauenbild färt, glaub' ich, nakt auf einem Wagen, nach allen Seiten hin lächelnd und seine grazjösen Gaben verteilend: wärend es nun einigen Wenigen mit einem kühnen Sprung gelingt, auf dem Wagen Plaz zu nehmen und fro zu zechen und zu lieben, wird die übergrose Mehrzahl der auf der Strase Nebenhergehenden von den Zaken und Sensen des Wagens gepakt und zerrißen ... so änlich ist es wol? ...
GEISTESKRANKER ungefär!
GEFÄNGNISGEISTLICHER Wolten Sie damit irgend einen Hinweis auf Ihr eigenes Geschik verbinden?
GEISTESKRANKER nicht im Geringsten!
GEFÄNGNISGEISTLICHER Sie sind verheiratet, und haben zwei oder drei Kinder? ... Lieben Sie Ihre Frau? ...
GEISTESKRANKER mein Gott! ich lebte mit ihr – ich liebte sie auch, ich liebte sie, wie man etwa seinen Farbenhändler liebt, oder wie man eine gutfedernde Kutsche liebt, mit der man spazieren färt ...
GEFÄNGNISGEISTLICHER Sie haben zwei oder drei Kinder! ... liebten Sie Ihre Kinder? ...
GEISTESKRANKER ... sind ganz nett!
GEFÄNGNISGEISTLICHER Es scheint, das Verhältnis zu Ihrer Familje war doch nicht so, daß es allen Ihren idealen Ansprüchen genügt hätte ... von Innigkeit und hingebender Liebe war doch eigentlich keine. –
GEISTESKRANKER ich weis nicht, wie ich da sagen soll: lieben, lieben – ich verstehe darunter ganz andre Dinge – ich habe zu meinem Verdruß immer erfaren müßen, daß ich mit gewißen Worten unsrer Sprache ganz andre Bezieungen verband, als meine Nebenmenschen: man »liebt« doch nicht seinen Farbenreiber, man schäzt ihn; man »liebt« doch nicht einen warmen Ofen, man benüzt ihn; man »liebt« nicht ein Bett, man schläft darin; man »liebt« nicht eine Frau, man heiratet sie und zeugt Kinder mit ihr; man »liebt« nicht seine Kinder, man erziet sie und gibt ihnen Kleider und Schuhe. Lieben ...
GEFÄNGNISGEISTLICHER Haben Sie schon immer Ihre idealeren Im-

pulse dem entgegengesezten Geschlecht zugewendet? ich meine: dem mänlichen?

GEISTESKRANKER die »Antinous«-Statue in den Vatikanischen Samlungen hat mir, bei meinem ersten Besuch in Rom, zum erstenmal den Begriff beigebracht von dem, was man etwa »lieben« nennen könte: hier war ein wundervoller Körper mit den Reizen des Grazjösen, schwellende Formen mit Kraft und Elastizität gepart; von diesen quellenden Lippen eine Kirsche zu pflüken, diesen nakten Körper im Raub davon zu tragen und dabei die Organe der Mänlichkeit mit Küßen zu bedeken, schien mir der höchsten Anstrengung wert; hier, in diesem Besiz, waren in meiner Fantasie zum erstenmal alle jene Kräfte lebendig geworden, welche meiner Sele den Aufschwung zum Himmel ermöglicht hatten ...

GEFÄNGNISGEISTLICHER dieser unglükliche Besuch hat wol entscheidend für Ihr ganzes Leben eingewirkt! ...

GEISTESKRANKER wie so?

GEFÄNGNISGEISTLICHER in ihm liegt doch offenbar die Wurzel für die spätere Mordhandlung! ...

GEISTESKRANKER da liegen ja 12 Jahre dazwischen!

GEFÄNGNISGEISTLICHER das macht nichts! – jene schrankenlose Begeistrung hat sie damals auf eine Höhe gefürt, von der es nur einen Sturz in die schrekliche Wirklichkeit herunter gab ... wie verlief die unglükliche Tat?

GEISTESKRANKER *sich abwendend*: Hochwürden, ich fürchte ...

GEFÄNGNISGEISTLICHER Sie brauchen nichts zu fürchten!

GEISTESKRANKER nein, ich fürchte, daß ich kaum auf Verständnis auf Ihrer Seite her für mein Selenleben rechnen darf, weil meine Worte andre Empfindungen und Vorstellungen bei Ihnen auslösen, als diejenigen sind, die mich die Worte gebrauchen liesen ...

GEFÄNGNISGEISTLICHER Laßen Sie diesen Unterschied immerhin unberüksichtigt!

GEISTESKRANKER Sie verstehen unter »lieben« einen mehr weniger sinlichen Akt – davon kann keine Rede sein – ein sinlicher Akt ist bei uns ein Sich-Herumwelzen – in Kot. Den Aufschwung der Sele erbliken Sie in ihrer Niederlage – wir erbliken den Aufschwung in der Entsagung ...

GEFÄNGNISGEISTLICHER Warum haben Sie dann den jungen Mann ermordet?

GEISTESKRANKER *aufstampfend*: Das gehört in eine ganz andre

Ideen-Ordnung! Hier hat das Motiv nichts mehr mit Genuß oder Nicht-Genuß zu tun! ...

GEFÄNGNISGEISTLICHER Also erzälen Sie! ...

GEISTESKRANKER Ich hatte den Auftrag für eine »Adonis«-Gruppe: der Moment, in dem der bildschöne Jüngling vom Eberzahn aufgeschlizt sich am Boden im Wald verblutet, wärend in der Ferne Afrodite mit den Frauen, starr vor Entsezen, dem Gemezel zusehen. Wärend der Suche nach einem guten lebenden Modell, erschien eines Tags ein junger Italiener bei mir, deßen krauses Har und aufgeworfne Sfinx-Lippen fast an einen Negerabkömling hättn denken laßen, wenn das feurige, mandelförmig geschlizte Auge und die leicht aquiline Nase nicht an orjentalische Herkunft gemahnt hätten. Ich laße den jungen Mann sich ausziehn: ein leichter Flaum meldete sich kaum an der jünglinghaften Scham; das ganze Fleisch straff wie bei einem Diskuswerfer, die Haut leicht gebräunt, in jener Sepja Tinte, wie sie durch die Sonneneinwirkung auf einen von Haus gilblichen teint, und bei reichlichem Aufenthalt in frischer, freier Luft entsteht, das Auge lag wie eine schwarze, schon etwas überreife Kirsche, funkelnd und glostend, geheimnisvoll und wie totesahnend, mit mehrfach gebrochenem Reflex zwischen den seidnen Wimpern, in den ganzen Zügen so viel götliche Heiterkeit und ungekünstelter Hingabe ... ich stürzte auf die Kniee, umschlang den götlichen Körper mit meinen Armen, und bedekte Alles was sich nur von den sich abzappelnden Formen der Lippen darbot, mit heißen ver[f]ührungsvollen Küßen ... von Arbeit war zunächst keine Rede, meine Sele war in einer Aufregung wie ein Vulkan ... ich äzte zunächst den götlichen Knaben, und gab ihm Erfrischungen, mehr um mich zu kräftigen, als ihn zu stärken, der, zu meiner Seite geschmiegt, sich wol zu fühlen anfing und mit glanzvollen Augen, wie ein junges Reh, zu mir emporblikte. Wir machten dann Vertrag, der mir seinen entzükenden Körper für ein volles Viertel-Jahr allein sicherte. Dann lies ich ihn sich anzien, und wir gingen hinaus in den Wald, um eine Stelle auszusuchen, wo ich mein Bild wärend der nächsten Monate, im Freien, in aller Ruhe fertigen könne – denn es war in den Jahren, da man plein air malte und sein Modell mit in die freie Natur mithinausnahm ... Ich lies mir eine Blokhütte in der Nähe einer spiegelklaren Quelle bauen – es war im heisen Sommer – wir schlepten Stafleien, Farbenkästen, Provjant, Weinflaschen hinaus und lebten dort für einige Wochen mit einer Hingabe und Ausschöpfung der Natur, daß die Götter Griechenlands mit Neid auf uns herabgesehen hätten. Täglich stieg der bildschöne Junge wie ein Ganimed aus der muschelförmigen Quelle, die wir zur Erzielung eines gröseren Baßins entscheidend vertieft und mit Muschelkalk eingefast hatten. Täglich dekte ich ihn Abends mit Tiger- und Bärenfellen zu, um ihn vor den Wirkungen des Nachttaus zu schüzen, und küste den Schlaf auf seine Augen. Als ich das Bild nach 3 Wochen grundirt und soweit angelegt hatte, daß ich zur Farbentönung übergehen konte, frug ich eines Morgens, kurz nach Sonnenaufgang, den Knaben, ob er für mich sterben wolle, ich brächte das Inkarnat des verscheidenden Adonis nicht zu Stande ... er blikte mich lang mit seinen auch im Leben wie verlöschenden Augen an; dann stürzte er schluchzend an meine Brust, umklammerte mich hastig mit seinen Armen und weinte wärend fast einer Viertelstunde seine Sele an mir aus: er bat, ich möge für seine Mutter sorgen, der er bisher alle seine Ersparniße geschikt; ich sagte ihm, das Bild sei für M. 20,000 bestellt, ich werde sofort nach Erhalt des Honorars M. 3 000 an seine Mutter schiken. Wir kamen nur noch überein, daß ich ihm Stunde und Ort des Niederschlachtens nicht angeben werde, sondern, daß sein Opfer unvorbereitet dann Statt haben werde, wenn Aktstellung und Sonnenbeleuchtung die günstigsten Bedingungen für das Treffen des Inkarnats abgeben würden. Eines Morgens, als er eben dem Bad entstiegen und sich in der sterbenden Stellung, wie es der Vorwurf verlangte, sich auf dem Grasboden postirt hatte, zükte ich das Meßer, das ich unter der Palette verborgen hatte, und vergrub es mit einem heftigen Stoß in seine linke Brustseite, wobei ich die Schärfe bis zum Brustbein hervor durchschlizte: eine heiße Lache überschwemte meine Hand und den ganzen Ärmel, er fuhr mit der Linken krampfhaft nach dem Meßer, doch schon entflohen die Lebensgeister und der schöne Kopf sank langsam gegen den Boden hin: ich wusch mich rasch in der nahen Quelle, und benötigte dann den ganzen Vormittag, um die, wie schon Byron bemerkt hat, prachtvolle Totesbläße, und den ergreifenden Eindruk, den ein frischer, unvorbereiteter Tot auf Antliz und der ganze[n] Haltung des Toten zurükläst, künstlerisch auszunuzen. Gegen Mittag, als die Sonnenbeleuchtung wechselte, barg ich die Leiche in der Hütte, und eilte in eine nahe Brauerei, wo ich mir mehrere Zentner Eis sicherte, um bei der Jahreszeit, in der wir waren, die Zersezung des Toten möglichst lange hinauszuschieben. Die ganze Nacht lag dann der himlische Jüngling auf Eisschollen, bei deren Gefunkel, im Licht einer spärlichen Hängelampe und mehrerer Wachskerzen, die ich im nahen Dorf gekauft hatte, ich die Totenwache hielt, mit einer Hingebung und mit einer Herzensausströmung, die nur Der erfaßen kann, der weis, was es heist, einen Jüngling, und besonders einen toten Jüngling zu lieben. Duzendmal stürzte ich schluchzend vor dem wie schlafend Hingebetteten auf dem Boden, benezte die kalten Hände mit meinen Tränen, berürte die blutigen Lippen mit meinem Munde, und rief: Giulio, erwache! ... Totenstille rings im Walde ... Totenstille in meiner Hütte ... nur ein leichtes Knistern der Kerzen und ein kaum hörbares Fliesen der abgesäumten Quelle von drausen verriet noch, daß es auser meiner eigenen Erstarrung noch einiges Leben um mich gab ... wenn Hochwürden lernen wollen, was »Liebe« heist, so können es dieselbe angesichts dieser beispiellosen, grandjosen Situazjon lernen ...

GEFÄNGNISGEISTLICHER Sie hatten ihn mit voller Überlegung ermordet?

GEISTESKRANKER Kann man denn Das »Mord« nennen, wo beiderseitig die höchste Hingabe, das höchste Entzüken, höchste Entsagung, die höchste Steigerung der Selenkräfte sich vereinigt haben, um ein Erlebnis von einzigartiger Wirkung zu schaffen? ... drum sag' ich: wir gebrauchen beiderseits die Worte nicht mit gleicher Bedeutung: was Sie »Mord« nennen, nenn ich [höchstes] Entzüken, einzigartige Selenerschütterung – was ich Niedermezlung der höchsten Selenkräfte unter knoblauchartiger Ausschüttung verderbter Säfte nenne, nennen Sie »Liebe« ... auch der Staatsanwalt hat mich einigemale gänzlich misverstanden! ...

GEFÄNGNISGEISTLICHER Wie ging die Sache weiter?

GEISTESKRANKER Die folgenden Vormittage arbeitete ich fleisig an meinem Bilde, wobei ich der Leiche jedesmal unter Verwendung von Stüzen und Baumästen die vorgeschriebene Stellung gab. Jeden Mittag brachte ich den Toten auf sein Eislager zurük, einmal um die zerstörende Wirkung der Sonnenhize hintanzuhalten, und ferner, um keine falschen Beleuchtungsreflexe auf meinem Bilde zum Vorschein gelangen zu laßen. Nach 8 Tagen war ich zu Ende. In der folgenden Nacht schaufelte ich in der Nähe der Quelle ein Grab aus, und versenkte, nachdem ich die lezte Stunde der Totenwache in stummer Umarmung mit meinem Geliebten auf den Erdklözen selbst zugebracht, in der Morgendämmerung den selbst inzwischen zum Adonis gewordnen Jüngling in der kühlen Erde, nicht, ohne vorher die Genitaljen, änlich wie im heiligen Bachus- und Osiris-Kult, abgetrent, und die blutende Schnittfläche an meine welken Lippen geführt zu haben ... die Leiche war noch ganz frisch. Ich malte die folgenden Tage die Naturstafasche an Tannen, Wiesengrund, Felsen und Quelle, wie sie mein Bild brauchte, fertig, und gedachte dann, zur Festigung der Venusgruppe mir einige weibliche Modelle aus der Statt kommen zu laßen, doch war es unmöglich. Der Eindruk, den der beispiellose Heroismus des Jünglings, und meine eigene Selengröse, bei dieser Gelegenheit in mir zurükgelaßen, war zu mächtig. Ich konte kein lebendes Geschöpf nach dem Vorgefallenen in meine Hütte laßen. Ich trug daher das Blokhaus ab, wanderte zurük in die Statt und vollendete dort nach Atelje-Modellen die Gruppe der lauschenden Afrodite. Das Bild, welches ein Händler bekam, gefiel auserordentlich, und bildete wärend mehrerer Tage das Gespräch in der Statt. Von dem bar entrichteten Honorar sante ich M. 5 000 an die mir von meinem schönen Jüngling hinterlaßne Adreße, in eine kleine Statt Kalabrjens ... Inzwischen kam der Herbst herbei, ich hatte die Äfäre beinahe vergeßen und war schon wieder mit neuen Plänen beschäftigt, als es eines Nachmittags leise an meine Atelje-Tür klopfte. Ich stand auf, um nachzusehen, wer drausen sei. Vor mir stand ein altes Mütterchen und frug in gebrochenem Dialekt, wo Giulio Romano sei – »Er ist tot!« – Wo er begraben liege? – »Im Wald!« – Wo im Wald? Sie wolle es sehn! ... Ich zog mich an und ging mit ihr hinaus. An der betreffenden Stelle scharte ich mit meinen Stiefeln die welken Herbstblätter vom Boden weg, und sagte: da liegt Giulio Romano! – »Sie müste ihn sehen!« – Das ist unmöglich: er stinkt schon! – Sie müste ihn unbedingt sehn, in der Heimat glaube es Niemand, und hier könne sie keinen Totenschein erlangen ... Wir gingen zum nahen Dorf, borgten Haue und Schaufel, und gingen hinaus. Ich arbeitete wärend einer Stunde wie ein Holzknecht. Endlich stießen wir auf Giulio Romano. Er war schon in starke Zersezung übergegangen ... »Wer die Genitaljen abgetrent habe?« – Ich! – »Warum?« – Weil es ein reiner, keuscher Jüngling war! ... Das Mütterchen schüttelte lange den Kopf, und sprach etwas von: Auferstehung – Ewigkeit-Schande im Himmel ... »Sie wolle eine Loke von seinem Har!« ... Ich stieg mit ungeheurer Mühe hinab und schnitt mit einer kleinen Schere, die sie mitgebracht hatte, einige Harbüschel von seinen Schläfen, was nicht leicht war, denn die Kopfhaut blieb mir schon an den Händen ... Dann schaufelte ich das Grab wieder zu, wir brachten das Handwerkzeug in das Dorf zurück, und eilten dann Beide in die Statt zurük ... Am nächsten Morgen wurde ich verhaftet. – Den Rest wißen Sie

GEFÄNGNISGEISTLICHER Waren Sie sich wärend der kritischen Zeit Ihrer Handlungen vollständig klar?

GEISTESKRANKER Vollständig! ich begreife nur nicht, daß man ein solches Wesen von der Sache macht ...

GEFÄNGNISGEISTLICHER Es war doch ein Mord!

GEISTESKRANKER wie man's nimt ...

GEFÄNGNISGEISTLICHER Sie haben dieses blühende Leben vernichtet!

GEISTESKRANKER Es hat sich mir preisgegeben, mit Leib und Sele ... wer Das nicht erfaren, was das heist, kann darüber nicht urteilen ...

GEFÄNGNISGEISTLICHER Dieses Verscharren im Erdboden ... ohne jede Gewißensbiße! ...

GEISTESKRANKER Es war die heiligste Handlung, die ich jemals begangen ... dieser keusche Jüngling der keuschen Erde zurükgegeben ... die Tränen liefen mir über die Wangen, als ich die heilige Last aus meiner Hütte trug, die blutende Schnittfläche der Genitaljen auf meinen Mund geprest ... ich war wie ein Priester der Menschheit ... ich wolte mir eigens ein weises Leinengewand mit roten Purpurstreifen für diese Grablegung fertigen laßen, eine toga praetexta, doch die Zeit war zu knapp ...

GEFÄNGNISGEISTLICHER Begreifen Sie den Schmerz für die Mutter?

GEISTESKRANKER Wenn ich ihr nicht den Plaz gezeigt, hätte Niemand Etwas erfaren, ... es war meine Gutherzigkeit, meine Arglosigkeit, daß ich sie zu dem Toten gefürt ... aus diesem Verhalten allein ergibt sich meine vollständige Unschuld ...

GEFÄNGNISGEISTLICHER Erfaßen Sie nicht den Frevel, den Sie an der Menschheit begangen? ...

GEISTESKRANKER Die Sache spielte nur zwischen ihm und mir ... dieses Opfer ist vielleicht das Höchste, was die Menschheit gesehn ... kein Staatsanwalt hat sich hier hineinzumischen ...

GEFÄNGNISGEISTLICHER Vor der Menschheit sind Sie ein Mörder!

GEISTESKRANKER vor der Menschheit, mag sein – vor mir nicht, und vor den Augen dieses erhabenen Jünglings, der in der Ewigkeit für mich zeugen wird, ebenfalls nicht – meine Seele ist rein ... was würde die Menschheit sagen, wenn ich ihr täglich zehnfach schlimmere Mordtaten vorwerfen würde? ... wenn ich oft durch den Schlachthof ging, und sa diese Hunderte von gebundenen Tieren mit lechzenden Augen und durchschnittenen Hälsen, aus denen der warme Blutstrahl schoß, so grauste mir vor der Änlichkeit der hier durchschlizten Organe, vor den menschlich-schönen Bliken, die uns so hülfeflehend noch im Toteskampf ansaen ... nehmen Sie das Herz eines Kalbes, eines Lammes, Sie können es von einem Menschenherz nicht unterscheiden, nehmen Sie ein Schweins-Auge, Sie können es von einem Menschenauge nicht unterscheiden ...

GEFÄNGNISGEISTLICHER Haben Sie Anatomie studirt?

GEISTESKRANKER Ja, so viel ein Künstler davon braucht ... das Einzige, wodurch sich ein Mensch von diesen Tieren unterscheidet, ist, daß er ein gröseres Gehirn hat, und das benüzt er zum organisirten Maßenmord der mit ihm gleichen Warmblüter ...

GEFÄNGNISGEISTLICHER mit diesen Argumenten werden Sie vor einem Gerichtshof kaum durchdringen!

GEISTESKRANKER schwerlich! denn diese Hern sind meist gut genärt, ein so formidables embonpoint läst sich nur durch den Genuß von Leichenfleisch erzielen, und ihr Gehalt richtet sich genau nach den Schwankungen der Fleischpreise ...

GEFÄNGNISGEISTLICHER in unserm nordischen Klimaten ist der Genuß von Tierfleisch leider nicht zu umgehen – die indische Religjon verbot freilich die Tötung jedes lebenden Wesens ...

GEISTESKRANKER Menschen sterben so leicht, wenn sie sich für eine ideale Sache hingeben sollen, und Tiere sterben so schwer, wenn sie von Andern gefreßen werden sollen! ...

GEFÄNGNISGEISTLICHER Die freiwillige Hingabe eines Menschen, seine Einwilligung zum Opfer, seine Totesbereitschaft, genügt in einer organisirten Gesellschaft noch nicht, um Jemandem das Recht zu geben, ihn niederzustoßen ...

GEISTESKRANKER Es ist nur ein Jammer, daß wir Beide die gleiche Sprache benüzen müßen ... »Hingabe«, »Opfertod«, »Todesbereitschaft«, unter diesen Ausdrüken verstehe ich etwas ganz Andres, als Hochwürden ... die Verständigung ist so schwer! ... meine Sele vibrirt in ganz andren Lagen ... bitter not täte uns wirklich ein neues vocabulaire ...

GEFÄNGNISGEISTLICHER wenn man vor dem Gerichtshof steht, wenn man vor der Menschheit Rede stehen soll, muß man sich der kuranten Landesmünze bedienen! ...

GEISTESKRANKER Es ist ein Jammer, daß ich misverstanden werde ... ich habe mich, in meinen Begriffen, in meinen Gefülen, zu weit von der Menschheit entfernt, oder die Menschheit konte mir nicht folgen ...

GEFÄNGNISGEISTLICHER Sie dürfen unter den obwaltenden Umständen noch fro sein, daß Sie unter »Totschlag« subsumirt werden! ...

GEISTESKRANKER *die Hände zum Himmel strekend*: »Totschlag«! Das ist ja schreklich. Das ist ja zum Verzweifeln! ... die höchste Hingebung, die idealste Opferung, die priesterlichste Handlung unter diesem gemeinen Wort zu faßen! ... würde man denn die Einwilligung Gottes, seinen Sohn dem Opfertot preiszugeben, als »Totschlag« bezeichnen? ... Hier ist eine Verständigung nicht mehr möglich! ...

GEFÄNGNISGEISTLICHER Würde Ihnen denn, wie die Dinge liegen, eine vollständige Irsins-Erklärung so unwillkommen sein?

GEISTESKRANKER *bitter:* Mein Gott! wie die Dinge liegen ... bei der vollständigen déroute, an der unsre gegenseitigen Begriffe und Wortabschäzungen angekommen sind, ist es ja vollständig gleich, ob Sie mich für einen »Irren«, einen »Totschläger«, einen »Mezger«, einen »Mörder«, oder für einen »Künstler«, einen »Hohepriester«, einen »Lehrer der Menschheit«, »Osiris«, »Gott«, halten, da wir ja unter diesen Bezeichnungen gegenseitig vollständig verschiedne Dinge verstehn ... wenn ich nur wieder malen kann, wenn ich nur wieder im Wald unter Vogelsang meinen Ideen nachgehen kann, wenn man mir nur ein bequemes Atelje einrichtet, freie Ausschöpfung meiner Natur, die nach Entfachung verlangt, Entfachung des Funkens, den mir Gott in die Sele warf, mit allem dazu nötigen Requisiten, Stafeleien, Farbtuben, türkische Diwans, Brokatstoffe, nakte Knaben, Tigerfelle, Schampanjer, Totenschädel, Gitarren, Straußenfedern, Waffen, Purpurbinden, einige spanische Foljanten von Sanchez, Urbino-Schüßeln, Konfektschalen, die Werke der Maria d'Agreda, Eichen-Schnizereien mit Goldeinlagen, Betpulte, blaue bouff-Küßen mit Goldquasten, das Haupt Johannes des Täufers auf Eis gestelt, weis-linnene Gewänder mit Stirnbinden, Schlachtmeßer, und so weiter und so weiter ...

GEFÄNGNISGEISTLICHER *sich erhebend:* Wollen wir sehen, was der Herr Direktor bei seiner nächsten Visite zu der Sache sagt ... *verläßt die Zelle, deren schwere Eichentüre unter lautem Geraßel sich abschliest.*

Essay

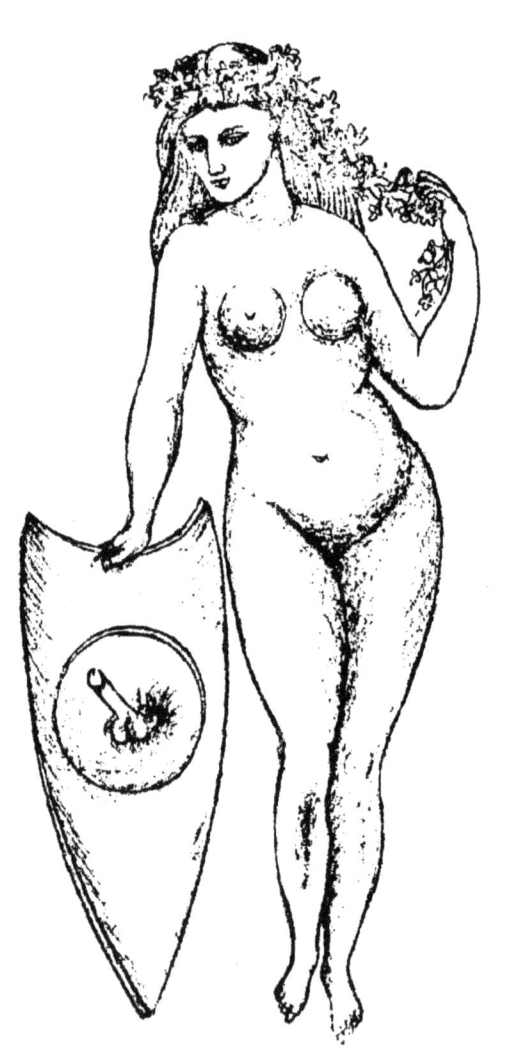

La Danse du Ventre.[1]
Eine Pariser Studje.

Es war eine ganz kleine Bude auf der lezten *foire au pain d'épice*, dem Lebkuchen-Markt auf der *place de la Nation*, und über ihr stand in verwaschenen Lettern »*Pavillon marocain*«, wo ich zum erstenmal diesen L i e b e s t a n z in seiner ganzen Natürlichkeit, in seiner unberührten Volkstümlichkeit kennen lernte. Vor der Bude stand ein erregter, fast heiser geschrieener Unternehmer, und erklärte in eindringlichen Worten, daß das Schönste, was die Natur geschaffen, das Weib sei, das Weib in seiner natürlichen Grazie, in dem Schmuk, den ihm die Natur mitgegeben, daß der erste Plaz zwanzig, der zweite Plaz aber nur zehn *centimes* koste, daß es jeden Menschen, auch den schlichtesten Arbeiter, von Zeit zu Zeit zu den höchsten Offenbarungen der Natur zurükziehe, daß der Linienfluß des bewegten weiblichen Körpers den höchsten ästetischen Genuß darstelle, den das Auge zu sehen vermöge, nur Kinder seien auf dem zweiten Plaz, wenn sie sich nicht in Begleitung Erwachsener befänden, ausgeschloßen, die Anwesenden – bemerkte der Redner weiter – könten sich wol überzeugt halten, daß, da die hohe Polizei dieser grosen und weitberühmten Stadt ihre Erlaubnis zu den Vorführungen des »*Pavillon marocain*« gegeben, diese selbst nur den höchsten sitlichen Voraussezungen entspräche und Alles vermieden sei, was der braven Mutter des Volkes irgendwelche Bedenken verursachen könne, es sei deshalb auch der Preis nur auf zehn *centimes* festgesetzt – *deux sous*! rief er mit erhobener Stimme – damit Jeder, auch der Einfachste, auch der Bescheidenste, damit auch das Mädchen aus dem Volke ihre glühenden Schwestern aus dem Süden in ihren unvergleichlichen Darstellungen beobachten könne, und nur die Kinder, die aus noch unverstandener Neugierde sich herzudrängten, müsten aus Gründen der Konnivenz von diesem Schauspiel ausgeschloßen werden, wenn sie sich nicht in Begleitung Erwachsener befänden, oder sich zusammentäten, um einen der Hereintretenden zu bitten, mit ihm die Vorstellung besuchen

---

[1] Dieser Aufsaz war wie die jüngst erschienenen bereits fertig gestelt, als in Folge von Umständen, die auserhalb der Machtbefugniße des Herausgebers [der Zürcher Diskußjonen, M. B.] lagen, eine Unterbrechung im Erscheinen der Zürcher Diskußjonen stattfinden muste.

zu dürfen, aber Soldat, Arbeiter, *bourgeois*, Dame, Familienmutter, alle Klaßen der Gesellschaft könten unbedenklich hier hereintreten, um ein unerwartetes Schauspiel zu geniesen und sich an dem Hohen zu begeistern – natürlich zahlten Militär nur die Hälfte – *deux sous, dix centimes*, auf dem zweiten – *vingt centimes* auf dem ersten Platz! – die Vorstellung könne sogleich beginnen …

Während Dem hatte sich eine neugierige, vielköpfige Menge, vorwiegend aus den niederen Ständen, darunter ganz vorne ein Kranz junger 8–12jähriger Mädchen, gaffend mit gierigen Augen vor diesem geheimnisvollen Tempel versammelt. Alle fühlten, daß hier ein großes Misterjum enthült werde. Ein blutiges Geheimnis, Blut, Blut, und nocheinmal Blut, in seiner geheimnisvollsten Offenbarung, wie es im Körper des Weibes zur Darstellung kommt, war hinter diesem schmuzigen Teater-Vorhang verborgen. Es war eine Stimmung, wie vor einer Giljotinirung auf der *place de la Roquette*. Etwas Grausiges lag in der Erwartung. Aus dem Innern quoll eine schreiend-monotone, grelle, zigeunerartige Musik, die von einem alten, ausgespielten Zwerg-Pianino, zwei Gitarren und mehreren Tamburins erstelt wurde. Ringsum auf dem ganzen Riesenplaze das furchtbare Getöse der Karusell-Orgeln mit ihren Dampfpfeifen, das Geschrei der Käufer und Verkaufenden. Oben auf dem Podium des *Pavillon marocain*, auf der *scena*, eigentlich: im Proszenjum, stand ein groser, schlanker Neger, der tänzelnd und wiegend der aus dem Innern kommenden Musik folgte, und deßen lächelndfreundliche Miene den Unten-Stehenden zu sagen schien: sie möchten keine übermäsige Angst haben und frisch eintreten, so Unerhörtes auch geboten werde, es sei doch Natur-Gemäses, und habe eine freundliche Seite, schlieslich würden Alle freundliche Gesichter machen – so wie er, der ja die Sache gewohnt sei. – Aus dem Innern glühte zwischen verschoßenen Smirna-Teppichen ein scharf-funkelnder, orjentalisch-geschnittener Mädchenkopf heraus, der, ein scharfes Schwert, von unsichtbarer Hand gehalten, an die Stirne angesezt hatte. – Jezt wechselte der Unternehmer, der eine Stufe tiefer stand, mit dem Neger einen bezeichnenden Blik, und nun schrieen Beide plözlich mit großem Eifer, wie Feuer unter die Zuschauer werfend: »Allons, Messieurs-dames! – *deux sous pour la seconde place! – vingt centimes pour la première place! – la représentation va commencer! – Entrez Messieurs-dames!*« – Im Innern verdoppelte sich die Anstrengung der Musik und blizschnell wurden Smirna-Gardinen an verführerisch leuchtenden jungen Mädchen im Innern vorübergerißen. Auf diesen Moment schien die Menge gewartet zu haben. Wie mit einem Ruk stürmten jezt Gros und Klein, Erwachsene und Kinder auf das Podjum, zahlten ihre Kupfermünzen und verschwanden dann im Innern der geheimnisvollen Bude.

Das Wort »Bauchtanz«, *danse du ventre,* ist eine irreführende, ungrazjöse, schwerfällige und gemeine Bezeichnung für jenes Schaustük, welches die meist marokanischen Mädchen in diesen herumziehenden Buden vorführen. Es ist irreleitend, weil, wenn auch die Bauchmuskulatur vorwiegend die Bewegungen und Konvulsjonen leistet, um die es sich hier handelt, derjenige Begriff, der mit dem Wort: Bauch meist verbunden wird, der Verdauungs-Traktus bei der Vorführung nicht das mindeste zu thun hat. Die Bezeichnung ist nur anatomisch richtig. Aber die wißenschaftliche Bezeichnung einer Sache ist infolge ihres einseitigen Gesichtspunktes meist direkt dem populären Verständnis, der sinlichen Vorstellung, der intuitiven Anschauungsweise, dem Sprachgenius, dem Laut- und Schallwert eines Wortes direkt entgegengesezt. Die *danse du ventre* ist, wie jeder Tanz, eine lediglich auf die Erwekung von erotischen Vorstellungen abzielende symbolische Körperbewegung. H ü f t e n t a n z wäre viel richtiger. Weil wir, wenn wir von der H ü f t e eines Mädchens, einer Frau sprechen, weit eher an jene geheimnisvolle, der Wiedererzeugung des Menschengeschlechts dienende Werkstätte und ihre Grenzen, nämlich die seitliche Beken-Ausladung, denken, als beim Worte »Bauch«. Aber anatomisch wäre allerdings »Hüftentanz« komplet falsch, weil die Hüfte bei der ganzen Konvulsjon absolut stillsteht. Aber jedes andere Wort, V e n u s t a n z, Liebestanz, Haremstanz, konvulsivischer Tanz, o. ä., gibt immer noch nach dem Sprachwert eine richtigere Vorstellung, als das unglükliche *danse du ventre.* Wir haben daher, um allem Streit ein Ende zu machen, ein Wort gewählt – *la Marokana* – welches wir aus dem Munde eines der Mädchen selbst hörten, und welches wenigstens geografisch einen Wegweiser abgibt, wo die Heimatstätte dieser verführerischen orjentalischen Körperleistung zu suchen ist und damit eine ungefähre Andeutung für ihren Karakter enthält.

Die Marokana kam meines Wißens zuerst im lezten Ausstellungs-Jahr, 1889, nach Paris. Aber die nordischen Franzosen, die zugleich die Sittenwähler führ die ungezählten Miljonen von Gästen, die zu ihnen kamen, machen musten, stuzten vor dieser Leistung und liesen sie nur in ganz bescheidenen Grenzen zu. Was ich damals sah, befriedigte mich nicht. Es war so, als wenn wir unsere spanischen Baletts – die kurzrokige Baletöse, wie wir sie heute auf unsern nordischen Teatern sehen,[1] und wie sie sich die abendländischen Fürsten im Laufe dieses Jahrhunderts als Ausdruck ihres Menschenfleischhandels ebenso für Geld z u l e g t e n, wie sie ihre Landeskinder für Geld a b l e g t e n, ist eine über Paris eingewanderte s p a n i s c h e Fandango-Tänzerin – ich sage: es war mit dieser *marokana* in Paris vor einigen Jahren so, als wenn wir unsere spanischen Baletts unter Krinolin-Röken tanzen laßen wolten: die Sache, aber in unglüklicher Verhüllung: der Leib, die Streke zwischen dem unteren Ende des Brustkorbs und der Schenkelbeuge, die entscheidende Fläche der *marokana*-Tänzerin, mit der sie uns Alles sagt, was sie uns sagen will, war von türkischen *shawls* umwikelt, und die Unternehmer der verschiedenen Trupps hatten eingeschärft erhalten, den Mädchen die gröste Vorsicht anzuempfehlen. So kamen die Fremden, sahen das unschuldige Vergnügen, schauten sich an, verstanden nicht, ahnten, wo der Reiz liegen muste, lachten und gingen dann unbefriedigt fort. –

Aber hier war südlicher Himmel gebreitet, die Sonne Afrikas glühte in diesen schlanken, fast ausgemergelten Mädchen-Körpern, aus langgeschlizten, wie mit Kirschensaft beschikten Augen sprühte eine rätselhafte Glut und die trozig aufgeworfenen Köpfchen mit der prognaten Sfinxlippe sagte uns, daß dort, wo sie wohnen, der Mann der Frauenlust unterliege.

Wir betreten die Bude. Die ersten Nummern, die wir drausen beim Budenbesizer verschwäzt hatten, waren vorüber gegangen. Ein Neger – ich hatte das Ding jezt schon zum zwölftenmal gesehen – und eine *negresse* führten da ihre unwichtigen Hottentoten-Geschichten auf, denn unter f ü n f P e r s o n e n kann der Unternehmer nicht auftreten laßen, weil das Publikum v i e l sehen will; wenn er also e i n e oder z w e i tüchtige Tänzerinnen hat, muß er den Rest mit Negerkunststüken füllen. Negerfleisch ist immer noch am billigsten. Und diese Leiter von T e r p s i c h o r e n s K a r r e n sind, obwol sie niemals vom Born des G o t t e s g n a d e n t u m s gekostet haben, im Handel von Menschenfleisch, man kann sagen, fast ebenso geschikt, wie ehemals die deutschen Fürsten.

Die Musik, die ich schon drausen eine geraume Zeit mitangehört hatte, wurde jezt lärmender und intensiver. Die orjentalische Musik beruht nicht wie die abendländische auf einer bestimten Frasierung,

---

[1] Eine Anspielung auf »Lola Montez« [Anm. M. B.]

auf einem Kanon, der ein Tema einführt, den ersten zwei Takten zwei Gegentakte gegenüberstelt, dann das Tema umkehrt und unter weiterer Verwendung der genau gleichen Taktzahl die Melodie zum Abschluß bringt, also ähnlich wie unsere Versstrofen nach Mas und Zahl verfährt, sondern sie arbeitet nach dem Prinzip der mechanischen Repetizjon, also ähnlich wie die hebräische Poesie, und wiederholt kurze, ritmische Stöse hundertmal, oder tausendmal, oder zweitausendmal, einerlei wie viel – es ist wie bei der Richard-Wagner'schen Musik, man kann aus dem Teater gehn, wann man will, nach 2000 Takten oder 4000 Takten, es ist ganz gleich, man hat immer denselben Eindruk – das Prinzip ist also das des *gutta cavat lapidem* – nicht das Was, sondern das Wie-oft bringt die entscheidende Wirkung hervor. – Ich muß sagen: etwas Schlimmeres zur Niederwerfung des Tages-Menschen, zur Lokerung aller feineren, moralischen Disziplinen, die unser Hirn durch jahrzehntelange Übung sich endlich erworben hat, zur Zerstörung aller Kulturrücksichten und Heraufbeschwörung eines grinsenden, fletschenden, sinlichen Ungeheuers, das als Erbrest auf dem verborgenen Grund unserer Seele ruht, als diese orjentalische Musik, kann es nicht geben.

Janella, die Haupttänzerin, hat sich jezt erhoben. Der Unterleib ist vollständig frei, oder mit einem sehr feinen Triko bedekt, der jede künftige Bewegung sorgfältig anzeigen wird. Die Brüste hängen ebenfalls vollständig frei in diesem Trikohemd, das gegen die Achsel zu von einer äußerst winzigen Jake, wie sie der spanische *Torero* hat, bedekt ist und oben sich in Halsketten und Halskrausen verliert. Die Talje, also der Abschluß des Brustkorbs, wird von einer schmalen roten Samtbinde zusammengehalten und teilt so den großen, schlanken, lichtschimmernden Oberkörper in zwei Hälften, deßen obere die Brüste einnehmen, deßen untere die ganze sich wölbende Fläche des Unterleibs bis zur Schenkelbeuge umgreift. Das Kampffeld der zu erwartenden, wol zarten, auf die Dauer aber erschöpfenden Zukungen und Konvulsionen ist wie eine Hinrichtungsstätte für unsere Enthaltsamkeit mit unerhörter Kühnheit freigelegt. Denn das türkische Beinkleid, welches mit all' seinen unendlichen Bauschen und Falten einen malerischen und dezenten Eindruk macht, begint genau in jener Schenkelbeuge, steigt dann rechts und links nach oben bis zur Höhe des Bekenkamms, und erreicht erst rükwärts die Höhe der europäischen Talje. Nach unten zu aber scheint das türkische Beinkleid, welches straff und schwer, aus wertvollem Tuch geschnitten ist, und die Bewegung der Beine sozusagen absichtlich hemt, da es über die Bekenwölbung zur Seite nicht zusammenhält, fast eine verhülte Fortsezung jener lasziven Windungen und Krümmungen zu bergen, die die Tänzerin mit so erstaunlicher Sicherheit und unbekümmertem Sexualbewußtsein hier vorträgt. So daß die Linje, die bei der Europäerin seitlich das Beken abschliest und nach den Beinen zu sich verschmälert, hier in Form rauschiger Wellen sich eher noch verbreitert, und das ganze pludrige Gehäuse des Unterkörpers wie ein geheimnisvolles Reservoar all der lokenden und herausfordernden Bewegungen des Oberkörpers erscheint. – Von allen Völkern haben die Muhamedaner die ästetisch äuserst gefährliche Linje der weiblichen seitlichen Bekenausladung am glüklichsten korrigirt, und, nach echter Künstlerart, die Not zur Tugend wendend, mit Ueberbrükung der gefährlichen Linje zugleich der Natur und dem Geschlecht zum höchsten Triumf verholfen.

»Da–rá–re–rä–re–dá« – »Da–rá–re–rä–re–dá« – »Da–rá–re–rä–re–dá« – – so begleiten die andern, die rings im Hintergrund und an den Seitenwänden sizenden Mädchen, die T ä n z e r i n, die vorn auf dem kleinen erhöhten Podjum dem Publikum gegenüber steht und die Hände wie zum Gebet hoch erhoben hat – »Da–rá–re–rä–re–dá« – »Da–rá–re–rä–re–dá« – »Da–rá–re–rä–re–dá« – – und schlagen mit einer peinlich genau abgemeßenen Gleichmäsigkeit auf ihre Tamburine, deren kleine Glökchen wie Nadelspizen in diese dumpfe, plärrende Gleichgültigkeit hineinfahren – »Da–rá–re–rä–re–dá« – die schlankste und mit ihrem Sfinx-Gesichte wie ein überlebtes Tanz-Geschlecht über die andern Mädchen emporragende, hinten auf einem hohen Tron sizende Tänzerin hat ein anders geformtes, dikbauchiges Tamburin, deßen dumpfer Trommel-Ton wie eine tiefe Kuhgloke den Baß zu dem hellen, ritmischen Geschrei abgibt – »Da–rá–re–rä–re–dá« – die Tänzerin hat die Hände hoch emporgehalten, damit wir ihren Leib beobachten können – aber, es ist schon zu spät – wir haben den Anfang schon versäumt – ihre Augen sind schon ganz glasig – »Da–rá–re–rä–re–dá« – und wie ein quellendes, emporstrudelndes, wogendes Waßer, das gerade kochen will, hebt sich der Unterleib, wie wenn Geburtswehen im Anzug wären, drängend, unerbitlich, eine Schiksalsmacht, herausfordernd, alle Schiklichkeitsgrenzen übersteigend, wie bei der Seekrankheit, überrumpelnd, sein Recht fordernd, wie ein brüllendes Tier ... »Da–rá–re–rä–re–dá« – –

Jezt stelt sie das rechte Bein vor, um eine neue Stüze zu suchen – das linke nachschleifend – das Weib ist in Not – ja ja: die Hände sind doch wie hülfeflehend erhoben – das ganze Gesicht voll Angst – die Augen starr – die Miene wie glozig – irgend eine Verzweiflung hat das Weib gepakt – eine fremde Gewalt ist über sie gekommen ...
»Da–rá–re–rä–re–dá« – »Da–rá–re–rä–re–dá« – –
nein!: sie benuzt die emporgehobenen und oben wie gefalteten Hände als Balansir-Stange – der Unterkörper ist wie festgeramt – in halber Krätschstellung – dies ist ihr einer Stüzpunkt – der andere ist der Brustkorb, der wie fiebrisch festgehalten wird, und zu deßen Verlängerung, zur Verlängerung des Hebelarms, sie die beiden Arme krampfhaft hochhält – und zwischen diesen beiden fixen Punkten – Beken und unterer Rippenbogen – quält und schäumt und speit dieses furchtbare Lebewesen, das aus dem Weib heraus-will, das zur Offenbarung kommen will, das sich entäusern will, und treibt den Unterleib zu so exorbitanter Höhe heraus ...
sie fixirt mit den Beinen das Beken und benüzt das leztere mit seinen Muskel-Ansäzen als *punctum fixum*, um daran die Kontrakzjonen der Bauch-Muskulatur zur Wirkung kommen zu laßen ...
ja, das ist eine anatomische Erwägung! – die hilft uns hier nichts! – wir wollen ästetisch zu einem Abschluß kommen! – was ist der Sinn des Ganzen? ...
»Da–rá–re–rä–re–dá« – »Da–rá–re–rä–re–dá«
Jezt läst sie sich auf das linke Knie nieder – das rechte Bein ist aufgestellt – im Gesicht noch immer die helle Verzweiflung – ein förmliches *engouement* – diese Posizjon ist bedeutend vorteilhafter – wenn sie die Konvulsjonen bis zur Extase fortsezen wolte, bedeutend vorteilhafter – zur Extase: von wem? – der Zuschauer, natürlich! – aber auch ihrer selbst! – ja gewiß: auch ihrer selbst – sie biegt sich leicht zurük – die Hände hoch gehalten – und aus dem Dreiek der bauschigen Hosen und der beiden sich jezt sichtbar abzeichnenden Schenkel quilt es nun heraus, dieser rosa-rot verhülte Unterleib – es ist wie eine Epilepsie – ein histerisches Krankensaal-Stük – eine wogende Meereswelle, die das Schiff unserer Fantasie in den siebten Himmel hinaufschmeist – die heilige Magdalena – ich meine: die Magdalena – jenes Weib aus Magdala – das sieben Teufel im Leib hatte –
»Da–rá–re–rä–re–dá« – »Da–rá–re–rä–re–dá« – –
Diese entsezliche Musik! – die heilige Magdalena, die mit Jesus zu tun hatte – war sie so eine? – hat sie sich vielleicht so preisgegeben? – hat sie so die Männer entzükt? – – Jezt biegt sie sich noch weiter

zurük. – Allmächtiger Gott! diese aufbrechende Gestalt mit den hoch zum Himmel emporgehaltenen Händen und dem wogenden Unterleib – wie ein niedergeworfenes Tier – wie ein im gestrekten Lauf anstürmendes Tier, welches plözlich niedergeworfen wird –
»und will sich nimmer erschöpfen und leeren,
als wolte das Meer noch ein Meer gebären« ...
»Ülülülülülülülülülü ...« fährt plözlich die hintensizende Sfinx-Gestalt mit schmetterndem Triller mitten in die plärrende Musik, in die furchtbare Extase hinein – –
Das fehlte noch! Dieser furchtbar die Nerven erschütternde Geschlechtsruf der Orjentalinnen! – –
Hinter mir schaudert es im Publikum. Einzelne tiefe Atemzüge hört man.
»Da–rá–re–rä–re–dá« – »Da–rávre–rä–re–dá« – –
Jezt erholt sie sich – der Akt ist vorbei – der Oberkörper komt wieder nach vorwärts – die Hände, zum erstenmal gehen die Hände auseinander – sie schaut das Publikum an – dieses kreisende Ungeheuer komt aus der gewaltigen Hokstellung empor – Alles ist vorbei – die Gefahr ist vorüber – jezt steht sie auf zwei Beinen –
»Da–rá–re–rä–re–dá« –
schüttelt sich der ganzen Längsachse nach, daß die Perlen stäuben und die Glasketten klirren.
»Da–rá–re–rä–re–dá« –
jezt wirft sie mit einer schnellenden Bewegung des Unterleibs die dünnen Ketten, die an ihr herabhängen, halbmeterweit von sich, daß es rieselt und klirt – jezt schüttelt sie nur die untere Körperhälfte von der Talje abwärts, als solte Spreu davonfliegen, lästiger Flaum abgeworfen werden – sie wird immer freier, heiterer – der prachtvolle Körper macht einige kräftige Schritte gegen die Bühnenmitte, die jezt wie Erlösung sich ansehen – welche Schenkel! welches Gerüste! – –
jezt schüttelt sie nur den Oberkörper und wirft mit den Brüsten, wie vorhin mit dem Unterleib, die überrieselnden Perlenstränge weit von sich – rauscht wie ein junges Füllen – wirft Floken und Mähnen in die Luft – zeigt noch einmal mit ein paar Spreizungen lachend die gewaltige Fülle des Unterleibs – Alles ist vorüber ...
ja zweifellos: es ist der G e b u r t s a k t, der hier in Form von Wehstellungen und Krampfwehen simbolisirt wird – es ist das Niederhoken zum Gebären mit dem Hilferuf an die Götter – und die Spekulazjon auf das unvorbereitete Gehirn des Zuschauers hin-

sichtlich der dem Geburtsakt vorausgehenden geschlechtlichen Lust, die zum wesentlichen Faktor ihn, den Zuschauer, hat – was Alles hier in Akzjon und Kontre-Akzjon tritt.

»Da–rá–re–rä–re–dá« – –

Alles ist vorbei! – *Janella* hat sich verbeugt – welcher Körper! – welche Gliedmasen! – die Musik schweigt mit einem Schlag ...

Das Publikum hat sich schwerfällig wie aus einem tiefen Schlaf erhoben – grau und alltäglich erscheint jezt die Bude – –

»*Messieurs-dames! – la représentation va finir – si je pouvais me flatter que les exécutions des artistes ont eu quelque succès* ...« weis der Teufel, was der Mensch noch schwäzt! ...

Alles drängt dem Ausgang zu. –

Drausen, in der frischen Luft, merkt man erst, in welchem Taumel man gestekt war ...

»*Oh la la!*« sagt ein junges Mädchen und streift sich die Haare aus der Stirne.

Briefe an Frauen

Brief an Anna Croissant-Rust vom 30. Mai 1894:

z. Z. Dießen a/Ammersee
30/V 94

Liebe Frau Croißant![1]
Dank für Ihren Brief. Ich bin hier seit dem 18ten und dann natürlich nicht auf der Kegelbahn. – Habe einen 3-stündigen Bittgang – *chapeau bas* – auf der Landstraße mit Männlein und Weiblein – also auf der religiösen Walze – nach *Andechs* gemacht. Bin sehr befriedigt von dem Erfolg. Hoffte nicht entfernt solche Ausbeute. Die Arbeit hat den Umfang des »Haberer«-Artikels. Und über ihren Wert sollen Sie [...] selbst urteilen.

– Auch sonst kann ich ehrlich sagen bin ich fleißig, und, was die Hauptsache ist: arbeitsfreudig! Namentlich die Reise nach München auf 1–2 Tage u. zurük wird jedesmal für mich im Sinniren ein ganzes Spargelbeet neuer Einfälle und Gedanken. 1–2 stech' ich ab, um sie zu verzehren. Die übrigen, weiß ich, kommen nach. Gestern Abend auf dem Dampfschiff ganz allein spät von München zurük fiel mir 'was ganz Tolles ein: »Die gelbe Kröte«. Es wird ein Dämmrungsstük. Die gelbe Kröte ist ein Schiff, welches mir vor 8 Jahren auf dem Meer in der Nähe der Englischen Küste begegnete. Ich habe inzwischen nie daran gedacht. Erst gestern bei der goldigen Abendstimmung fiel mir's ein. Diese verrükten Konstrukzionen sind, ich fühle das, das Beste, was ich machen kann. Aber Eingang beim Publikum damit zu finden, ist aussichtslos.–

[Hans] *Merian* war in München wegen [Ludwig] *Quidde's* Aufsaz »Kaligula«[2], der im Separat-Abdruk aus der »Gesellschaft« (leztes oder vorleztes Heft) 12 Auflagen erlebt hat, riesiges Aufsehen macht. Kaligula, der römische Kaiser ist eine historische Studie über Zäsaren-Wahnsinn und ein zufälliges Porträt des gegenwärtigen Kaisers bis in die kleinsten Züge. Der Hamburger Journal-Anzeiger wegen einiger Notizen drüber konfiszirt. *Quidde*, ein unendlich reicher junger brennender Soz.demokrat., Historiker von Fach, der in München lebt, bekam Angst, und wollte den Druk einstellen. Hat sich aber jezt durch *Merian* 'rumbringen laßen.
Schreiben Sie [Richard] *Dehmel, er* litte blos am Veitstanz, eine nur

---

[1] Anna Croissant-Rust (1860–1943), sozial engagierte Schriftstellerin »aus gutem Hause«
[2] Vgl. Oskar Panizzas Theaterstück »Nero«, 1898

funkzionale Störung, die sich beheben läßt, und nach der Grimaße nichts zurük läßt. Ich aber litte am Unheilbaren, eine Art Gehirn-Leprose, die nicht zu heilen, deren garstige Knoten und Narben stehen bleiben, und die nur mit dem Tod der verzerrten, verknoteten Psyche ende. Und insofern sei ich allerdings sein »Scheußal«. Im Übrigen machte es mir Freude, einen lieben confratres u. consorores auf dem Mont Parnass patologisch zu untersuchen. Wie der Ruße durch seine schwierige und konfuse Sprache gegen alle abendländischen Sprachschwierigkeiten abgeschrekt und immun, so sei ich, der kränkste Eremit auf jenem Berg, für die kleineren Zustände meiner Kollegen mit Nachsicht und liebevollem Verständnis begabt. Und Freude mache es mir, gelegentlich meine patologische Kollekzion, wo die [Karl] *Bleibtreu's*, [Hermann und Anna] *Croißant's, Dehmel's,* [Stanislaw Przybyszweski's] *Przybischewsky's* u. a. in Spiritusfläschchen konservirt sind, aufzusuchen, und das eine oder andere Püppchen herauszuholen und es zu analisiren. Aber er, *Dehmel*, dürfe überzeugt sein, daß, nachdem dieses Geschäft besorgt, ich selbst ruhig in mein Spiritus-Glas kröche, und dort mein froschmäßig aufgeblätes Gesicht und ... verändertes Gehirn den gesunden Besuchern zur Augenweide dazubiete.– Und Eines dürfe *Dehmel* niemals vergeßen: daß ich bei meinen patologischen Untersuchungen Anderer nie ein Symptom beschriebe, das ich nicht gefunden hätte. Nie beginge ich die Sünde wider den Heiligen Geist. – Die Frau *Schelinsky,* die ich während meiner letzten Kegelbahn-Abende etwas beßer kennen lernte, gefällt mir sehr gut, sie hat etwas Beruhigend-Wohltuendes, etwas Spezifisch-Weibliches und sehr Sympatisches. Sie müßte eine furchtlose Hypnotiseuse geben.

Sie nahm ich jüngst, als ich [Marie Conrad-] *Ramlo's* »Feuer« besprach (jüngstes Gesellschafts-Heft, Mai) ebenfalls auf einen Moment aus dem Spiritus. Und gestern sezte ich eine ganz neue Flasche für [Max] *Dauthendey* an (»Ultra-Violett«) soeben erschienen, »einsame Poesien«, Berlin Hase (nächstes Gesellschaftsheft).

Im Übrigen begrüße ich Sie herzlichst, ebenso Ihren Mann, ebenso *Dehmel,* und wünsche Ihnen auf Ihrem Besiz Schaffensfreude und Behagen.

Ihr sehr Ergebener
Panizza.

Entschuldigen Sie Geschmiere. Die Suppe wartet.

Brief an Anna Croissant-Rust vom 29. Januar 1897:

Oskar Panizza

Zürich IV, Turnerstraße 32, den 29 Januar 1897

Liebe Frau Croißant!
Sie haben mich schön heruntergeschimpft! Da laß' ich nichts draus abdruken. Den Brief stek' ich nicht hinter den Spiegel. – Nun, Sie dürfen und sollen es. Schimpfen gegen Schimpfen. Wahrheit gegen Wahrheit. Ihr leztes Drama hab' ich zerzaust wie mir's um's Herz war. Und Sie haben nun mich zerzaust. Beßer, *wir* sagen uns die Wahrheit, als daß man es uns gedrukt sagt.

Geändert wird freilich Nichts; weder an mir noch an Ihnen. Wenn Sie in meiner Seele lesen könten, und die Motive känten, die mich in den lezten Tagen in München herumtrieben, dann wüßten Sie, daß es[1] die einzige Metode war, auf der ich zum Ziel kommen konte, daß es der einzige Bratspieß war, auf der ich die Münchner rösten konte (Sie wißen: schön gelb-braun, knusperig); die einzige Violin-Saite, auf der ich meine Rache-Arie vorheulen konte – – aber die Motive kann ein Zweites doch nicht so verfolgen. Diese Dinge machen sich von selbst in unserer Seele. Soll ich durch die 1000-jährige Kunst, die sich um die wunderbar verkante Figur eines Menschen-Weibes, die Jungfrau Maria, herumwob, mich abhalten laßen, meine Feinde zu droßeln? Meine Feinde zu droßeln, wenn es nur auf Kosten selbiger Weibsgestalt geschehen kann? Ich als Mann, als Protestant, als Hugenott, der nichts glaubt, dem aber das Opponiren, das Negiren, des Droßeln im Blute liegt? Wo denken Sie hin? Wer komt dann zuerst? Ich oder die Jungfrau Maria? Allemal ich. Ich würge mein Opfer, wo ich es erwische, in der Kirche, wie außer der Kirche; auf ein Sakrileg komt es mir dabei nicht an. Ich würge es, bis es röchelt. Das ist meine Absicht, meine Lust, meine Pflicht. Und durch die Kunst solte ich mich abhalten laßen? Bestehen wir nur aus Kunst? Und darf Einer, weil er Schriftsteller ist und dichtet, nicht auch einmal Zetermordjo! rufen?

Dante nüzte seine Kunst, um wegen seiner Verbannung aus Florenz an seinen Feinden Rache zu nehmen. Ohne das wäre seine Komödie gar nicht entstanden. Was er vorher dichtete, war nicht der Rede wert. Und er zimmerte die Höllenkreise und brachte dort seine

---

[1] »Abschied von München. Ein Handschlag«, 1896

Feinde für alle Zeiten unter. Er schlichtete sie förmlich auf. Und wie hat er sie geröstet!.

Und ich solte mich abhalten laßen, die Münchner zu rösten, die mich angesichts eines protestantischen Jahrhunderts in's Gefängnis warfen? Sie zu rösten, weil ich gerade Feuer auf dem Herd, und den Bratspieß parat hatte? Und die deutsche Sprache soll etwa zu gut sein, oder die Kunst zu hoch, um ein solches Geschäft zu verrichten. Ist die Kunst nur Selbstzwek? Ist sie nicht auch Mittel zum Zwek? Und wird sie nicht gerade in den Händen Eines, der sie gebrauchen kann und wenig Federlesens macht, zu einer fürchterlichen Waffe, deren Wunden gefezt aussehen, zu einer Brandfakel, vor deren träufelndem Pech die Leute die Köpfe zurükziehen?

Glauben Sie nicht, daß der eine oder andere Jurist in München zu seinem Kollegen sagt: Sakerlot, dieser Kerl, dieser Panizza, ist doch ein zu ekelhaftes Luder, um sich weiterhin mit ihm abzugeben. Dieser Mensch hat doch eine Art, aufzutrumpfen, die höchst unangenehm werden kann. Er kent unsere Geschichte, unsere Historischen Blamaschen, und aus unserer Religion zimmert er Drukschriften, die einen geradezu scheußlichen Gestank verbreiten. Es ist doch beßer, wir laßen diese Schriftsteller, diese Modernen, in Zukunft in Ruhe; denn die Art, wie diese Menschen ausschlagen, ist doch zu unangenehm.

Wäre selbst diese Erwägung nicht schon Etwas? Und hätten meine Kollegen nicht Ursache zu sagen: Nun, er hat seinen Stand gewahrt, er hat seine Feder gebraucht, er hat gezeigt, daß ein Schriftsteller, der als idealistischer Kämpfer auftritt, und vom Staat als Hallunke prostituirt wird, sich rächen kann.

Denken Sie sich nur in meine Lage! Soll ich das Gefängnis verlaßen und stumm wie ein Hund bleiben, mit eingezogenem Schwanz mich in's Ausland drüken, und: Oh, Oh, Oh! rufen?

Ich als Protestant und Hugenott, der sich weder vor Welt noch vor Teufel fürchtet, und der nicht vor dem Gedanken zurükschrekt, das, was er für richtig hält, einem ganzen Jahrhundert einzubläuen? Der weiß, daß Gedanken in richtige Form gekleidet unwiderstehlich sind? Der weiß, daß seine Nebenmenschen Wachs sind, die er umbilden darf?

Sie hätten ja jeden Respekt vor mir verloren, wenn ich mich mit der melancholischen Flöte in das Schilf gesezt und à la Ovid Lamentazionen vorgetragen! Gerade Sie, die ein so scharfes Auge für das Mänliche hat, hätten mich mitleidig betrachtet und sich im

Stillen gesagt: Nun, Amberg hat ihm doch den Naken gebrochen, sein Herz zum Schmelzen gebracht. – Kein Weib hätte mich mehr angeblikt! Keiner Gunst wäre ich mehr teilhaftig geworden! Und wißen Sie, was das für Unser Einen heißt?! –
Sehen Sie [Gerhart] *Hauptmann* an! Der nach einer literarischen Niederlage den Schwanz – ich wolte sagen: den Kopf hängen läßt, sich als sterbender Schwan scherirt (siehe: Titelblatt zu »versunkene Gloke«) – o Jeßes, o Jeßes! – is des a Mannsbild! – statt wie Byron in einer ähnlichen Lage Gift und Feuer zu speien [...].
Übrigens kann ich Ihnen soviel mitteilen, daß Alle, Männer wie Weiber [...], Freunde wie Feinde, ganz in gleichem Sinn wie Sie sich äußerten, daß die [Charlotte] *Nisle* [-Klein] mir schrieb, es hersche die äußerste Entrüstung in München, speziell auch unter den Freunden; *Rosenthal*[1] schrieb: er wünsche, das Buch wäre nicht gedrukt worden. Und selbst *Schaum-*, *-berger* und *Halbe* [Georg Schaumberg (d. i.: Georg Hofmann), Julius Schaumberger und Max Halbe], der intimste Kreis, fand vor Stupefakzion und Entrüstung kein Wort der Erwiderung.
Was geht das mich an?! –
Jezt zu Zürich:
In dem schönen Tegernsee dachte ich mir immer, wenn du nur auch einmal solche *Winter*-Wohnung hättest, wo du mit *einem* Schritt mitten im Freien, mitten in einer großen Natur, vor koloßalen Elementen stehst, und mit *einem* Zug die Natur ausschöpfen und dann zur Arbeit zurükkehren kanst.
Und jezt hab' ich's! Ich wohne hier auf einem großen Terrain-Vorsprung, auf 1000 Meter Alles frei, Ost, Süd, West, nur im Norden folgen Häuser; Blik auf Stadt, See, Gebirge. Arbeitszimmer gegen Süden. Und eine Veranda (Laube) so groß wie mein Amberger Kabinet, auf das hinaustretend ich mit einem Blick *Alles* habe: Weite, eisige Luft, See und Gebirge.
Nach *der* Richtung hab' ich's also gut getroffen. Die Wohnung ist ideal, das gibt selbst die *Schwannin* [Frau von Mathieu Schwan] zu, die *Schwänin*, die jezt jeden Tag Flüche nach Frankfurt schikt.
Die hiesige Gesellschaft ist natürlich armselig, hausbaken, herzensgut aber banaus. Ich las ein Stük aus Hans *Jägers* Christianiabohême vor – die flotte Skizze über Prostituzion – von Dr. Morgenstern übersezt – den Leuten schlotterten die Gedanken.

---

[1] Panizzas Rechtsanwalt

Sie saßen mit roten, verwilderten Köpfen dort, und wußten nicht, *wie* sie *ihre* sitliche Meinung *mir* kundgeben solten. Aber schreiben Sie um Gotteswillen nichts davon hierher. Wenn man hier meine Meinung über hier erfährt, habe ich hier Feuer am Dach. Also bitte Niemandem schreiben! Auch dem Asyl-Schwan nicht!

Einige nette Leute sind hier. Ein paar Studentinnen. Ein Prachtkerl ist der Sozialdemokrat Distriktsrichter Otto Lang und seine Frau, eine gewesene rußische Studentin.

Die Frau Dr. Schwann ist ein Luder. Erst behandelte sie mich wie einen Lehrjungen, und da sie sah, daß mir das gefiel, schritt sie weiter und behandelt mich nun à la Lausbub. Für nächsten Sontag hat sie auf meiner Veranda befohlen eine Kafe-Visite für 6 Personen mit 1 Liter Rahm, Gebäk und Vanille-Torte. Was will ich machen? Sie ist die einzige Deutsche, mit der ich verkehre.

Ihr »Kakadu«-Buch habe ich natürlich erhalten und sage vielen Dank. Es kam aber zu einer Zeit, da ich vor einer 6-wöchigen Biblioteks-Einrichtungs-Arbeit stand, und da mußt' ich es liegen laßen. Sie glauben nicht, was das für einen einzelnen Herrn ist, diese Bücher einpaken und wieder auspaken. Mein Umzug mit allem drum und dran erforderte 1/4 Jahr. Ich kam zu gar nichts mehr. Alles was in dieser Zeit eintraf, blieb einfach liegen. Dies ist auch der Grund, warum ich solange nicht schrieb. Aber es wird nachgeholt – verlaßen Sie sich darauf – und je nachdem nachgeschimpft oder nachgelobt.

Die »Frankfurter Zeitung« brachte einmal eine Besprechung. Ihr »Pan«-Beitrag kann sich mit dem früheren nicht meßen – Aber die *Schwänin* war z. B. entzükt. Die Mutter sprach dem hier das Lob.

Ihr gelbes Briefpapier ist sehr fein, sehr geschmakvoll, aber rote Kuwert dazu tun *mir* weh. Ich nähme in diesem Fall blaue Kuwerts, wie ungefähr das mitfolgende.

»Mefisto« ist also mit der lezten JahresNr. wieder sanft entschlafen. Schaumberger ist wol gewant, aber es fehlt ihm das Mark.

»Frau Jutta« ist also von *Dehmel*! Was sagen Sie dazu. Macht der auch in religiösen Misterien!

[Emil] *Meßthaler* scheint von München fortzugehen. [Frank] *Wedekind* ist in Berlin. »Simplizißimus«, der einige hoch-sensazionelle und äußerst geistreiche Sachen brachte, soll, so sagt man hier, nach Vollendung von Jahrgang I, eingehen. Ich glaub' es nicht. Die Konfiskazion von Nr. 42 mit der Skizze von der Gräfin von Reventlow wegen Gotteslästerung von der Straße weg, in Leipzig – nur die bereits gedrukte Luxus-Ausgabe wurde gerettet – macht überall großes Aufsehen.

[Ludwig] *Scharf* ist in Berlin und weint nach der Gattin, daß ich *den* noch zum Schluß von München fortgebracht habe, ist eine meiner wenigen guten Taten, die im Buch des Lebens stehen. Denn *der* wäre in München noch mumifizirt. Ich denke jezt, auch abgesehen von meinem Streitfall, nicht scharf genug über München. Es ist ein wonniges Bad, in dem aber der Liegende zulezt entkräftet ohne es zu merken. Mein Wechsel nach hier war äußerst schmerzhaft. Aber ich merk jezt, daß ein großer Teil dieses Wehleids Verweichlichung war. München ist eine wunderbare Stadt zum Genießen; aber nicht zum Arbeiten. Der Wechsel von Bier zu Wein tut mir hier äußerst gut. Mein Hund [Puzzi] hat die lezten Jahre in München nicht mehr ordentlich gefreßen. Hier ist und ißt er flott und schneidig. Ich selbst fühle mich hier in dieser Hochgebirgsluft äußerst behaglich. Der Sturm heult oft, ich glaube auf dem Wendelstein zu sein.

Ich schreibe hier […] um's Geld. Meine Familie stelt sich, bei allem stillen Respekt, immer feindlicher gegen mich. Auf den Einzelnen, der die gewohnte Bahn verläßt, stürzen sich eben die Übrigen.

Ich bin erst am Anfang.

[Otto Julius] *Bierbaum*, der ist weiter. Der hat schon seine ganz feste sichere Metode, die er mit der Sicherheit eines Rutinjee's handhabt und verdient schweres Geld. Sein »bunter Vogel« präsentirt sich äußerst opulent und einladend.

Schuster u. *Löffler* haben mir den von Ihnen zu Stande gebrachten Band als MS. wieder returnirt. Die Skizzen waren ihnen zu graß und brutal. Gnädigs Fräulein, schaun S' nur um an neuen Verleger!

An *Gerstner* werde ich also »Freie Bühne« returniren. Aber erst muß ich den Roman lesen. Der blieb eben auch liegen, wie Duzende andre Einläufe.

Die »ehrbare Tochter« von 15, 16 Jahren, hier, das ist eine pikante Erscheinung. Da würde ich gern einen Griff wagen. Aber mein Gott, der Asyl-Schwan sorgt ja gar nicht für mich. Gott, ich bin ausgehungert – Sie machen sich keinen Begriff!

Apropos: haben Sie noch eine komplete Nr. I vom Magazine international, die sie hergeben? Ich bräuchte sie notwendig und würde sie kaufen.

Die »Gesellschaft« erscheint jezt wieder unter [Michael Georg] *Conrad's* und *Merian's* Leitung. In neuem, eiergelbem Umschlag. Sonst die alte Mache.

Sie dürfen sich jezt öfter auf Briefe gefaßt machen, zumal ich jeden Samstag von St. Ludwig aus meine Post versende. Die gnädige Gräfin von Sarere soll wißen, daß ihr Häftling und Spizbube, den sie im Gefängnis mit Schokolad-unterlegten Bisquits aufgepäpelt, ihrer und ihres noblen Herzens nicht vergeßen wird, und – mit Ausnahme von kritischen Besprechungen – alle seine Dienste ihr zu Füßen legt. Befehlen Sie Ihrem dankbaren

Oskar Panizza.

Brief an Franziska Gräfin zu Reventlow vom 4. September 1901:

Oscar Panizza
Verlag Zürcher Diskußjonen Paris.
Paris, le 4 Sept. 1901
13, Rue Des Abbesses

Meine liebe Frau Gräfin!
Ein eingeschriebener Brief von der Gräfin zu Reventlow! Wo brent's dachte ich mir. Gewiß wieder Kindstaufe ... nein! Sie intreßirt sich für mich! Sie frägt mich, warum ich sie nicht besucht habe! Naives Kind: hören Sie!

Am 10. März 1900 wurde in geheimer Sizung des Kgl. Landgerichts München I die Konfiskazjon meines in Deutschland befindlichen Vermögens beschloßen und von diesem Tage an meine Zinsen in Kgl. Bair. Staatsverwahrung genomnen. Als Grund wurden die »Parisjana« angegeben, ein kleines Buch in Versen, in dem ich, wie Sie wißen, Ihre schönen Augen besungen habe. Medisante Zungen fügten schon damals hinzu, das sei eben auch der Grund der Konfiskazjon (von Buch und Vermögen), denn die blauen Augen von Damen, die schon wegen Gotteslästerung verfolgt worden sind, dürften in monarchischen Staaten nicht öffentlich besungen werden. Andre meinten: nein, es seien die »schlechten Verse«, die den Grund zur Konfiskazjon abgaben; die Staatsanwaltschaft in dem künstlerischen München entwikle sich immer mehr zu einer *ästetischen* Behörde, da ihr die politischen Delikte und § 166-Streitereien auf die Länge zu »fad« geworden seien; und das sei gut so; denn derartige Vergehen gegen den guten Geschmak dürften des schlechten Beispiels halber nicht geduldet werden; solche Verse dürften in Baiern nicht gebaut werden; auch das Einmischen französischer Broken weise auf Dekadenz; man könne auf solche Weise wieder auf die à-la-mode-Dichtung des 17. Jhrh. zurük u.s.w. – Ernstere aber, Tiefer-Blikende und Verschloßene meinten: der Grund liege wo ganz anders: die Verse seien ja holperig: auch das mit der Gräfin zu Reventlow sei unanständig: so schöne Augen habe eine Gräfin nicht: aber die wirkliche Ursache sei, daß gewiße Anspielungen offenbar auf einen mächtigen, selbstbewußten, in solchen Dingen wenig Spaß verstehenden zeitgenößischen Fürsten hinzielten, § 95 RStrGB., fünf Jahre Gefängnis, Verlust öffentlicher Ämter u.s.w. ... »Ja, beweist mir einmal das!« rief ich, »ich kann mir doch gedacht haben, wen ich mag! Die ›Parisjana‹ des Schriftstellers Johannes von Patmos ... ich wolte sagen: die ›Offenbarung‹, jüdische Verse aus Patmos, 12 Bogen 8° (aufgeschnittene Exemplare werden nicht zurükgenommen) von dem à-la-mode-Dichter *Johannes* enthielten höchstwahrscheinlich gräsliche, grauenhafte, obszöne, ludermäßige Majestätsbeleidigungen gegen den in solchen Dingen wenig Spaß verstehenden *Nero*, Majestät, – aber wer konte es ihm beweisen? Wer konte in dieser scheuslichen Menascherie von Wikelschwänzen, Pferden, Einhörnern, Posaunen, Leuchtern, Drachen, Sternen und auf den Waßern sizenden Gräfin-zu-Reventlow's den leitenden Faden finden?« – »§95!!« – »Sehr schön, aber Beweis!! [...] Beweist mir, daß meine Pariser Monster auf die Berliner Hofgesellschaft zielen; beweist mir! ...« – – es half Alles nichts. Der Staatsanwalt schrieb mir, ich möchte dann, wenn ich so von meiner Unschuld überzeugt sei, doch ruhig kommen, Alles Weitere werde sich finden u.s.w. Ich kam aber nicht. Ich blieb zunächst auf Patmos, sah mir die [Pariser Welt-] Ausstellung an, und erwartete sicher, ich werde bei Gelegenheit des 80. Geburtsfestes des Prinzregenten begnadigt. Aber auch diese Hofnung erfüllte sich nicht. Mörder wurden begnadigt, aber der Verfaßer der »Parisjana« nicht. Endlich, nach über Jahresfrist, ging mein Geld zu Ende. Ich entschloß mich schweren Herzens zur Abreise, denn wer einmal die Luft von Patmos geatmet hat, kann wo anders nicht mehr gedeihen. Ich sante noch der Gräfin zu Reventlow einen Osterkuchen, und dann fuhr ich ab. Direkt in's Münchner Gefängnis (gräslich!! – meine Zelle in Amberg, die Sonne und Luft die Fülle hatte, war ein Paradies gegen diese schrekliche Anger-Frohn-Veste-Zelle). Monate dauerte es – Monate vergingen – das Frühjahr zog in's Land – Tauben girten auf dem hohen kleinen Fensterchen, das mein Verlies notdürftig beleuchtete – Spazen zwitscherten da droben und parten sich – der Sommer kam – ich sah dann die *jungen* Tauben – die *neue* Spazenbrut – und endlich sagte man mir: ich sei geisteskrank, jedenfalls müßte ich untersucht werden, ich käme auf sechs Wochen in's Irrenhaus nach Giesing – wirklich ging eines Tages die Zelle auf, ich durfte meinen Koffer paken, und fort ging's unter scharfer Begleitung in jene ferne Gegend, »auf den Lüften«, von der der Münchner singt: »Dort ist der Himmel blau ...«

Schon diese Fahrt an einem leuchtenden Sonnen-Nachmittag mitten durch die Stadt brachte mir eine ungeheure Erholung – man verlirt nämlich zulezt in der Düsterheit der Zelle die Fähigkeit, seine Lage normal zu beurteilen – in der Irrenanstalt selbst wurde ich *briljant* behandelt, wunderbar verpflegt, ich zählte jezt nicht mehr die Tage, und betrachtete jezt erst jede Müke wie ein Meerwunder, eine *ungeheure Last* fiel für 6 Wochen von meiner Seele und ich wurde – in der Irrenanstalt – wieder normal. Ob ich geisteskrank war, oder bin, im Hinblik auf die »Parisjana« – glauben Sie, meine beste Gräfin, daß Johannes auf Patmos *ganz* normal war? Daß man diese prachtvollen Tiere und schekigen Ungeheuer so mir nichts dir nichts aus dem Ärmel schüttelt? Daß sie nicht das Resultat schwerer Seelenkrisen sind? – ich weis es nicht: die Hern da drüben lachten sehr viel, und wunderten sich über meine Mitteilungen, die ich aus *Paris* mitbrachte; Herr Oberarzt Dr. *Ungemach*, der das Gutachten gemacht hat, oder machen wird, meinte: wie man die Sache auch nehme, jedenfalls sei ich auf Abwege geraten, denn die »Parisjana« seien von jedem Standpunkt aus verwerflich: ästetisch wie politisch, psychologisch wie künstlerisch. – Nach sechs Wochen ging's wieder zurük in die Frohnveste. Diesmal hielt ich mich etwas tapferer, ich blieb innerlich ruhiger, obwol ich keine Ahnung hatte, was kommen werde. Es dauerte wieder fast vier Wochen. Ich war eines Abends eben im Begriff, mir mein Waschwaßer zu holen für den Abend, die Matraze wurde hereingebracht, Alles zum Schlafengehen hergerichtet – es war 6 Uhr Abends – als ein Aufseher hereinkam und mir die Aufhebung der Haft ankündigte. Ich pakte Alles zusammen, ging in's Jour-Zimmer, und dort wurde abgerechnet und ausgeliefert. Auf meine Frage, ob das Verfahren eingestellt, aus welchem Grund, ob nichts Schriftliches, ein Beschluß der Strafkammer für mich eingelaufen, wuste man nichts. Es war nur der Befehl des Staatsanwalts da, mich auf freien Fus zu sezen. Ich weis nicht, ob das Verfahren eingestellt ist, weil die juristische Grundlage, gegen mich als Ausländer vorzugehen, sich als ungenügend erwiesen hat, oder, ob ich für geisteskrank, für nicht zurechnungsfähig, erklärt worden, und mit dieser Begründung von einer weiteren Verfolgung abgesehen würde. Es war $3/4$ 7 Abends, als ich die Frohnveste verlies. Der Pariser Abendschnellzug ging um 7.55. War das vielleicht ein Hinweis? Ich hatte in mir unwillkürlich das Gefühl, *sofort München zu verlaßen,* nicht mich in der Stadt zu zeigen. Denn, meine beste Gräfin, Sie dürfen nicht vergeßen: mag der Grund der Einstellung des Verfahrens gewesen sein welcher nur immer: einem Majestäts-Verbrecher von diesem apokaliptischen Gepräge hätte man nimmermehr gestattet, sich in München öffentlich zu zeigen: sobald meine Anwesenheit in München ruchbar geworden wäre, *hätte man mich ausgewiesen!* Solte ich das riskiren? Und weshalb? Ich entschloß mich deshalb zur sofortigen Abreise. Ich ging nur hinüber zu meiner Konditorin, Frau *Schlutt,* in der Bayerstrase, bezahlte meine Pinza's, hörte dort, daß *Sie* zu Ostern nicht zu Hause waren, daß der Pinza wieder mitgenommen wurde, und man Ihnen später einen neuen Pinza gebaken habe. Ist das richtig? Oder haben Sie einen alten bekommen? Das würde mir leid tun. Ich besuchte also Niemand. Nicht einmal meine Mutter. Übrigens hatten Sie ja schon wieder Wohnung gewechselt. Und ich hätte Sie am Ende gar nicht gefunden.

In Ihrem Briefe findet sich ein rührendes Bild: die Gräfin zu Reventlow besucht im weisen Kleid mit einem Rosenstraus den Gefangenen Panizza in einer trostlosen Zelle in einer trostlosen Verfaßung. Diese umgekehrte Faust-Szene: Gretchen besucht den mit dem Tot ringenden, von Wahnsinnsqualen Gefolterten Verbrecher Faust – hat mich wirklich gerührt. Und da ich nicht mit Seufzern, Küßen und Bliken danken kann, noch danken darf, so danke ich mit einer Dütte Süsigkeiten, die Ihnen beßer schmeken werden: auch in Schäftlarn wird es Rahmtörtchen für Ihren Gaumen zu kaufen geben (hierfür bestimme ich die M. 20, die ich per Postanweisung schike) – selbst dann, wenn die ganze Stelle in Ihrem Brief, die Anfrage im Justizpalast und das imaginäre weise Kleid und diese köstlichen Rosen, nur Stafasche gewesen – selbst dann wenn der ganze Brief von einer Zentralstelle aus diktirt, die mich seit über Jahresfrist hänselt, kujonirt und an der Nase herumführt, und die ganze Gräfin zu Reventlow ein lästiger kleiner Polizeikobolt ad majorem Dei gloriam geworden – sei Ihnen diese rührende Fantasie nicht vergeßen, denn – es ging mir wahrhaftig schlecht im Gefängnis ...

Wichtiger aber, als Alles Dies, ist jezt, daß Sie, Sie faules Gänschen, nun *endlich* Ihre Diskußjon schreiben. »Das Frauenkarusell auf dem Jahrmarkt der Menschheit« von F.Gr.z.R. Aus beiliegendem Ausschnitt sehen Sie, wie ich zu der Idee gekomen. Ich schrieb Ihnen s.Z. drüber: Das Karusell dreht sich, und Sie schildern dem Leser verschiedene Frauen- und Mädchen-Tipen: die Gouvernantin, die höhere Tochter, die Aristokratin, die Kokotte, die Emanzipirte, das Dienstmädchen, die Köchin, die Ladnerin, die Schauspielerin etc. etc. nach ihren intelligenten und Herzens-Fähigkeiten, den Mann glüklich zu machen und ihn zu betrügen, wie sich es gebührt – [...] eine Offenbarung des menschlichen »Herzens« im Stile Balzac's – Wollen Sie? Dann bekommen Sie noch einige Meisterbescheide. Bis dahin grüßt Sie freundlich

Ihr Panizza.

Brief an Franziska Gräfin zu Reventlow vom 17. Dezember 1901:

Oscar Panizza
Verlag Zürcher Diskußjonen Paris.
Paris, le 17 Dez 1901
13 Rue Des Abbesses

Liebe Frau Gräfin!
Ich sende Ihnen mit gleicher Post als Lektüre für die Feiertage ein populäres Vie de Jesus, soweit es bis jezt erschienen, Liefg 1–5. Sie werden bald sehen, weß' Geistes Kind es ist. Eine Stelle hab' ich Ihnen angestrichen. »J'ai envie«, brauch' ich Ihnen als gewanter Französin nicht zu sagen, heist »Ich muß einmal wohin« [!], und ist die Kindersprache (sie sagen aber auch oft »Il faut faire cacu). Auf dieser Stelle baut sich der ganze daran folgende grausame Wiz auf. Sie werden erschreken!! Ästetisch!! Das ist aber nun das Keltentum (nicht das Franzosentum). Das ist das französische Volk, welches in seiner Maße *süd*-französisch keltisch ist. Dem tiefen, innigen Glauben steht der grausame, obszöne Wiz über den gleichen Glaubensgegenstand gegenüber. Und das ist das, was der Deutsche nie begreift und nie begreifen wird, weil er weder so gläubig, noch so frivol, wie der Franzose ist ... Ich habe die Hefte etwas parfümiert, damit es Ihnen und denen, denen Sie die Hefte zeigen, nicht übel wird – ich halte Das mit meinen Büchern ebenso –. Soviel werden Sie schon gesehen haben, daß diese Hefte nicht etwa für Feinschmeker, für Amatöre, für die gute Gesellschaft, die gern 'mal 'was Pikantes lesen möchte, sind, sondern geradewegs für's Volk. Es ist eine ganz gewöhnliche Kolportasche-Ausgabe. Dafür spricht Ausstattung, Preis, Titel »racontée par un matdut« und – die Sprache. Und hierin liegt das Bezeichnende für Frankreich. Und deswegen schike ich es Ihnen. Allerdings hat [Leo] Taxil in diesem Ganzen genre schon etwas vorgearbeitet – er hat in feinerem Ton ebenfalls ein Vie die Jésus geschrieben, bei dem Ihnen die Haare zu Berg stehen würden – aber dieser Kutscherton entspricht doch mehr der Alten Tradizjon des Volkes, den Farces und Soties, wie sie im 15. u. 16. Jhrh. üblich waren ... Ich bemerke übrigens, daß mir in München, wo ja ebenfalls die keltische Bevölkerung den Grundton angibt, ähnliche, starke Erzählungen über das Heiligste mitgeteilt wurden, im Volkston (Meßthaler kent davon mehrere) nur konten sie natürlich dort

nicht gedrukt werden ... Wenn Sie Fortsezung wünschen, schike ich Ihnen die Fortsezung. Wollen Sie aber lieber ein »Vie de Rose«, oder ein »Frou-Frou«, oder ein »Sans Gêne« – das sind ganz neue, feinere Wizblätter, alle drei im gleichen genre, die in ungeheuren Maßen gedrukt werden, »Frou-Frou« war das Erste und fand reißenden Absaz – dann schike ich Ihnen eine solche Nummer, wo immer etwas Gutes sich findet – nur gehört zu ihrem Verständnis eine gewiße Kentnis des argot ...

Ich vergas ganz, Ihnen wegen des Dr. Krüger zu schreiben, den Sie mir senden wollen. Ich habe es mit den mich hier besuchenden Hern seit 2 Jahren immer so gehalten: wenn sie von der Polizei gesant waren, dann lies ich sie ruhig gewähren, gönte ihnen das Vergnügen, sich hier auf Staatskosten ein wenig zu amüßiren, und machte nie ernstlich den Spielverderber. So hab' ich es mit *Scharf* gehalten. Ich lies ihn ruhig kommen, als ich merkte, daß er fremdes Geld in der Tasche hatte. Aber ich warf ihn am ersten Morgen, als ich meiner Sache ganz sicher war, die Stiege hinunter, – nicht weil ich ihm ernstlich böse war – ich nehme die Menschen wie sie sind – sondern weil ich *fisischen* Ekel vor Leuten empfinde, die mir gegenüber eine Maske aufsezen und mich täuschen wollen, und denen gegenüber ich dann gezwungen bin, ebenfalls Maskerade zu spielen – die *Galle* erstikt dann mein Inneres, besonders dann, wenn es sich um Leute handelt, denen ich stets Woltaten erwiesen habe. – Vielleicht faste ich den Begriff »Freundschaft« zu idealistisch. Vielleicht auch den Begriff »Blutsverwantschaft«. Aber ich glaube, daß eine absichtliche Täuschung, selbst wenn es zum Besten des Getäuschten ist, oder zu seinem Ruhm, oder zu weis Gott sonst etwas, und gegen den Willen des Zu-Täuschenden, aus dem Bereich der »Freundschaft« und der Blutsverwantschaft (ebenso der Gattenliebe) ausgeschloßen sein muß. Es muß eine Grenze geben, vor der die Polizei haltmachen muß. Sonst regirt die Polizeiräson die Welt; während ich glaube, daß es das *Gefühl* tut. Das allzu strenge Festhalten an dieser Urempfindung hat das Verhältnis zu meiner 80-jährigen Mutter und zu meinen Geschwistern, zu Scharf und zu noch einigen Täuschern, die mich hier besuchten, für immer zerstört ... Sagen Sie also Hern Dr. Krüger, er möge nur ruhig kommen, ich verderbe ihm sein Spiel nicht. Wenn er mit fremdem Geld kommt, soll er sich ruhig Paris ansehen und sich amüsiren. Er kann auch allerhand grosartige Begriffe an seine vorgesezte Behörde schreiben, wie er mich über den Kopf gehaut hat u.drgl. Nur soll er mit mir sehr vorsictig sein.

Denn wenn ich auch nicht gerade sehr scharfsinnig bin und eher auf der naiven Seite liege, so bin ich doch schwer zu täuschen. Sobald ich meiner Sache sicher bin, fliegt er, wie *Scharf*, die Treppe hinunter (ich wohn' im 5. Stok) – und zwar, ohne daß ich den kleinen Finger rühre. Denn ich bin im Besiz einer Moralin-Säure, die den Schädel meines Gegners zerfrist, und lange, oh lange, ehe dieser Prozeß begint, geht der Betreffende gern die fünf Treppen hinunter, die er beßer getan hätte nicht herauf zu kommen.

Ich bitte Sie, liebe Frau Gräfin, nehmen Sie diese Worte einem gepreßten Herzen nicht übel. Ich bin offenbar anders als Andere organisirt, weil ich angesichts der Machinazjonen, die seit bald 2 Jahren um mich spielen, nicht lachen kann. Und ich glaube, ich kann fast mit Rousseau sagen: »Je ne suis fait comme aucun de ceux que j'ai vus; j'ose croire n'être fait comme aucun de ceux qu'existent. Si je ne vaux pas mieux, au moins je suis autre …«

Wenn Sie in meiner gegenwärtigen Lage nicht ganz offen und ehrlich mit mir sein können, dann schweigen Sie, und warten Sie die Zeit ab, bis sich die gegenwärtige Lage geklärt hat. Mich zu täuschen, selbst zu meinem Besten, oder um irgend eines höheren Besten willen, oder gegen meinen Willen, würde mir von Ihnen doppelt und dreifach weh tun, denn ich habe Sie gern.

Ihr
Panizza.

Zu den Texten

Textnachweise

Der Fall Panizza
in Bekenntnissen, Memoiren, Tagebüchern und Briefen

Mathilde Panizza über ihren Sohn, 1908.

Mathilde Panizza: Memoiren II, S. 360
(Stadtbibliothek München, Monacensia – Literaturarchiv und Bibliothek)

Mathilde Panizza: Memoiren I, S. 307
(Monacensia – Literaturarchiv und Bibliothek)

Mathilde Panizza: Memoiren I, S. 311
(Monacensia – Literaturarchiv und Bibliothek)

Mathilde Panizza: Memoiren I, S. 311
(Monacensia – Literaturarchiv und Bibliothek)

Mathilde Panizza: Memoiren I, S. 456
(Monacensia – Literaturarchiv und Bibliothek)

Mathilde Panizza: Memoiren I, S. 566
(Monacensia – Literaturarchiv und Bibliothek)

Mathilde Panizza: Memoiren I, S. 567
(Monacensia – Literaturarchiv und Bibliothek)

Mathilde Panizza: Memoiren I, S. 568f
(Monacensia – Literaturarchiv und Bibliothek)

Mathilde Panizza: Memoiren I, S. 608
(Monacensia – Literaturarchiv und Bibliothek)

Mathilde Panizza: Memoiren I, S. 1113
(Monacensia – Literaturarchiv und Bibliothek)

Mathilde Panizza: Memoiren I, S. 621
(Monacensia – Literaturarchiv und Bibliothek)

Mathilde Panizza: Memoiren I, S. 1027
(Monacensia – Literaturarchiv und Bibliothek)

Oskar Panizza: Notizbuch 26, S. 239f
(Monacensia – Literaturarchiv und Bibliothek)

Mathilde Panizza: Memoiren I, S. 1027f
(Monacensia – Literaturarchiv und Bibliothek)

Brief Mathilde Panizzas an Pfarrer Friedrich Lippert
vom 21. Februar 1913, S. 3
(Monacensia – Literaturarchiv und Bibliothek)

Mathilde Panizza: Memoiren I, S. 1165f
(Monacensia – Literaturarchiv und Bibliothek)

Brief Mathilde Panizzas an den Vormund und ersten Biographen ihres Sohnes Dekan Friedrich Lippert vom 19. Mai 1908, 3f
(Monacensia – Literaturarchiv und Bibliothek)

Brief Mathilde Panizzas vom 7. März 1914 an den Geistlichen Friedrich Lippert, S. 1-3
(Monacensia – Literaturarchiv und Bibliothek)

Aus einem Brief von Vormund Friedrich Lippert an die Mutter seines Mündels vom 23. November 1908, S. 2-4
(Besitz der Familie Panizza-Harder)

Schreiben von Rechtsanwalt Josef Popp an das Kgl. Amtsgericht München vom 10. Mai 1916, S. 2
(Monacensia – Literaturarchiv und Bibliothek).

Rechtsanwalt Popp war zusammen mit Dekan Lippert als juristischer Vormund für Oskar Panizza eingesetzt worden.

Brief von Vormund Josef Popp an Vormund Friedrich Lippert vom 10. April 1914, S. 1f
(Monacensia – Literaturarchiv und Bibliothek)

Brief Kurt Tucholskys an Hermann Croissant vom 5. November 1913, S. 1f
[vgl. Kurt Tucholsky, Ich kann nicht schreiben, ohne zu lügen. Briefe 1913 bis 1935. Reinbek: Rowohlt 1989, S.123]

Aus einem Brief von Kurt Tucholsky an Hermann Croissant vom 28. November 1913, S.1
[vgl. Kurt Tucholsky, Ich kann nicht schreiben, ohne zu lügen. Briefe 1913 bis 1935. Reinbek: Rowohlt 1989, S. 124]

Klaus Mann: Tagebücher 1931-1933,
München: edition spangenberg 1989, S. 89

Mathilde Panizza: Memoiren I, S. 1213
(Monacensia – Literaturarchiv und Bibliothek)

Oskar Panizza: Copirbuch 1, S. 3
(Staatsbibliothek Preußischer Kulturbesitz, Handschriftenabteilung)

Oskar Panizza: Ein Jahr Gefängnis. Mein Tagebuch aus Amberg, S. 47
(Stadtbibliothek München, Monacensia – Literaturarchiv und Bibliothek)

Oskar Panizza: Brief vom 3. Juli 1900 an Justiz, S. (7)-(9)
(Stadtarchiv München)

Oskar Panizza: Brief an Paul Ostermaier vom 1. November 1900, S. (1)
(Staatsarchiv München)

Oskar Panizza, aus einem Brief an Anna Croissant-Rust vom 23. Juli 1900, S. (1)   (Stadtarchiv Ludwigshafen)

Oskar Panizza, Juli 1897, Notizbuch 63, S. 101
(Stadtbibliothek München, Monacensia – Literaturarchiv und Bibliothek)
[Erstdruck in: Mama Venus. Texte zu Religion, Sexus und Wahn. Hrsg. von Michael Bauer. Hamburg/Zürich: Luchterhand Literaturverlag 1992, 12-22]

Verse

Das Rothe Haus (Düstre Lieder, Leipzig: Unflad 1885)
Gesunde Leute (Düstre Lieder)
Avancement (Düstre Lieder)
Der Firmling (Düstre Lieder)
Abend-Gedanken einer Prostituirten
   (aus dem Manuskript; Monacensia – Literaturarchiv und Bibliothek)

Prosa

Der Corsetten-Fritz
   (Manuskript in der Stadtbibliothek München, Monacensia – Literaturarchiv und Bibliothek, abgeglichen mit der Erstausgabe in: Visionen. Skizzen und Erzählungen. Leipzig: Wilhelm Friedrich 1893)
Die gelbe Kröte
   (Manuskript in der Stadtbibliothek München, Monacensia – Literaturarchiv und Bibliothek, Erstdruck in: Pan 2 (1896) H. 3 vom Dezember 1896, S. 185-191)
Vreneli's Gärtli, eine Zürcher Begebenheit
   (Erstdruck in: Zürcher Diskußionen 2 (1899) Nr. 18/19, S. 1-149)
Die Heilsarmee. Eine Studie
   (Erstdruck in: Wiener Rundschau 2 (1897/98) Bd. 3, Nr. 2 vom 1. Dezember 1897, S. 52-55)
Das Wachsfigurenkabinet
   (aus: Dämmrungsstücke. Vier Erzählungen. Leipzig: Wilhelm Friedrich 1890)
Die Wallfahrt nach Andechs
   (Erstdruck in: Der Zuschauer 2 (1894) Nr. 23 vom 1. Dezember 1894, S. 496–505 und Nr. 25 vom 15. Dezember 1894, S. 543-555)

Szenisches

Dialoge mit Geisteskranken
(Erstdruck in: Neues aus dem Hexenkessel der Wahnsinns-Fanatiker und andere Schriften. Hrsg. von Michael Bauer. Darmstadt/Neuwied: Luchterhand 1986, S. 156-169)

Essay

La danse du ventre. Eine Pariser Studje
(Erstdruck in: Zürcher Diskußjonen 3 (1900) Nr. 27, S. 1-7; Pseudonym: Hans Kistemaecker)

Briefe an Frauen

Oskar Panizza, Brief an Anna Croissant-Rust vom 30. Mai 1894
(Manuskript im Stadtarchiv Ludwigshafen; Erstdruck in: Mama Venus. Texte zu Religion, Sexus und Wahn. Hrsg. von Michael Bauer. Hamburg/Zürich: Luchterhand Literaturverlag 1992, S. 230-232)

Oskar Panizza, Brief an Anna Croissant-Rust vom 29. Januar 1897
(Manuskript im Stadtarchiv Ludwigshafen; Erstdruck in: Mama Venus. Texte zu Religion, Sexus und Wahn. Hrsg. von Michael Bauer. Hamburg/Zürich: Luchterhand Literaturverlag 1992, S. 232-239)

Oskar Panizza, Brief an Franziska zu Reventlow vom 4. September 1901
(Manuskript in der Stadtbibliothek München, Monacensia – Literaturarchiv und Bibliothek; Erstdruck in: Mama Venus. Texte zu Religion, Sexus und Wahn. Hrsg. von Michael Bauer. Hamburg/Zürich: Luchterhand Literaturverlag 1992, S. 239-244)

Oskar Panizza, Brief an Franziska zu Reventlow vom 17. Dezember 1901
(Manuskript in der Stadtbibliothek München, Monacensia – Literaturarchiv und Bibliothek; Erstdruck in: Mama Venus. Texte zu Religion, Sexus und Wahn. Hrsg. von Michael Bauer. Hamburg/Zürich: Luchterhand Literaturverlag 1992, S. 245-248)

Nachdrücklich sei an dieser Stelle vor allen Panizza-Texten aus dem Internet gewarnt! Sie wurden in Interpunktion und Orthographie »modernisiert« und geglättet. Darüber hinaus lassen sich gravierende stilistische Eingriffe nachweisen. Dies kommt gerade im Fall Panizzas einer postumen Zensur gleich.

With God on Our Side
oder
Der Weg ins Rothe Haus

Die Geschichte der Religionen ist eine Geschichte der Kriege. Da werden »Achsen des Bösen« konstruiert, um Rohstoffe und globale Hegemonie zu sichern. Heiliger Krieg. Moslemische Selbstmordattentäter bringen Juden um, hoffend, als Märtyrer Allahs Wohlgefallen zu finden. Israelisches Militär tötet Palästinenser. Monotheistische Gottheiten fordern Vergeltung. In Nordirland bringen Protestanten Katholiken um, Katholiken töten Protestanten. Orthodoxe Serben ermorden Moslems, kroatische Christen erschlagen Gläubige unter Ikonen oder in Moscheen. Moslems schlachten Hindus ab. Kein Völkermord ohne Glauben an den einen, wahren Gott. Religiöser Fanatismus – eine Immunschwäche der Moral und des Intellekts.

Oskar Panizza erlitt religiösen Fanatismus am eigenen Leib. Der militante Protestantismus seiner Mutter stürzte ihn bereits in frühester Kindheit in seelische Abgründe. Er wurde Psychiater, später Schriftsteller. Wie sehr Panizza dennoch »Kind seiner Zeit« war, zeigen antisemitische und rassistische Ausfälle in frühen Erzählungen wie »Der Corsetten-Fritz«, »Der operirte Jud'« oder »Eine Negergeschichte«. Panizza wandte sich von der Psychiatrie ab. Mit dem Skalpell hatte er unter Professor Gudden, dem Leibarzt König Ludwigs II., vergeblich das menschliche Gehirn nach Anomalien durchforscht. Als Schriftsteller wollte er sich die Probleme seiner pietistischen Erziehung von der Seele schreiben. Literatur als Flucht vor der »trüben, faden Außenwelt«, wie es im »Corsetten-Fritz« heißt. Doch der »dichterischen Freiheit« waren im Wilhelminischen Deutschland Grenzen gesetzt. Im Fall Panizza: ein Jahr Einzelhaft wegen Gotteslästerung. Kein deutschsprachiger Schriftsteller bekam jemals eine annähernd harte Strafe wegen eines literarischen Textes. Das katholische Bayern und das protestantische Preußen hatten Panizza zu Verstand gebracht, psychisch aber schwer verletzt. Nach seiner Entlassung aus dem Gefängnis ist sein Werk frei von Antisemitismus und Rassismus, statt dessen wandte sich der Schriftsteller dem Pamphlet und der Satire zu. Im Fadenkreuz: Kaiser und Papst. Panizza hatte begriffen, wer die geistige Freiheit einschränkte und wer zensieren ließ. Er selbst ging ins Exil; erst nach Zürich, dann auf den Montmartre und schließlich ins »Rothe Haus«, einst Horrorvision, jetzt Dorado.

Sämtliche hier zusammengestellten Texte Oskar Panizzas sind stark autobiographisch geprägt und sollen den Versuch des Psychiaters Panizza zeigen, den »*Pazjenten*« Panizza mittels Literatur zu therapieren. Sie belegen den schriftstellerischen wie biographischen »Stationsberg« des »häretischen Heiligenbildmalers«: von frühem Leid über fürsorgliche Freundschaftsverhältnisse zu schreibenden Frauen bis hinab zu dumpfen Männerphantasien.

Die für dieses Lesebuch neu zusammengestellten Gedichte, Erzählungen, Essays, Dialoge, Tagebucheintragungen und Briefe gehen auf die Auswahlbände »Mama Venus« sowie »Neues aus dem Hexenkessel der Wahnsinns-Fanatiker« zurück, folgen den jeweiligen Erstdrucken oder sind unveröffentlicht. Die bewußt eigenwillige, phonetische Schreibweise Panizzas blieb unverändert. Sie zu »normalisieren«, wie dies fürs Internet geschehen ist, käme einer neuerlichen Entmündigung gleich. Der 1981/82 von mir durchgearbeitete Nachlaß Oskar Panizzas in der »Monacensia – Literaturachiv und Bibliothek« war die Grundlage sowohl von »Das Rothe Haus« als auch meiner Biographie »Oskar Panizza. Ein literarisches Porträt« aus dem Carl Hanser Verlag.

Mein Dank gilt allen Mitarbeitern der »Monacensia«, die mich bei der Arbeit an diesem Panizza-Sampler abermals äußerst engagiert unterstützt haben.

Michael Bauer, am 20. März 2003